KB080588

하루

센티멘털도

이틀

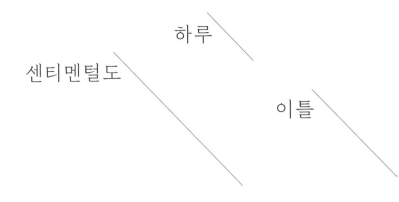

하루

센티멘털도

이틀

김금희

소 설 집

창비

차례

아이들

정육점 주인이 엄마에게 건넨 것은 코뚜레였다. 필기체로 쓴 알파벳 'ℓ' 같은 모양이었고 겉면이 쪼그라들고 주름져 있었다. 나는 열살, 올림픽 중계가 한창이던 1988년 9월이었으므로 코뚜레를 월계관처럼 써보고 싶었다. 하지만 엄마는 안된다고 했다. 코뚜레는 장식품이나 장난감이 아니라 이사 갈 아파트를 지켜줄 성물(聖物)이기 때문에. 성물은 코뚜레에 안 어울리는 단어가 아니었을까. 코를 뚫어 밭으로, 쉼 없는 노동 뒤에는 죽음으로 이끄는 그것이 어떻게. 코뚜레는 우리 부모가 드디어 마련한 인천 변두리 '새가정아파트' 안방에 놓일 것이었다. 지금도 아파트를 마련할 때의 부모의 기쁨과 흥분, 한편으로 대출금에 대한 부담과 어떤 결의가 떠오른다. 정육점에 부탁해 코뚜레를 구한 사람은 아버지보다는 엄마였을 것이다. 시골에서 태어난 엄마만이 그런 것에 기대와 소망을 걸

줄 알았다.

　이사하던 날의 장면은 내 인생에서 여러번 변주되어 떠오르곤 했다. 그래서 어제 아버지가 지나가는 말로 "이사 날 말이야, 아무래도 그 일꾼들이 가져갔지 싶어" 하면서 그 무렵 꽤 고가였던, 아버지 역시 공장에서 얻어오거나 슬쩍 집어왔을 망치인가 드라이버를 이야기했을 때, 나는 그날 달리는 트럭에서 맞았던 바람을 순식간에 떠올렸다. 그 바람에 눈이 시려서 잠깐 눈을 감기도 했다는 것까지. 옛 동네와 아파트는 자동차로 이십분 거리였지만, 그 길에서 나는 인생의 중요한 비밀을 알아버린 느낌이다. 어쩌면 내가 궁금한 것도 기대되는 것도 없다는 식의 무기력한 포즈를 가지게 된 건 그때부터였는지도 모른다. 그건 내 인생에 그다지 득이 되지는 못했다.

　이사 날 아침, 엄마는 트럭에 올라타 나를 안았다. 커브를 돌 때 종이인형 상자가 떨어져 옷도 입지 않은 세라와 나나 같은 계집애들이 옛 동네 쪽으로 날려갔다. "아빠 공장이다." 목재단지를 지나는데 엄마가 공장들을 가리켰다. 밑동 잘린 나무들이 기중기에 매달려 옮겨지고 있었다. 그때까지 본 어떤 나무보다도 거대한 원목들이었다. 나이테가 선명한 원목 단면에는 붉고 파란 스프레이로 가, 아, A 같은 글자들이 쓰여 있었다. 아버지는 그 나무들이 내가 상상할 수도 없을 만큼 멀리 있는 열대림에서 잘려나온다고 했다. 그 약자들은 나무를 베거나 수출하거나 수입한 회사들의 이름이었다. 정작 적나왕, 황나왕, 티크, 에보니 같은 나무 이름은 쓰지 않는다고 했다. "중요한 건 나무가 아니라 공장에서 만드는 완성품이거든. 같은 나무라도 어떤 과정을 거치느냐에 따라 판잣집 지붕도 되고 고급 주택 기둥도 되고 장롱이나 소파도 되는 거야. 사람도 다 마찬가지지." 사람도 다 마찬가지라는 말은 아주 슬프게 들렸지만 정작 아버지 말투는 그렇지 않았다. 이 도시에서 비로소 자기 집을 가지게 된 사람에게 알맞은 패기 있고 포부가 있는, 그래서 좀 들뜬 듯한 말투였다. 거친 바다를 헤엄쳐나갈 준비가 된 잠수부의 것 같은, 밀림으로 걸어들어가는 벌목공의 것 같은. 아버지는 가구 공장에서 일하는 성실한 공원이었지만.

아버지는 부산 토박이였고 거기서 1980년까지 당시 '수출왕'이었던 거대한 합판 공장에 다녔다. 하지만 내가 태어나자마자 정권이 바뀌어 회사가 국가에 몰수되면서 실직을 했다. 결국 아버지는 엄마와 날 데리고 비슷한 직종을 찾아 인천으로 흘러들었다.

이사하던 때가 인천으로 온 지 팔년 정도. 아버지에게 이 도시는 여전히 낯선 곳이었을 것이다. 그래도 그런 도시에 집을 마련했다면 어떤 의지를 보여주는 것이었겠지. 여기에 정착하겠다는, 다시 내려가지 않겠다는 의지 말이다. 당신 인생을 회상하는 아버지에게는 비장함과 결기, 노동의 신성함을 완전히 받아들인 자의 완고함 같은 것이 있다. 나는 그것이 아버지가 고향을 떠나 낯선 도시에서 살아가야 했기 때문이라고 생각한다. 그 나이대의 아버지들이란 그런 그리움이랄까 외로움이랄까 하는 감상들을 되레 그 반대편의 것들로 누르기 때문이라고. 물론 이렇게 이해하기까지는 오랜 시간이 걸렸지만.

가구 매장 매니저가 된 내 모습을 보면 그때 그 이사 장면이 더 특별하게 느껴진다. 이름도 알 수 없는 원목들이 한데 쌓여 있다는 목재단지를 지나 우리는 비포장도로의 거친 노면을 온몸으로 느끼며 이동했다. 물론 그때는 우리 가족 모두 지금과는 다른 삶을 꿈꿨겠지. 아파트 한채를 마련하면 대단한 성공처럼 여기던 때였으니까. 지금 중환자실에 있는 아버지나, 대학에 가지 못한 나, 그저 가족들을 먹이고 입히며 불행을 견디는 엄마의 삶이 분명히 최종 목적지는 아니었다. 하지만 그때 우리는 그런 앞날에 대해 알지 못했다. 그리고 마침내 나타난 새가정아파트는 골목도 도로도 가게도 가로수도 없이 불시착한 유에프오처럼 산비탈에 처박혀 있었다.

중환자실 앞에는 언제나 대여섯명이 앉아 있다. 대부분 움직임 없이, 옆의 수술실보다도 더 정적에 휩싸인 채 정물처럼 자리를 지킨다. 간호사들이 인터폰으로 간간이 보호자를 찾으면 그들은 어두운 얼굴로 의자에서 일어나 적색 현판이 걸려 있는 그곳으로 들어간다. 환자가 갑자기 좋아지거나 의식이 돌아오거나 할 수도 있지만 그런 기적은 드물고, 대부분 그동안 각오해온 것을 맞닥뜨려야 할 때다. 보름 동안 내 이름은 한번도 불리지 않았다. 우리는 오전과 오후 면회시간이 되면 들어가 아버지를 살핀다. 쉽게 긴장하는 엄마는 그때마다 딸꾹질을 한다. 아버지가 기력 없는 손짓으로 밥은 먹었어? 하면 내가 지금 밥, 딸꾹, 먹게 생겼어? 화를 내고, 그래도 먹어야지, 하면 재치국 먹었어요, 하고 사실대로 말한다. 어찌 되었건 나는 명랑을 잃지 않으려고 애를 쓴다. 그것마저 잃으면 아무것도 남지 않는다는 생각이 들어서.

아버지는 여기서 처음으로 옛이야기라는 것을 하기 시작했다. 물론 폐에 물이 차 있고 신장도 좋지 않기 때문에, 혈압이 높고 당뇨 합병증으로 부종과 염증이 심하기 때문에 긴 말은 하지 못한다. 다만 수수께끼를 내듯이 얘기를 꺼내다가, 그만하면 충분히 기억나지 않느냐는 듯이 그렇지 않았느냐고 묻는다. 네? 하고 여러번 되물었지만 정말 동의를 구한다기보다는 이야기 중간에 숨 돌릴 틈을 찾는 건가 싶어서 나중에는 그냥 그렇다고 대답해주었다. 그래요, 그랬네요. 오늘은 아버지가 숭어를 보지 않았느냐고 물었다. 숭어요? 그래, 숭어 기억나지? 숭어요……

면회를 마치고 만난 의사는 모니터에만 시선을 맞추며 말했다. "이대로 두어서는 안되고요, 결정을 하셔야겠네요. 더 있다가는 정강이까지 손상이 올 수 있으니까요." 나는 알고 있으면서 다시 한번 "어디, 어디까지 수술해야 한다고 했죠?" 묻고 의사는 "발목 근처예요. 오른편 발목" 하고 대답한다. 저편에서부터 몸이 굳어간다.

엄마는 아무래도 어젯밤 꿈이 좋지 않다며 자정까지는 병원에 남아 있겠다고 했다. "무슨 꿈을 꿨는데?" "어금니가 흔들흔들하더라. 나는 꼭 누가 일부러 뽑아가려는 것 같아서 입안에 손가락을 넣어서 꽉 누르고." 엄마는 정말 밤새 어금니를 지키기 위해 애를 쓴 사람처럼 피곤한 표정을 짓는다. 오늘을 넘기기 힘들 정도는 아니지만 나는 말리지 않고 병원을 나선다. 아버지를 지킨다기보다는 불안에서 벗어나려는 것일 테고, 그런 일이라도 할 수 있으면 나쁘지 않다고 생각했다. 가족이 투병 생활을 한다는 것은 엄마 표현대로라면 잠을 자든 뭘 먹든 모든 게 헛

짓처럼 느껴지는 일이니까. 나로서는 우주를 유영하다 낙오된 우주비행사처럼 우리만 아주 다른 중력 속에 사는 느낌이었다. 아버지는 곧 수술을 해야 할 것이다. 아버지에게 수술 내용을 어떻게 말해야 할까. 그런데 숭어……숭어라니.

집으로 들어서는데 무언가가 눈에 띄었다. 아버지가 나무토막으로 만든 최초의 조각품이었다. 세월이 꽤 지났는데도 썩은 곳 없이 매끈했다. 아버지는 이사하고 얼마 지나지 않아 공장에서 이 나무토막을 가져왔다. 아버지가 가구 공장을 다녀도 우리 집에는 번듯한 장롱 하나 없었기 때문에 그 묵직한 나무토막은 놓이는 것만으로 만만치 않은 아우라를 풍겼다. 아버지는 끌과 칼과 톱으로 나무토막을 파고 켰다. 주로 9시 뉴스를 챙겨본 다음이었다. 엄마는 그 옆에서 학습지 로고가 새겨진 액자와 시계, 책받침 등을 놓고 선물을 돌려야 할 집들을 골랐다. 학습지 영업은 대출금을 갚기 위해 엄마가 새롭게 시작한 일이었다. 이사 오고 나서야 나는 아파트에 사는 대신 방과 후를 온전히 혼자 견뎌야 한다는 사실을 알게 되었다.

늦가을이 되자 나무토막은 어떤 형상을 띠기 시작했다. 가운데가 옴폭 파여 있어서 무슨 받침대인가 했는데 한 면에 집의 형상이 있었고 층층이 계단을 조각해 옥상까지 이어놓았다. 어느 저녁, 아버지가 등 돌리고 앉아 나무 토막 위의 신문지를 걷었을 때 엄마가 힐끔 보며 "그기 부산 집이지?" 했다. 아버지가 아니라고 했지만 엄마는 퉁퉁 부은 발을 주무르며 "비슷한데 뭘" 했다. "거기 계단 안 있었어? 마당에 서 있는 건 사철나무 아니야? 굴뚝 위치도 비슷한데." 아버지는 그 집에 관한 이야기를 잘 하지 않았다. 아버지와 삼촌들이 아주 어린 시절부터 돈을 벌어 개축한 집이었는데 각자의 생활이 어려워지면서 팔아버리고 말았기 때문이다. 하지만 그날 아버지는 그 집 앞에 바다가 있어서 어릴 때 수영을 하거나 조개를 잡으며 놀았다는 이야기를 했다. 바다라는 말을 들은 나는 눈앞이 환히 열리는 것 같았다. "여기도 바다 있어. 버스로 열 정거장 가면 목재단지가 나오고 그 뒤에 항구가 있지."

아버지는 목재단지의 나무들이 그 항구로 들어온다고 했다. 만 톤이 넘는 화물선이 나무를 실어오면 그걸 뗏목처럼 묶어서 소형선으로 끌고 오는데, 그렇게 뗏목이 옮겨지는 동안 놀란 숭어들이 뛰어올라 장관을 이룬다고 했다. 공장 사람들이 뜰채로 잡기도 한다고, 라면 수프로 맛을 내면 기똥차다고 했다. 그래, 숭어 생각이 났다. 그것은 양동이에 담긴 채 기력 없이 아가미만 열었다 닫았다 하고 있었다. 지느러미를 슬렁슬렁 흔들면서. 나는 나무를 바닷물에 그냥 띄워서 가져온다는 게 이상했다. "그러면 물에 젖잖아." 아버지는 나무들마다 함수율이라는 것이 있어서 어느 정도 물을 흡수하면 더는 젖지 않는다고 했다. "너도 밥을 다 먹으면 숟가락을 놓잖아. 그것과 같은 이치지." 아버지는 그 바닷가를 북항이라 불렀고 나는 그 이름이 마음에 들었다.

그리고 며칠 뒤엔가 아버지가 정말 숭어를 가져왔다. 숭어를 처음 본 것도 본 것이지만 나는 아버지가 그 양동이를 들고 버스를 타고 아파트까지 왔다는 사실에 놀랐다. 그러니까 우리 아파트 지척에 바다가 있다는 걸 알려주기 위해. 아니면 그 '기똥찬' 숭어 맛을 집에서 맛보려는 생각이었는지도 모른다. 어쨌든 그 숭어는 무뚝뚝한 아버지가 나를 위해 준비한 최초의 선물이었다. 하지만 살면서 숭어를 떠올린 적은 거의 없었던 게 사실이다.

의사 말처럼 아버지의 발은 평소의 배는 될 듯하게 퍼렇게 부어 있었다. 거즈로 가려놓았지만 배어나온 진물이 걱정스러웠다. 아버지가 눈을 떴을 때는 면회시간이 거의 끝날 때라서 엄마는 필요한 말들을 빠르게 전했다. 부산의 조카가 결혼한다는 소식을 알리고는 "이십만원 할지 삼십만원 할지 어서 정해" 하고 말했다. 아니, 이 판국에

축의금 액수까지 아버지가 결정해야 한다는 말인가? 그런데도 아버지는 눈을 끔뻑끔뻑하면서 한참 고민하더니 오십만원,이라고 했다. 병원비로 봄에 이십만원이 올라왔고 아버지는 장남이니까. 엄마는 그밖의 아주 사소한 일들을 열거한 끝에 아파트를 팔고 이사해야겠다는 말을 꺼냈다. "왜?" "어려버서 판다고 했잖아. 재개발 얘기 나오면서 올랐는데 얼른 팔아야지." "……팔긴 팔아야지." 그래, 팔아야 한다. 아파트에는 엘리베이터가 없고 아버지가 발을 잃으면 계단으로 오층까지는 올라올 수 없을 테니까.

면회가 끝나고 돌아서다가 아버지에게 "숭어요, 생각났어요" 했다. "생각났냐? 지금 그 공장들은 다 어떻게 됐냐?" 공장? 목재단지 공장이 다 어떻게 됐겠어, 그냥 있겠지, 하려는데 아버지가 내 얼굴을 찬찬히 살폈다. "그런데 오늘이 무슨 요일이야? 너 직장은 어쩌고 여기 와 있어?" "일요일이에요." "정말이야? 너 요즘도 영주인가 하는 가시나 만나는 거 아니지?" 영주……? 나는 생각하다가 아니요, 했다. "그기 눈 똑바로 뜨고 내한테, 아무튼 니가 그때 전철역에 서 있던 것만 생각하면…… 오늘 정말 일요일 맞나?" "일요일이에요." 오늘은 월요일이고 다른 대리점으로 심부름을 가다가 들른 거였지만 그렇게 대답했다.

"아이고, 십년도 더 지났는데 그만 잊으라. 왜 애 기를 죽이는데?" 엄마가 내 편을 들었다.

중환자실에서 나오자 비로소 아버지에게 해야 하는 이야기들은 이런 게 아니라는 생각이 들었다. "엄마, 그런 이야기는 왜 해. 축의금이야 엄마가 알아서 하고 집도 우리가 알아서 내놓으면 되지." 엄마는 정수기에서 물을 받다가 "얘가 미친 거 아이가" 했다. 내가? 내가 왜? 싶어서 어리둥절해하자 엄마가 정색을 하며 말했다. "그 집이 니 집이가, 내 집이가. 저 양반은 산 사람 아니야? 언제부터 없는 취급인데?" 하지만 둘 다 정작 해야 하는 이야기는 못한 것이 사실이어서 우리는 금방 착잡해졌다. "내일이나 모레 해도 되겠지, 뭐." 엄마가 말했다. "그래도 아파트는 복덕방에 내놔라."

영주, 왜 하필이면 영주일까. 친구들 중에는 야간대학을 가서 선생이 된 애도 있고 응급실 의사도 있고 연예인도 한명 있는데, 하필이면. 아버지의 상태는 더 나빠질지도 모르고 그러면 더이상의 이야기는 불가능할지도 모른다. 나는 아버지가 내 친구로는 영주만을, 내가 서 있던 곳으로는 그때 그 전철역 플랫폼만 기억하면 어쩌나 생각한다. 과장이 써주고 간 광고문구를 인쇄소 발주서에 적으면서. 파격 쎄일, 폐업 정리, 헐값에 넘깁니다, 가구 돈 주고 왜 사? '가구 돈 주고 왜 사?'는 너무 유치해서 '가구 제돈 주고 왜 사?'로 바꿔본다. 은근히 사기 치려는 말투여서 차라리 '가구 돈 주고 왜 사?'가 나을 것 같다. 그 말을 정말 믿을 사람은 없을 테니 오히려 정직하게 느껴진다.

영주와 함께 성남의 다단계 회사에 간 건 별로 떠올리고 싶지 않은 기억이다. 고등학교를 졸업하고 쏘켓 공장 경리로 일하던 1999년의 일이었다. 영주가 오랜만에 전화를 걸어와 아르바이트 안할래, 했다. 까페를 돌아다니며 체험기를 쓰는 일이고 주말에만 할 수도 있으며 아주 품위 있게 돈 벌 수 있다는 그 말을 어떻게 믿었을까. 세상은 언제나 예상보다 적은 돈을 쥐여준다고 알고 있었으면서.

영주는 내가 아파트에서 처음 사귄 친구였다. 서울에서 살다가 아버지가 재혼하면서 할머니와 살게 된 애였다. 우리 동에 살았던 대현이도 단짝 친구였는데, 만두집을 하던 대현이네는 가스통에 연결해 쓰는 엄청나게 큰 솥이 집에도 있어서 거기다 만두와 찐빵을 찌곤 했다. 지금 생각하면 그런 솥을 아파트 복도에 내놓을 수 있었다는 게 이상하지만, 그때는 같은 라인의 사람들에게 그 만두와 찐빵이 돌아갔기 때문에 그 대형 솥은 반가우면 반가웠지 꺼려지는 물건은 아니었다.

우리 셋은 건설사 부도로 공사가 멈춘 11동과 12동 건설현장에서 주로 놀았다. 대현이는 텔레비전 속 굴렁쇠 소년처럼 폐타이어를 굴리고 영주는 콘크리트 외벽을 마주 보며 노래를 했다. 그대 진정 사랑하는 사람은 누구 나지막이 속삭이는 사람은 누구 우리 중에 좋아하는 사람은 누구 어떻게든 알고 싶어 모르는 게 너무 많아. 그러다 지치면 우린 붉은 흙이 조금씩 떨어지는 민둥산을 바라봤다. 왠지 쓸쓸해져 여긴 외계성이고 우린 영영 집으로 못 돌아갈 거라며 눈물을 짰다. 중학교 때까지 친했던 우리가 멀어지고 나중에는 길에서 만나도 모른 척하게 된 건 걔들 탓이 아니라 내 탓이었다. 나만 실업계 고등학교를 간 것이 싫고 슬프고 무엇보다 화가 났기 때문에 나는 아파트의 모든 아이들과 절교해버렸다. 그런데도 영주의 전화를 받고 서울까지 간 건 쉽게 돈 벌 수 있다는 일도 일이지만 사춘기를 통과하면서 느꼈던 어떤 패배감에서 벗어나고 싶었기 때문이었다. 또 우리가 유년을 함께한 아이들이라는 것, 그 황량한 공사장에서 고립된 외계인처럼 슬픔을 나눴다는 것도 한몫했다. 그런 유년의 기억은 쉽게 사라지지 않으니까, 영주와 대현이도 그러하리라고 생각했다.

　　성남으로 내려가 낡은 상가의 사층에 갇히다시피 하고

나서야 나는 무언가 잘못되었음을 깨달았다. 입시학원은 저리 가라 할 정도로 주입식 교육이 무한 반복되었고 영주가 무선호출기와 지갑을 걷어갔다. 거기에는 마치 초등학교 동창회라도 열듯 많은 아파트 아이들이 모여 있었다. 영주는 초등학교 졸업앨범을 보며 애들을 골랐다고 했다. 열정과 패기, 도전정신을 역설하던 강사가 내게 대출 오백만원을 알선했고, 나는 영주의 도움을 받아 내가 연락할 수 있는 사람들을 마치 가계도처럼 정리했다. 어느새 나는 그런 다단계 방식이 텔레비전에서 떠들듯 그렇게 나쁘지 않고 자본주의 사회에서 불가피하게 선택하는 작은 트릭이라는 말을 믿기 시작했다. 또 그곳에 모인 아파트 아이들에게 깊은 애정을 느끼게 되었다. 그건 우리가, 우리의 부모가 그 변두리 아파트를 여태껏 떠나지 못했거나 오히려 더 변두리로 밀려나야 했다는 공통점 때문이었다. 강사는 성공하고 싶지 않아요, 효도하고 싶지 않습니까, 물었다. 그러면 우리는 물론이에요, 효도하고 싶어요, 대답하다가 눈물을 쏟기도 했다. 우리는 할 수 있다, 팔 수 있다, 그것이 옥장판이든 화장품이든 건강식품이든. 상품의 정체 따위는 중요하지 않다고 강사는 말했다. 여러분의 신뢰를 파십시오. 젊음을 파십시오. 그때는 그 감상적인 선동이 잘 먹혀들었다. 진심을 이해하는 사람들은 우리 말을 믿고 물건을 사줄 것이다. 그에게 판 것은 우리의 젊음과 열정, 패기이기에 반품되지 않을 것이다. 밥때가 되면 우리는 큰 들통에다 국과 밥을 해서 나눠 먹었고 밤이면 반성의 시간과 함께 레크리에이션을 하기도 했다.

한주쯤 지나자 대현이가 밥을 먹다가 만두가 먹고 싶다고 했다. 우리는 영주 눈치를 살피면서 대현이네 엄마가 나눠주던 그 만두가 정말 맛있었다는 얘기를 주고받았다. 그러자 영주가 "우리 열심히 해서 이제 정말 잘살아야지" 했다. 영주는 조장이 되면 한달에 사백만원씩 들어온다며 자기 통장을 보여주었다. "생각해봐, 일년이면 얼마인지." 그 말에 설레어하며 정말 일년이면 얼마인지 셈해보던 스물한살의 내가 있었다. 곧 손에 쥘 돈을 헤아리며 잠도 못 이루던.

이윽고 학습이 끝나고 나도 실전에 투입되었다. 공중전화로 친구에게 돈이 필요하다고 말했다. 아르바이트 가서 카메라를 빌려 썼는데 고장내는 바람에 수리할 돈이 필요하다고. 친구는 한동안 말이 없더니 이윽고 "얼마를 보내면 되는데?" 하고 물었다. 수화기에 귀를 대고 함께 듣고 있던 영주가 "얼마 줄 수 있어?"라고 수첩에 썼다. "애절하게 떨리는 목소리로"라고도, "팔십만원"이라고도. 그리고 며칠 지나지 않아 아버지가 성남으로 왔다. 나는 누구에게는 돈을 부쳐달라는 전화를, 누구에게는 "놀듯이 할 수 있는 일인데 관심 있어?" 하는 전화를, 누구에게는 "스쿠알렌 한박스만 사주라" 하는 전화를 걸고 있었다. 그때 아버지가 내 목덜미를 잡아챘다. 우리가 공중전화로 몰려나오는 때를 기다려 우리 행동을 지켜보고 있었던 것이 분명했다. 순간 나는 엉뚱하게도 이제 어쩌나 하는 생각보다 아버지가 평일인데 웬일로 출근을 안했을까 하는 생각을 먼저 했다. 아버지가 나를 데려가려고 하자 미친 듯이 대든 건 영주였다. 영주는 아주 노골적인 무시와 적개심을 드러내면서 "아저씨, 성공이 뭔지 알아요?" 했다. 그 되바라진 행동에 아버지는 좀 놀란 듯했지만 그래도 화를 참으면서 말했다. "이건 사기야, 인마들아. 지금 뭐라니 지금?" "우리는 성공할 거라고요. 아저씨가 뭔데 우리가 하는 일에 사기니 뭐니 하는 거예요? 잘 알지도 못하잖아요." 잘 알지도…… 못하잖아요……라고 말했을 것이다, 기억으로는. 더 심한 말은 아니었겠지. 기억은 그렇지만 자신이 없다.

아버지를 본 아파트 아이들은 사무실로 숨고 아버지는 가방을 가져와야 한다는 내 말을 무시하고 목덜미를 잡아끌었다. 나는 그렇게 잡혀가면서도 아버지 저 사람들 정말 큰돈을 번대요, 우리도 할 수 있대요, 아버지가 몰라서 그래요, 정말 그런 것 아니거든요, 하며 횡설수설했다. 팀원 하나 들어오면 수당 지급 이백만원 스쿠알렌 한박스 사십오만 열박스 도매 치면 삼백팔십 아버지 좀 봐요, 아버지가 몰라서 그래요, 조장 할인 십프로 할당 차면 다섯 박스 네트워크 신종 마케팅 기법으로 한달이면 사백인데 좋잖아요, 아버지 이것 놓고 얘길 들어봐요, 지금 이렇게 계산이 나오잖아요. 아버지는 이상하게 내 말을 끊지 않았다. 전철역에 가서야 아버지는 목 안 마르냐, 하면서 매점에서 베지밀을 사주었다. 우리는 전철을 기다렸다. 내가 조용해지자 아버지는 비로소 침착하고 위엄을 강조한 목소리로 "나는 네가 상상할 수도 없는 나이부터 일을 해왔다"고 말했다. 공장을 다니면서도 지각 한번 한 적이 없다. 공장에서도 성실로 따지면 내가 사장 해야 한다고 해. 사람은 그렇게 사는 거다. 그렇게 허황되게 사는 게 아니야. 그래서 어땠어요? 나는 따졌다. 그래서 어떻게 됐냐고요. 나는 대학도 못 갔잖아요. 나보다 공부 못하는 애들도 다 대학 갔어요. 이렇게 나를 데리고 왔으니 이제 어쩔 거야? 다른 애들은 성공할 텐데 나는 그러지도 못하잖아요. 아버지가 아주 슬프고 불행한 얼굴로 시선을 돌렸다. 그리고 진 빠진 목소리로 "집에 가자" 했다.

그날 인천으로 내려간 건 아버지 혼자였다. 전철에 오르기 직전에 나는 뒤로 슬쩍 빠졌고 아버지가 야야, 하는 순간 문이 닫혔다. 전철이 속도를 내기 시작할 때 아버지가 전철 방향의 반대편을 가리키며 돌아오겠다고 하는 것이 보였다. 거기 있으라고, 가만히 기다리라고. 그뒤로 나는 두달이나 사무실을 떠나지 않았다. 세상이 사다리처럼 위계가 있고 어느 순간 그것이 결정되어야 한다면 나는 아버지가 이룬 것, 변두리의 낡은 아파트나 소규모 공장보다는 더 비싼 것, 화려한 것, 남들이 부러워하는 것, 이를테면 이태리산 원목가구나 금속으로 장식한 보석함 같은 것이 되고 싶었다. 팀장이니 치프니 하는 사람들이 어느날 도망가버리고 나서야 나는 성공도 패기도 없이 돌아왔다. 상처는 컸다.

아버지가 수술실로 들어가기 전 우리는 병원에서 내민 서류들에 싸인했다. 거기에는 수술로 일어날 수 있는 다양한 불행들에 대한 경고가 적혀 있었다. 만약 어떤 불행한 일이 벌어지면 우리는 시인해야 할 것이었다. 그 모두에 대한 설명을 들었고 알고 있었다고, 예상했고 짐작했다고, 그런 불행한 일이 닥칠 것을 모르지는 않았다고. 수술실 앞에서 대기하면서 나는 내가 무엇을 기다리고 있는

가 생각했다. 아버지의 생이 앞으로 어떻게 바뀔지 생각했다. 한 발이 바닥에 닿지 않는다는 것은 어떤 것인가. 육체의 한 부분이 사라진다는 것은 어떤 것인가. 그 불균형이란 어떤 것인가. 알 수 없었다.

네시간이 지나고 아버지는 수술실에서 나와 다시 중환자실로 옮겨졌다. 붕대, 방수포, 멸균 거즈와 고정나사 들이 감싸고 있어서 정말 오른쪽 발목이 사라졌는지는 알 수 없었다. 알 수 없는데도 나는 자꾸 그쪽을 바라봤고 그런 내가 싫어졌다. 그리고 우리는 한동안 깨어 있는 아버지를 보지는 못했다. 아버지는 진통제를 맞으며 대부분의 시간 동안 잠들어 있었으니까. 아버지의 고통은 온전히 아버지의 몫이었고 우리는 아무것도 함께 느낄 수 없었다. 그동안 아버지와 함께 투병 생활을 한다고 느꼈던 것은 사실 착각이었다는 것, 우리는 그저 조금 불편해진 일상을 변함없이 꾸려가고 있었을 뿐이라는 생각이 들었다.

폐가구를 정리하러 과장이 본사로 들어간다고 해서 나는 따라가도 돼요? 했다. 좋지. 목재단지는 아주 불황이었다. 하기는 대리점이 이렇게 힘든데 공장도 마찬가지겠지. 요즘 사람들은 다들 아파트에 살고 대개가 빌트인 가구가 되어 있으니까 덩치 큰 가구들을 굳이 사려고 하지 않는다. 그런 것들이 재산이 되는 시대는 지나서 그것은 소모품, 언제든 교환 가능해야 하고 폐기가 쉬워야 하는 물건이 되었다. 어차피 아버지가 정년까지 일했더라도 공장들의 쇠락만 지켜봐야 했겠지. 그걸 위안 삼아도 되는 걸까.

아버지가 더이상 일하지 못하게 된 건 화재 때문이었다. 공장에 불이 난 날, 아버지는 매캐한 냄새를 몰고 돌아와 종일 잤다. 못을 밟았는지 발바닥 상처가 깊었고 불그스름한 화상 자국이 여기저기 나 있었다. 잠에서 깬 아버지는 나무들이 얼마나 잘 타던지, 했다. 아주 원수처럼 타더라면서.

과장은 공장에 차를 세우고 나더러 서랍장을 옮기라고 했다. 목장갑을 끼고 끌다시피 해서 옮겨가니 동남아인 직원이 드릴을 돌려 가구 나사를 빼고 있었다. 나무판은 보일러에 던져넣고 경첩이나 문고리, 지지대 같은 금속 부속들만 통에 담았다. "폐기죠?" 다른 직원이 와서 서랍장을 바닥 한켠에 놓았다. "네?" "폐가구냐고요." 내가 머뭇하는 사이 과장이 책상을 들고 오면서 "모두 다섯 세트!" 했다.

엄마는 누가 집 보러 온다며 남고 나만 병원으로 향했다. 엄마는 아버지에게 괜한 말 하지 말고 그냥 슬쩍 보고 오기만 하라고 했다. 슬쩍…… 보기만. 그렇지 않아도 아버지는 이제 내게 별다른 이야기를 하지 않았다. 병상으로 다가가자 아버지가 나를 보면서 눈으로 알은체했다. 발에는 아직 붕대가 감겨 있지만 이제는 어떤 형태인지 짐작할 수 있었다. 뭉툭했다. 정말 아버지는 한고비를 넘긴 걸까. 염증 반응이 낮아졌다는 의사의 말과는 달리 아버지의 상태는 전보다 더 좋지 않아 보였다. "부산에서 예단으로 이불 한채 올라왔어요. 이사 가면 새 이불 쓰면 되겠어요." 아버지는 그 말을 듣는 둥 마는 둥하다가 내가 "갈게요" 하자 "집에 가나?" 물었다. "집에 가요" 대답하고 병원을 나왔다.

버스를 기다리다가 그냥 걸었다. 아버지의 발을 슬쩍 본 것만으로도 나는 내가 전과는 다른 무게를 견뎌야 할 것임을 예감했다. 그런데 어떤 힘으로 하루를 견딜까. 명랑을 잃지 않고 주저앉지 않고 무슨 수로 견딜까. 아득했다. 발을 헛디딘 것처럼 생이 아주 불길한 각도로 기우뚱하는 느낌이었다. 그런데 그것은 어딘가 익숙했다. 그러니까 그때, 아버지를 따라 전철에 오르려다가 사무실로 돌아간 내가 피곤한 얼굴의 아이들에게 오늘 우리 아버지를 다시 보았느냐고 묻다가 모두에게 보지 못했다는 대답을 들었을 때처럼. 갑자기 폐쇄된 사무실을 떠나 내가 진

천만원의 빚을 생각하며 아파트로 돌아가 도시가스 배관을 둘러싼 넝쿨들과 출입구에 붙은 중국집 열쇠집 하수도집 광고 스티커들을 보며 한참을 서성이다가 현관문을 열며 집에서 나는 빨래 냄새를 맡았을 때처럼. 반년이나 외출도 않던 내가 어느날 라면을 사러 나갔다가 내리 두시간을 걸어 목재단지를 통과했을 때처럼. 그 저녁에 나는 '북항'이라는 도로 표지판이 보일 때까지 걸었다. 마루 공장 맞은편으로는 창호 공장이, 그 옆으로는 가구 공장이, 합판 공장 뒤로는 악기 공장이 있었다. 멀리 언덕 위에는 정유 공장이 있어서 건물 썰루엣을 따라 노란 등이 빛났다. 목공소들은 녹슨 대문을 닫아놓은 채 어두웠다. 담장 너머로는 아직 껍질을 다 벗지 않은 목재들이 쌓여 있고 말레이시아, 차이나, 인도네시아, 베트남 같은 지명들이 적혀 있었다. 이제 난 뭐가 되어서 세상으로 던져질까? 그때 나는 보도블록에 걸터앉아 그렇게 물었다. 우리에게도 함수율이라는 게 있어서 더이상 나빠지지는 않을까? 하지만 답은 알 수 없었고, 그때나 지금이나 아파트로 돌아가는 발걸음은 아득했다.

아버지는 중환자실을 나와 육인실로 옮겼다. 한달 만이었다. 주변의 환자들은 어쩌다 발을 잃으셨어, 했고 한동안 말을 않던 아버지는 일주일 만에야 수술했어요, 했다. 더 오래 살려고. 아버지는 목발 연습은 하지 않으려 했다. 휠체어로 이동하거나 병상에 가만히 누워 있었다. 아버지는 나를 만날 때마다 여전히 무게감을 잃지 않으려 했지만 그런 노력들이 도리어 잃어버린 것들을 생각하게 했다. 언젠가 아버지는 아이처럼 새로 걸음을 배워야 할 것이다.

엄마는 병원 밥에 물렸다는 아버지를 위해 부엌에서 오랜 시간을 보냈다. 현미밥, 생고등어 구이, 맹맹한 북엇국…… 부추도 무쳐 갔는데 아버지와 엄마에게 그것은 '정구지'였다. 그 말에서는 시큼한 땀내나 피로감 같은 것이 풍겼다. 사투리와 표준어가 교묘하게 섞인 부모의 말에서 유독 변하지 않는 게 그런 것들이었다. 만지고 보고 냄새 맡는 실물에 관한 말들. 사투리를 전혀 쓰지 않는 나도 부추가 정구지이기도 하고 가위가 가새이기도 하다는 걸 알았다. 모두 남쪽에서 온 말들이었다.

"저번에 목재단지 갔었거든요." 아버지가 그 공장들에 대해 물었던 것이 생각나 얘기를 꺼냈다. 어떻든? 뭐 분위기가 아주…… 봄이면 한창때인데 정신없이 돌아가든? 아버지의 얼굴에는 자기가 알고 있는 어떤 기억을 환기하고 싶은 기대가 있었다. ……쉴 틈이 없더라고요. 사실과는 달랐지만 그렇게 말하자 정말 그런 장면을 본 것도 같았다. 그날은 아니더라도 아주 오래전에, 그러니까 젊은 아버지가 거대한 화물선을 맞으러 선착장으로 나갔을 때, 나무들이 뗏목이 되어 바다를 건너고 팔뚝만 한 숭어가 수면으로 뛰어올랐을 때. 그게 그렇게 중노동이야. 언제나 배는 엄청나게 싣고 들이닥치니까. 듣던 대로 장관이던데요. 말해서 뭐하냐. 아버지가 동의했다. 그리고 아파트로 향하는 트럭 위에서 했던 이야기, 원목들이 얼마나 먼 바다를 건너 공장으로 오는가 하는 이야기를 했다. 나는 그 이야기를 잘 알았고 여러번 떠올렸지만 마치 처음 듣는 것처럼 그래요? 했다. 아버지의 말에는 어디론가 이동 중인 사람, 앞으로 펼쳐질 일들을 예상할 수 없는 사람들의 불안과 슬픔, 하지만 미약한 기대 같은 것이 들어 있었다. "그런데 이상하네요. 원목들을 왜 그렇게 해서 끌고 올까요. 그러면 다 젖잖아요?" 나는 열살의 내가 그랬던 것처럼 다시 물었다. 아버지는 얘가 정말 뭘 모르는구나 하는 표정으로 그런 일은 없지, 했다. 함수율이라는 것이 있어서 나무들마다 품을 수 있는 수분의 양은 정해져 있거든. 그래요? 나는 아버지가 그 이야기를 아주 길게 여러번 해주었으면 좋겠다고 생각했다. 당연하지. 그러니까 가라앉지 않고 모두 바다를 건너지. 그렇구나, 하면서 나는 슬쩍 눈물을 닦았다. 그렇구나, 정말 그렇구나, 하면서.

*

장롱을 한참 들여다보던 커플은 돌아보고 올게요, 하더니 나갔다. 손으로 만지고 냄새도 맡아보며 아주 신중한 태도였다. 한번 사면 평생 쓸지도 모르니까, 유난히 큰 눈을 껌벅거리며 남자가 말했다. 책상 세트 배달을 도와주고 나니 저녁 뉴스에서 한해의 사건 사고를 정리하고 있었다. 뒷다리를 무겁게 끌며 축사 안을 기어다니는 얼룩소 한마리가 나타났다 사라졌다. 나는 문득 코뚜레가 떠올라 엄마에게 전화를 걸었다. "진작 버렸지." "그걸 버리면 어떻게 해?" "젊은 애가 뭘 그런 걸 믿어?" 엄마와 나는 서로 타박하다가 저녁에는 뭘 먹을까, 하며 전화를 끊었다. 아파트는 쉽게 팔렸다. 매매인은 아파트에 와보지도 않고 중개인을 통해 계약했다. 중개인은 이만하면 아주 잘 판 셈이라고 했다. 요즘 부동산 경기가 예전 같지 않아서 개발지구 선정이 어려울 수도 있다면서. "그러면 아파트 산 사람은 손해네요." "들어와 살 집도 아닌데 뭘. 정말 돈 있는 사람들은 경기 안 따져. 그냥 묵혀두면 언젠가는 싹 쓸어버리겠지, 하지." 나는 그제야 아파트가 사라질지도 모른다는 생각을 했다. 그러면 나는 어떻게 할까, 이곳이 내 유년이고 고향인데. 오래전 이 아파트에 불시착했던 외계인들, 그 아이들도 어딘가에서 그럼 우린? 하고 있을 것 같았다.

생활비가 빠듯할 때면 엄마는 "버려진 농가도 많다던데 고향으로 갈까?" 했고 아버지에게는 "부산은 어때? 거긴 형제들이 있잖아" 했다. 아버지는 금의환향 못할 바에야 안 돌아가겠다고 했다. 화려한 비단옷을 입고 고향으로 돌아간다. 나는 그 말에서 아버지가 이 도시를 떠날 곳으로 여기고 있음을 깨달았다. 이곳에 정주하지 않겠다는 다짐이 오히려 타지에서의 삼십년을 견디게 했음을, 정주와 이주 사이의 그 아슬아슬함이 생의 부력이었음을.

매장에서 내 자리는 장롱과 책장들로 빙 둘러싸여 햇볕이 잘 들지 않는다. 가끔 이렇게 앉아 있으면 밑동 잘린 나무들이 공장을 거쳐 다시 숲을 이뤘다는 생각이 들었다. 하지만 서른은 생각보다 그리 많은 나이가 아니라서, 여전히 나는 매장을 가득 채운 고급 가구들과 코뚜레와 뗏목 사이를 위태롭게 오갔다. 할인매장으로 팔려가거나 땔감이 될까 전전긍긍하다보면 푸르고 차가운 바닷물이 발목을 휘감기도 했다. 그때마다 완전히 가라앉지는 않을 것이다, 자신도 없으면서 그렇게 말했다. 빠지지 않으려고 버둥댈 때나 파도에 몸을 맡겨 둥둥 떠다닐 때나 늘 저편에는 항구가 보였다. 남쪽이든 북쪽이든 열대림이든, 그곳에서는 언제나 바람이 불어왔다.

너의
도큐먼트

내가 처음 뤼뺑을 만난 건 텔레비전 「만화동산」에서였다. 뤼뺑은 나타났다 사라졌고 잡혔다가 달아났으며 쓰러졌다가도 다시 일어났다. 모든 상황이 엎치락뒤치락하다 마침내 뤼뺑의 승리로 끝나면 이불에서 일어나 일요일을 시작했다. 사업에 실패하자 아버지는 뤼뺑이 되었다. 이삼개월에 한번씩 집에 들어왔다. 밤에 그리고 몰래. 때론 아버지가 왔다 갔는지 도무지 알 수 없다가, 면도기에 붙어 있는 수염을 보고 눈치채는 날도 있었다. 아버지는 대포폰을 쓰다 나중에는 공중전화로 연락했다. 어디서 자는 거야? 누가 엿듣기라도 하듯 아버지는 최대한 목소리를 낮췄다. 산에서 지내. 서류가방을 들고 구두를 신은 아버지가 산비탈을 올라가는 모습은 상상하기 힘들었지만, 그렇다고 해두고 싶었다.

　서류상으로 이미 남남인 엄마 가게에도 빚쟁이들이 찾

아왔다. 그들은 대개 무례하게 굴다가 겁을 주고 사라졌다. 엄마는 울다가 화내다가 나중에는 빚쟁이들과 그럭저럭 농도 섞었다. 빚쟁이로 등장하기 전에는 친구, 친척, 동료로 불리던 사람들이었다. 채무자를 벼랑까지 몰고 간다는 사채업자가 끼어 있지 않은 게 그나마 다행스러웠다. 신용불량자 신세를 면하겠다고 한동안 가게에 머물며 법무사를 찾아다녔지만, 아버지는 일년도 지나지 않아 망또 자락을 펄럭이며 다시 사라졌다. 마지막으로 목격한 사람은 나였다. 양복바지에 코듀로이 재킷. 친구 채주 표현으로는 '망했어도 남아 있는 사장님 풍채'를 하고 아버지는 획 하니 골목을 돌아나갔다.

찢어진 가게 차양이 바람에 들리더니 걸어오는 채주가 보였다. 점퍼를 껴입기에는 너무 일렀지만 채주는 어쩔 수 없다고 했다. 채주는 구십 킬로그램이 넘는 거구였고 위절제술을 고민 중이었다. 채주는 들어서자마자 가게 주인 티가 난다는 둥 아예 가게를 접수하라는 둥 너스레를 떨었다. 그리고 맛밤을 뜯어 하나씩 입안에 집어넣으며 친구들의 근황을 알렸다. 누구는 중형차를 몰고 누구는 공무원 시험에 합격하고 누구는 세번 낙태했다. 누구는 원어민 강사와 연애하고 누구는 중국으로 떠났으며 누구는 둘째아이를 낳았다. 주인공만 다를 뿐 언제나 비숫비슷한 이야기였다. 그리고 누구는 이렇게 가게 의자에 앉아, 위의 한 부분을 잘라내야 할 친구의 식탐을 들여다볼 수도 있는 것이다. 아버지가 사라지지 않았다면? 그랬다면 회사에서 매킨토시 도큐먼트를 열어 텍스트를 깔고 있었겠지. 손목에 쥐 나도록 컴퓨터 마우스를 움직여야 하는 박봉의 일자리였지만 나쁘지 않았다. 언제나 나풀나풀 사라져버릴 듯 불안하던 데이터가 만지고 냄새 맡을 수 있는 실물로 제본소에서 배달되는 순간은 극적이기까지 했다.

"그런데…… 그거 알아? 여미가 죽었다잖아."

"여미가 죽어?"

사인은 심장마비라고 했다. 집에서 발견되었는데, 평소 여미는 심장질환을 앓지도 않았고 약물중독의 가능성도 없다고 했다. 그러니까 여미의 심장은 아무 문제 없이 삶을 견뎌오다가 어느 밤 갑자기 멈춰버린 것이었다.

"몇달 전 둘이 헤어졌다던데, 주용이가 발이나 뻗고 자겠니."

채주가 쥐포를 하나 더 뜯었을 때 엄마가 가게로 들어왔다. 계양산 약수터에서 아버지를 봤다는 사람이 있다며 나서더니 성과가 없었던 모양이다. 아버지는 잡히지 않을 것이다. 괴도 뤼빵이니까. 채주가 돌아간 뒤 가게와 붙은 뒷방으로 들어가 인터넷에 접속했다. 여미의 미니홈피를 찾아 들어가니 방명록에는 이미 한 떼의 슬픔이 지나간 뒤였다. 놀람, 눈물, 안녕, 죽음 같은 단어들이 드물어질 때까지 방명록을 뒤로 넘겼다.

여미를 처음 만난 것은 15박 16일 일정으로 떠난 중국 여행에서였다. 베이징에서 비행기로 둔황을 간 다음 기차를 타고 란저우, 시안을 거쳐 다시 베이징으로 돌아오는 여정이었다. 각 과에서 추천한 학생 서른명 가운데 여미와 나, 채주가 있었다. 여미는 평범한 얼굴이었지만 왼쪽 입술 끝에서 목으로 이어지는 핏줄이 푸르스름하게 도드라졌다. 옆에서 보면 푸른 털실 한올을 물고 있는 것 같았다. 그 끝은 붉은 심장과 이어져 있을 것이었다.

여행하는 동안 여미의 별명은 '80년대'였다. 몇명을 빼고는 다들 80년대생이었지만 여미 별명에는 또다른 의미가 있었다. 드라마나 영화에 종종 등장하는 80년대 운동권 여학생 같다는 뜻이었다. 여미는 야학 동아리에서 활동했고, 풍물패에서 장구도 친다고 했다. 둔황 사막에 둘러앉아 장기자랑을 할 때 여미가 "산다는 것이 얼마나 위대한가를" 하며 열창하자, 애들은 별명이 딱 떨어진다며 웃었다. 차라리 「낭랑 18세」나 「남행열차」를 불렀으면 나았을 거라고 나는 생각했다.

여미는 차분하고 신중했지만 고집스러운 구석이 있었다. 여행사 스케줄에 따라야 하는 일정에서는 배가 고프지 않아도 식당으로 향해야 했다. 안 그래도 향신료 때문에 젓가락이 가지 않던 음식은 그때마다 남았고, 여미는 음식을 포장해 구걸하는 아이들에게 나누어주었다. 시안에서도 장미꽃을 사라며 호텔 앞까지 쫓아온 여자애에게 포장해온 만두를 주었다. 그 만두는 그날밤 뒤풀이 안주였다고 일행들이 힐책하듯 말하자 여미는 "배가 고프다잖아" 하고 답했을 뿐이었다. 호텔 방에서 둘이 맥주를 마시다 왜 야학 동아리를 그만뒀느냐고 묻자 여미는 쿡쿡 웃었다.

"그만둔 게 아니라 잘렸어. 애들이랑 술 먹고 담배 피우다."

배시시 웃는 입가에 핏줄이 도드라졌다가 피부 속으로 다시 잠겼다.

"그래도 최소한 입사지원서를 채울 욕심으로 동아리에 든 건 아니야."

여미는 내가 취조관이라도 되는 듯 눈을 동그랗게 뜨며 정색했다.

"시작 자체는 꽤 순수했다고."

그게 뭐 그리 중요한가 싶어 나는 여미 머리에 손을 얹고 말했다.

"너의 죄를 사하노라."

채주는 여미 별명 앞에 '오지랖 넓은'이라는 말을 붙이며 마뜩지 않아했지만, 나는 여행 내내 여미가 좋았다. 모일 때마다 월드컵 이야기로 흥분하는 학생들이나 겨울에 있을 대통령 선거를 냉소하는 교수들과 달랐으니까. 여미는 과외를 셋이나 뛰고 논술 채점 아르바이트도 한다고 했다. 앞으로 어떻게 살아야 할지 아무도 가르쳐주지 않을 테니, 우선 돈부터 모으고 봐야겠다고 말했다. 하지만 언제든 다른 길이 열리면 미련 없이 달아날 거라는 여미의 말을 그때 내가 믿었는지 믿지 않았는지는 모르겠다. 분명한 건 그 순간 내가 학보사와 사진 동아리, 자취방을 돌며 이십대를 채워나가는 남자친구 주용을 떠올렸다는 것이다.

여행을 다녀온 뒤 우리 셋은 함께 어울렸고, 주용의 권유로 여미는 학보사에 들어갔다. 그리고 여미는 주용과 '연애'를 했다. 빤한 삼각관계라고 생각하면서도 나는 오랫동안 여미를 괴롭혔다. 어느날 전화해 차라리 죽어버리라고 소리 지르자 여미는 나지막이 대답했다.

"싫어."

그러면 내가 죽겠다고 하자 여미는 다시 냉정하게 말

했다.

"너도 안돼."

다음 날 엄마는 하루씩 교대로 아버지를 찾으러 다니
자고 제안했다. 아버지를 찾기 위한 엄마의 계획은 무모
했다. 틈이 날 때마다 시내 곳곳을 돌아다녀보자는 것이
었다. 차라리 흥신소에 의뢰하면 빨리 찾을 수 있지 않을
까 생각했지만, 더이상 대들지 않았다. 이제 외출할 수 있
는 명분이 생겼으니까. 가게에서 멍하니 텔레비전을 보고
있노라면 피곤이 몰려와 까무룩 잠이 들곤 했다. 입맛을
잃어 과자나 빵, 라면 따위로 끼니를 때우기 일쑤였다. 머
리도 빗지 않은 채 카운터에 앉는 날이 늘었고 매일매일
현찰을 만질 수 있다는 소박한 기쁨조차 잃어버린 지 오
래였다.

가게를 나서는 내게 엄마는 시내 지도 한장을 내밀었다.
부채처럼 착착 접으면 세로가 삼십 센티미터쯤 되는 지
도에는 각 구가 반듯한 직선으로 구별되어 있었다. 엄마
는 하루 동안 다닌 길을 표시해두라고 했다. 추적이 성공
하리라는 생각은 들지 않았지만 그래도 마을버스 정류장
에서 지도를 펴보았다. 계양산에 동그라미가 그려져 있었
다. 나는 공단 옆에 세모로 가게 위치를 표시했다. 산에 있

다는 아버지의 말은 사실일까? 벤치에 앉아 시내의 산들을 찾아봤다. 전에 살았던 동네와 가장 가까운 곳이 철마산, 어쩌면 그곳이 아닐까? 하지만 아버지의 회사가 있었으니 빚쟁이들을 만날 확률은 어느 곳보다 높다. 가지 않았을 것이다. 나는 볼펜으로 철마산에 죽죽 줄을 그었다.

언제까지 앉아 있을 수만은 없었다. 마을버스를 타고 주안역에서 내려 옛 시민회관 쪽으로 향했다. 두리번거리며 걷다 입간판에 턱을 부딪히고 지도를 떨어뜨리기도 했다.

"시내에서는 정신 똑바로 차려라."

버스를 타고 통학하는 중학생이 되자 아버지는 이렇게 충고했다. 그때는 웃어넘겼지만 아버지 말이 맞았다. 시내가 아니라 이 도시 어디서든 정신을 바짝 차려야 한다. 아버지처럼 능선과 능선을 넘어 부지런히 달아나야 하는 순간이 올 수도 있으니까. 예전에 검도장이었던 곳은 어학원으로 바뀌었다. 서점은 네일아트 숍이 되었다. 상점들만 변하는 게 아니다. 이십육년 동안 한번도 본 적 없는 낯선 사람들이 매순간 거리를 채운다. 게다가 내가 걷는 동안 아버지도 어디론가 끊임없이 걷고 있을지 모른다. 뤼팽을 쫓는 가니마르의 막막함이 이랬을까. 나는 이내 모든 것에 시들해졌다.

엄마의 기대와는 달리 나는 전화로 채주를 불러냈다.

채주는 식구들이 위절제술을 말린다며 한숨이었다. 뚱뚱하기는 하지만 멀쩡한 위를 잘라낼 정도는 아니라며, 채주 엄마는 아예 몸져누웠다고 했다.

"날 이렇게 뚱보로 키워놓고, 무책임하게."

채주는 가족들이 반대하더라도 인터넷에서 병원을 찾아보겠다고 했다.

"위가 슬퍼하겠다, 그렇게 떼어내지 못해 안달이니."

위로하려고 꺼낸 농담은 썰렁하기만 했다. 나는 말에 서툴렀다. 회사에서 편집회의라도 열면 마음만 안달복달할 뿐 머릿속에 맴도는 말들을 제대로 꺼내놓지 못했다. 마취주사를 맞은 듯 얼얼한 입안을 혓바닥으로 부드득부드득 문지를 뿐이었다.

"병원에 같이 가주라."

내가 탈 마을버스가 왔을 때에야 채주는 속내를 드러냈다.

"혼자서는 비참할 것 같아."

나는 그러기로 약속하고 버스를 타려다가 여미네 집 주소를 알아봐달라고 부탁했다. 정류장에 내릴 무렵 채주가 보낸 문자메시지가 도착했다. 죄책감이라도 느끼는 거야, 이 청승아. 골목 어귀에서 지도를 펼치고 주안과 가까운 산에 엑스를 그렸다. 내일은 엄마가 이 지도를 들고 거리로 나갈 것이었다.

엄마와 내가 가게를 들락거리는 열흘 동안 지도도 나 날나달해졌다. 엄마는 추적의 배경을 동그라미로, 나는 엑스로 표시했다. 동그라미와 엑스는 마치 경주하듯 지도 위를 내달렸다. 엄마의 발길은 갈산으로 갔다가 여전히 계산과 계양동 근처를 헤매고 있었다. 약수터에서 봤다는 말에 미련이 남는 모양이었다. 외출은 별다른 소득이 없 었지만 엄마의 표정은 그런대로 밝아졌다. 길거리에서 팔 더라며 내게는 그다지 어울릴 것 같지 않은 도트 무늬 머 리띠를 사오거나, 화분을 들여오는 날도 있었다.

지도에서 내 동선은 주안에서 시청을 지나 수봉산을 거쳐 항구 쪽으로 향하고 있었다. 하지만 그동안 나는 채 주와 지하상가를 돌아다니거나 계획에 없던 곳으로 혼자 발걸음을 옮기곤 했다. 우리가 다닌 대학교 주변을 어슬 렁거리다가 주용이 살았던 원룸 주변을 배회하기도 했다. 붉은 벽돌로 쌓은 건물의 삼층, 작은 테라스에 철제 의자 가 하나 나와 있었다. 창문 밖으로 커튼 자락이 비죽이 나 와 바람에 탈탈 흔들렸다.

거리 곳곳에서 아버지와 비슷한 뒷모습을 만났다. 그 들은 테이크아웃 커피숍에 앉아 있거나, 보도에서 내려와 택시를 타거나, 과일 상자를 들고 언덕을 올랐다. 아버지는 종종 오른손으로 왼팔을 주무르곤 했는데, 그런 버릇이 있는 중년 남자들은 생각보다 많았다. 거리를 무작정 걸어다녀서 과연 찾을까 싶었지만, 막상 아버지와 비슷해 보이는 사람을 발견하면 끝까지 쫓아갔다. 처음에는 단숨에 따라잡아 얼굴을 확인했지만, 점점 뒤를 밟는 시간이 늘어갔다. 그렇게 걷는 동안에는 누구도 아버지일 수 있었다.

한번은 역 광장에서 토스트를 사 먹고 있는 남자를 발견하고는 집 앞까지 따라가기도 했다. 썬글라스를 쓰고 있어 얼굴을 똑바로 확인할 수 없었다. 추적자로서 내 행동이 어설펐는지 남자는 몇번이나 뒤돌아보았다. 몸을 숨길 만한 모퉁이나 가로수가 없을 때는 길에 멀뚱히 서서 고스란히 시선을 받았다. 아파트 입구까지 따라가자 남자는 홱 뒤돌아 썬글라스를 벗고는 인상을 구겼다. 뒤돌아 뛰면서 모든 게 우스꽝스럽다고 생각했지만 입가는 파르르 떨렸다. 남자의 얼굴은 아버지와 전혀 달랐다. 거기까지 따라갔다는 사실이 믿기지 않을 정도로.

여미네 집 주소를 이메일로 알려준 사람은 주용이었다. 클릭하자 "여기 여미가 있어"라는 문장이 제일 먼저 눈에 들어왔다. 스크롤바를 내렸다. 첫 사진은 군데군데 색이 벗겨진 흰 벽, 흰 문, 흰 쇠창살로 된 집 앞을 지나는 어린 남자애였다. 오른쪽 한 귀퉁이에는 줄무늬고양이가 쓰레기통에 올라 남자애를 지켜보고 있다. 곱슬곱슬한 머리카락, 흙빛 같은 뒷덜미, 얼굴은 풍선으로 가려 어떤 표정인지 알 수 없다. 화면을 더 내리자 안경잡이 남학생 하나가 길거리에 쓰러져 있고 스포츠머리의 청년이 난감한 표정으로 어디론가 전화를 걸고 있다. 그 옆을 지나가는 여자애 셋, 똑같은 레깅스를 신고 있다. 자세히 들여다봤지만 여미는 아니다.

다시 아래에는 패스트푸드점 의자 위에 무릎을 세우고 앉아 있는 한 여자. 고개를 푹 숙인 여자의 뒷머리 숱이 듬성듬성 빠져 있다. 벽에 걸린 시계가 열두시 너머를 가리킨다. 여미일까? 이불을 둘둘 감고 카메라를 응시하는 할머니가 마지막이었다. 합판 천장 아래에는 벌떼가 집을 지어 검은 무리를 이루고 있었다. "여미가 여기 있어." 주용은 다시 반복하더니 여미네 집 약도를 그려놓았다.

여미가 있긴 어디에 있다는 거야, 미친놈. 창을 닫아버리고 지도를 펼쳤다. 송현동에는 파랗고 노란 도로선이 엉켜 있을 뿐 주용이 알려준 달동네 박물관은 나와 있지 않았다. 나는 동그라미로 여미네 집을 대강 그려넣다가

지도의 표시들을 선으로 쭉 이어보았다. 항구와 놀이공원, 전철역과 도서관, 백화점과 산, 달동네 박물관과 가게, 약수터를 모두 통과한 선은 지도 끝에서 멈췄다. 여러 각도로 꺾인 모양이 마치 별자리처럼 보였다. 하지만 누구도 이것으로는 길을 찾지 못할 것이다. 그런데도 주용은 여전히 묻고 있었다. 여기 여미가 있잖아, 안 보여? 정말 안 보여?

채주는 위절제술 대신 식도와 위 경계를 밴드로 묶는 시술을 받았다. 20씨씨 정도의 위만 남겨서 먹는 양을 줄이는 방법이었다. 수술을 앞둔 일주일 동안 채주가 '최후의 만찬'을 함께 즐기자고 했다. 채주와 나는 인터넷으로 맛집을 검색해 강남까지 원정을 가기도 했다. 만찬의 마지막 날, 월미도 횟집에서 채주는 갑자기 울었다. 나는 멍하니 바라보다 회 한점을 깻잎에 싸서 내밀었다. 채주는 어깨를 떨면서도 씩씩하게 받아먹었다.

수술을 받고 나서 채주는 눈에 띄게 수척해져 있었다. 사주 동안은 죽만 먹을 수 있다고 했다. 그뒤로도 정기적으로 가서 밴드를 조여야 했다. 둥근 밴드 안쪽에 풍선이 달려 있어 몸 밖에서 물을 넣고 빼면서 위의 크기를 조절한다고 했다.

"위가 줄어든 게 느껴지니?"

"그럼!"

채주는 가슴 부근을 문질렀다.

"우선은 먹지를 못하니까."

수술을 받은 사람들 가운데는 몸무게가 백 킬로그램 가까이 줄어든 사람도 있다고 했다. 밴드에 묶여 몸은 몸이되 몸이 아닌 것이 되어버린 채주의 위를 상상했다. 채주는 과거 사진들을 모두 불태워버릴 거라고 말했다.

"네가 가진 사진도 다 내놔."

"그러면 스물여섯 이전의 너는 아예 없잖아."

채주는 희미하게 웃었다.

"삼겹살이랑 장어, 닭다리살과 함께 기억에서 지워버리는 거지. 이제 새 출발이야."

채주를 만나고 돌아오니 엄마가 얼마 전 계양산에서 아버지를 봤다고 했다. 허둥지둥 쫓아가자 쏜살처럼 사라졌는데, "여보" 하고 불렀을 땐 힐끗 뒤돌아보며 손을 흔들었다고 했다. 엄마 손으로 딱 잡으면 말해주려고 했는데 그뒤로 눈에 띄지 않는다고 했다. 엄마는 붉은 매직으로 지도에 커다란 동그라미를 그려넣고는 이제 외출을 줄여야겠다고 말했다. 언제부터인가 불이 들어오지 않던 간판을 바꾸고 형광등을 더 단다, 마트에 나가 새로 출시된 과자 종류를 확인하고 가게 밖 골목에 파라솔을 놓는다, 삼천원마다 스티커를 한장씩 줘서 '福'자를 채우면 세제를 준다. 엄마 입에서 이런저런 계획들이 쏟아져나왔다. 이문을 더 남기려면 도매점에 직접 가서 물건을 가져와야 겠다는 엄마 말에 나는 건성으로 응, 하고 대답했다.

"네가 운전면허를 따라."

이번에도 알았다며 고개를 끄덕였다.

"좀더 젊었으면 내가 면허 따서 소형 트럭이라도 몰고 방방곡곡 돌아다니겠다마는."

엄마 눈이 아득해지더니 차양도 새로 달아야겠다고 덧붙였다.

"펄펄 날아오르는 걸 말아놓고 벌써 몇달쨴지."

엄마가 본 사람이 맞았는지 이틀 뒤에 아버지가 전화를 걸어왔다.

"걱정 마라."

전화를 받자마자 아버지가 한 말이었다. 뭘 하며 지내느냐고 묻자 아직도 산에서 지낸다고 머뭇거리며 말했다.

"그러니까 그 산이 어디냐고요?"

내 목소리가 높아지자 엄마가 전화기를 가져갔다. 그리고 다시 전화기를 빼앗으려는 나를 밀쳐내며 통화를 마쳤다.

"살아 있는 거 알았으니 됐어. 홀홀 털고 다시 돌아올 거다."

전화기에 찍힌 발신번호는 '76'으로 시작했다. 나는 아버지가 동인천 근처에 있다고 확신했다. 항구로 향하고 있던 내 지도상의 추적 라인은 정확했던 셈이다. 역에서 신포동까지, 다시 차이나타운까지 걸으며 만나는 공중전화마다 내 휴대전화로 전화를 걸었다. 나는 아버지가 다시 돌아올 거라는 엄마 말을 믿지 않았다.

중구청을 지나 차이나타운으로 향하는 길은 자동차 하나가 겨우 지날 만큼 폭이 좁았다. 옛 조계지 시절에 지은 건물들을 따라 오르면 치파오와 중국 신발, 효자손과 나무칼 같은 기념품을 파는 노점상이 나온다. 나는 그 앞을 기웃거리다 손지갑을 하나 샀다. 낮에는 자유공원에 올라 장기 두는 노인들을 지켜보거나 파라다이스 호텔 주차장에서 항구를 내려다보았다. 저녁에는 얕은 둔덕을 줄지어 오르는 가로등이 나를 자꾸 걷게 했다. 쇠락한 거리와 어울리게 내 걸음도 느릿느릿했다. 박문사, 중구대서소, 칠성통상, 신공항공인중개소, 중앙동커피점을 지나 드디어 홍등의 무리가 나타나면 하루의 추적을 마감하고 집으로 돌아갔다. 그러다 거짓말처럼 아버지를 발견했다.

언덕을 따라 중국집들이 오밀조밀 모여 있는 차이나타

운, 더 정확히 말하면 그 거리가 끝나고 자유공원으로 오르는 계단이 지난 뒤였다. 회색 건물의 작은 마당에서 아버지가 남자 셋과 화투를 치고 있었다. 전보다 더 야위어서 볼이 움푹 파였지만, 염색했는지 머리카락은 검었다. 건물은 사회단체에서 만든 노숙자를 위한 자활 센터였다. 다른 남자들과 달리 아버지는 파란 조끼를 입고 있었는데, 가슴에는 자활 센터의 마크가 새겨져 있었다. 창문이 열리고 한 여자가 손짓하자 남자들은 왁자하게 안으로 들어갔고, 아버지는 주변을 정리했다. 여자가 다시 나와 종이쪽지를 건네주며 무어라 설명하자, 아버지는 고개를 여러번 끄덕이며 자전거를 끌고 나왔다. 아버지가 대문 밖으로 나왔을 때 나는 얼른 뒤돌았다.

가게에 돌아와서도 아버지 이야기는 하지 않았다. 인터넷에서 찾아보니, "노숙자들에게 무료 급식과 이미용, 잠자리를 제공해 '자활 의지'를 불어넣음"이 시설의 목적이었다. 결국 밥을 먹고 씻고 잘 수 있다는 말이었는데, 평범한 일상조차 기사에서는 전혀 다른 무게였다. 노숙자로 들어왔다가 나중에는 시설 도우미로 일하는 사람도 있다는 지방신문 기사도 있었다. "도움이 도움을 낳는 거죠." 기사는 관계자의 말을 인용하고 당사자 사진도 올려놓았는데, 아버지는 아니었지만 똑같이 파란 조끼를 입고 있었다. "시설에 들어오고 나서 제2의 인생이 시작되었어요. 앞만 보고 달려오던 그 시절 욕심과 좌절이 사라지고 나니 새 삶이 열렸죠." 그러나 잘 적응하다가도 센터에서 달아나 노숙생활을 다시 시작하는 입소자들이 많다는 말로 기사는 끝났다.

지도를 꺼내 작은 별표로 자활 센터를 표시했다. 엄마의 붉은 원과는 이십 센티미터 거리도 되지 않았다. 가게는 그보다 더 가까웠다. 아버지가 사업에 실패하자마자 신기루처럼 사라져버린 것들이 떠올랐다. 그중에는 믿을 수 없을 정도로 빠르게 종적을 감춘 것들도 있었다. 거주지 불명으로 주민등록이 말소되자 의료보험증도 사용할 수 없었다. 그동안 아버지의 신분을 보장해주던 일상적인 것들이 가장 먼저 이별을 고했다. 돌아온다, 주민등록과 의료보험, 국민연금과 보험증권, 은행통장이 있어야 하는 일상으로. 하지만 그것은 곧 파산한 가장으로, 갚을 수 없는 빚 그리고 뤼뺑처럼 몰래 집을 오가야 하는 피로감으로 돌아와야 한다는 말이다.

내가 아버지를 만나리라 기대했던 곳은 약수터일까, 항구일까, 역 광장일까, 차이나타운일까. 아버지를 잡아당겨 채우려는 것은 내 도큐먼트일까, 아버지의 도큐먼트일까. 나는 어느 쪽에도 자신이 없어 지도를 접어 다시 가방에 넣어두었다.

다음 날 버스에서 내리자 서른명 정도의 남자들이 정류장 근처에서 서성이고 있었다. 이층으로 올라가는 쪽문에는 간판도 없이 파란 글씨로 '인력'이라고 쓰여 있었다. 주인이 건물 문을 열자 남자들이 우르르 몰려들었다. 한 무리의 남자들이 경쟁하듯 좁은 계단을 오르는 동안 늙은 남자들은 여전히 쪼그리고 앉아 담배를 물었다.

여미의 집으로 향하는 이유를 설명할 수 없어, 이유여서는 안되는 것들을 떠올리며 하나씩 지웠다. 얼얼한 슬픔을 위로하기 위해서가 아니다. 죄책감 때문이 아니다. 스물여섯에 죽을 수 있다는 사실을 받아들이지 못해서도 아니다. 눈 감으면 떠오르는 푸르스레한 핏줄 때문도 아니다. 심장이 멈춰버린 진짜 이유를 알고 싶어서도 아니다. 그러면서도 누가 옆에서 그게 뭐 그리 중요하냐고 말해줬으면 싶었다. 달동네 박물관을 지나 색색의 포스트잇처럼 산등성이에 달라붙은 집들을 내려다보았다. 달동네의 일부를 헐어내고 아파트 단지를 지었지만, 비탈길을 타고 오르는 낮은 지붕들은 여전했다.

골목에서 녹색 대문 집을 찾기는 그리 어렵지 않았다. 문패에는 남씨 성이 적혀 있고, 우편함에는 여미 앞으로 온 보험회사 홍보물도 보였다. 대문 앞에 서서 마당을 훔쳐보았다. 집 안은 기침 소리가 크게 한번 났을 뿐 조용했다. 십분쯤 머물렀을까, 등 뒤에서 한 남자가 누구냐고 물었다. 가늘게 찢어진 눈, 도톰한 입술, 한눈에 남동생인 줄 알았다. 검은 점퍼를 입은 남자는 주머니에 한 손을 찌른 채 다시 물었다.

"누구세요?"

"저, 여미…… 말인데요, 소식을 늦게 들어서 와보지도 못하고."

뒤이을 말을 준비했지만 그는 조금도 경계를 누그러뜨리지 않은 채 열쇠로 문을 열었다.

"우리 집에는 그런 사람 안 살아요."

당황한 나는 몇걸음 물러섰다. 집 안에서 어머니인 듯한 여자가 창문을 열고 무슨 일이냐고 물었다.

"엉뚱한 사람을 찾아."

한시간 정도 더 서성이는 동안 집 안에서는 불이 켜지고 텔레비전 소리가 새어나왔다. 생선을 굽고 된장찌개를 끓이는 냄새가 풍겨왔다. 바람이 불어 어디선가 검은 봉지가 날아오더니 계단을 지나 담벼락 너머로 사라졌다. 다시 골목을 내려와 역으로 빠르게 걸었다. 누군가 쫓아오는 것 같아 몇번이나 뒤돌아봤지만 아무도 없었다. 가방을 한쪽 어깨에 바짝 붙이고 뛰었다. 구두 뒤축에 발뒤꿈치가 닿을 때마다 욱신욱신 아렸지만 멈출 수는 없었다. 잊는 거다. 뺨을 한대 맞은 듯 붉어지던 남자의 볼이 떠올랐다. 아니, 기억하는 거다. 형광 불빛처럼 생선 냄새처럼 된장찌개처럼 텔레비전 소리처럼 가볍게 사라진 비닐봉지처럼. 얼굴이 젖었다 마르는 동안 길은 사라졌다 다시 나타났다.

일주일 만이었다.

다시 한번 담을 넘겨다보았다. 세시간이 지나도 아버지는 나타나지 않았다. 어쩌면 달아났을지도 모른다. 아니, 아버지는 이곳에 있을 거였다. 내가 형사 가니마르가 되지 못했듯, 아버지도 괴도 뤼뺑이 될 수는 없다. 철커덕, 소리가 나서 보니 아버지였다. 아버지가 자전거 브레이크를 풀고 나올 때까지 기다리다 먼저 길 아래로 걸어갔다. 아버지는 나를 발견한 모양이었다. 운동화 끈을 다시 묶는 척 시간을 끌었더니 뒤에서 그만큼 서 있었다. 주말인데다 축제 기간이라 차이나타운으로 올라오는 사람들이 많았다. 우리는 그들과 어깨를 툭툭 부딪쳐가며 중구청으로 내려갔다.

어디로 갈까 막막해하다가 중화가 입구, 왕희지 동상 옆에 마련된 야외공연장으로 향했다. 축제 기념으로 경극을 공연하고 있었다. 중국식 공갈빵과 족발, 술을 파는 천막도 보였다. 팸플릿을 받아들고 간이의자에 앉았다. 아버지는 자전거를 세워놓고 공연장 밖에서 기다렸다. 술 취한 양귀비가 백화정에 오지 않은 현종을 원망하며 노래하고 있었다. 양귀비가 물러나고 손오공이 무대로 올라와 거북이와 티격태격하며 무공을 다투고 나서 경극은 끝났다.

나가야 하나, 다시 걸어야 하나, 아버지와 마주쳐야 하나, 망설이는 사이 써커스가 시작되었다. 자주색 공연복을 입은 소녀가 삼십개가 넘는 훌라후프를 스태프에게 받아 돌리기 시작했다. 몸을 완전히 휘감으며 빠르게 회전하는 훌라후프들은 꼭 커다란 비눗방울처럼 보였다. 한동안 음악에 맞춰 돌리다가 리듬감을 잃었는지 훌라후프가 소녀의 발등으로 우르르 떨어졌다. 사람들이 엉거주춤 일어서서 소녀를 살폈다. 스태프가 훌라후프들을 허리께로 올려주자, 소녀는 꾸벅 인사한 뒤 다시 돌렸다. 사람들이 함성을 지르며 박수를 쳤다.

아버지는 공연장 밖에 없었다. 놓쳤다고 생각했을 때, 맞은편에서 자전거가 나타났다. 도로를 사이에 두고 우리는 같은 거리를 밀며 걸었다. 밴댕이 횟집이 몰려 있는 곳에서도 공연 중이었다. 탱크톱과 짧은 치마로 여장을 한 남자가 "어머님, 아버님들 청춘을 확실히 돌려드릴게" 하며 노래를 시작했을 때 나는 정류장으로 향했다.

청추우운을 돌려다오, 젊음을 다오, 흐르는 내 인생에 애원이란다. 아버지는 도로를 가로지르지 않았다. 못다 한 그 사랑도 태산 같은데, 가는 세월 잡을 수는 없지 않느냐. 그렇다고 먼저 사라지지도 않았다. 청추우운아 내 청추운아, 어…… 딜…… 갔느냐. 정류장에 도착해서도 아버지는 맞은편에서 줄곧 나를 지켜보고 서 있었다. 버스 두대가 먼지를 몰고 정류장으로 들어와 사라지는 동안에도 우리 간격은 그만큼이었다. 나는 세번째 도착한 버스를 행선지도 확인하지 않은 채 올라탔다. 걸어오는 내내 아버지가 묵직하게 밀어냈던 것은 자전거가 아니라 나였다.

늦가을 밤 추위는 버스 안까지 따라왔다. 지도는 인쇄면이 벗겨지면서 속지가 허옇게 드러나 있었다. 끄트머리를 잡고 뜯어내자 별자리의 마디들이 차례차례 사라졌다. 조금 더 힘을 주자 지도는 손톱으로 긁은 듯 긴 자국을 남기며 찢어져버렸다. 이제야 몸이 녹는지 다리가 떨렸다. 소형 트럭을 몰고 싶어하는 엄마는 가게에 새 차양을 달 것이다. 여미가 죽었어도 녹색 대문 집 사람들은 저녁이면 생선을 구울 것이다. 내가 이해하지 못해도 주용의 카메라는 계속 여미를 찍을 것이다. 심지어 시간이 흐르면 씰리콘 밴드와 풍선조차 채주의 몸이 될 것이다. 창문을 열어 지도를 버렸다. 지도는 바람을 타고 날아오르는가 싶더니 도로 표지판에 부딪히고는 이내 어둠 속으로 사라졌다. 그 순간 누군가 내 어깨를 잡아채며 속삭였다. 이제 남은 이 텅 빈 도큐먼트야말로 네 것이라고. 어떠한 망설임도 없이, 더할 나위 없이 냉정하게.

센티멘털도　하루
　　　　　　　　이틀

* 화가 조장은의 세번째 개인전 제목.

그 나라 사람들은 하루를 여섯시간씩 네번으로 나눈다고 했다. 아누차와 김의 대화를 들어보니 그랬다. 그곳에서는 새벽 한시, 아침 한시, 오후 한시, 밤 한시, 이렇게 네번의 한시를 만난다. '띠 능' '몽 차오' '바이 몽' '능 툼'. 같은 한시라도 이름은 다 달랐다. 감춰졌던 시간의 결들이 페이스트리 빵처럼 살아나는 느낌이었다. 인생도 두배쯤 더 늘어날 것 같았다.

그전에 살던 중국인에 비하면 태국인 아누차는 유령처럼 조용한 세입자였다. 종종 월세가 밀리는 건 마찬가지였지만 적어도 술은 덜 마셨다. 다만 부엌도 없는 방인데 요리를 자주 해서 문제였다. 홍은 향신료 냄새를 왜 이렇게 풍기느냐고 따졌다가 김에게 너무 매정하다고 한소리 듣기도 했다. 하지만 아누차는 고향 음식을 포기하지 않았다. 홍이 외출한 틈을 노려 여전히 요리했다.

홍은 이혼한 지 칠년 만에 이 다세대주택을 샀다. 옥탑방까지 사층이고 일곱 가구가 산다. 원래는 한 집이던 반지하에 두 가구를 들이는 바람에 월세를 더 내는 쪽만 실내 화장실을 쓸 수 있다. 십만원이 그렇게 큰 차이라고 외할아버지는 역설했다. "백만원은 또 어떻고." 보증금을 그만큼 더 주면 지상에서 살 수 있다. 거기다 세를 올리면 더 넓은 방을 쓸 수 있고, 전세로 돌리면 작은 베란다를 가질 수 있다. 외할아버지는 "그런 게 세상이니라" 했다.

어쩐지 치사하다고 생각했지만 말대꾸할 수는 없었다. 외할아버지는 집 여러채로 재산을 불려온 어엿한 임대사업자니까. 2002년, 홍이 아홉살이나 어린 김을 재혼 상대로 데려왔을 때도 외할아버지의 분석은 임대사업자다웠다. 김이 홍의 다세대주택에서 세나 받아먹으며 편하게 살 심산이라는 것이었다. "세 ─ 에나 받아먹으며"라고 할 때 외할아버지는 신발창에 붙은 껌을 들여다보듯 언짢은 말투였다. 결혼 초만 해도 외할아버지와 김 사이에는 쟁 하는 긴장이 일곤 했다. 세법이 개정돼 부동산세를 더 내야 했을 때 그 긴장은 정점에 달했다. 외할아버지는 그 당시 정권을 뽑은 '손모가지들'을 싹 다 잘라야 한다고 화를 내기도 했다. 하지만 그 대통령이 세상을 떠나면서 언쟁은 사라졌다. 외할아버지는 여전히 김을 '빨갱이'라고 불렀지만 김은 더이상 "그런 시절은 지났습니다"라고 대꾸하지 않았다.

그나저나 삼수생이 되었다는 소식을 김과 홍에게 어떻게 알리나. 스물한살에 애 엄마가 될지도 모른다는 얘기는. 나는 마당 평상에 걸터앉았다. 수능을 망친 표는 결과도 안 보고 외국으로 떠났다. 아르바이트를 하면서 어학원에 다니겠다고 했다. 나는 말리지 않았고 임신했다는 말도 안 꺼냈다. 표는 매사에 진지해서 오히려 상황이 복잡해질 것 같았다. 내가 널 쿨하게 놔주마, 이렇게 생각했던 것도 같다.

하지만 막상 병원에 가보니 그리 간단한 일이 아니었다. 혈액검사로 임신을 확인하고 초음파 사진을 찍기까지는 오래 걸리지 않았다. 내가 원하지 않는다고 하자, 간호사는 알았다는 듯 고개를 끄덕이며 시술 가능한 방법들을 설명했다. 습관적으로 볼펜을 까딱까딱 흔들면서 몇몇 단어를 메모해주었는데 '9주' '흡입' '약물' '분쇄' 같은 말이었다. 나는 흘려써서 'ㄹ'자가 형체도 없이 풀려버린 간호사의 글씨를 들여다보았다. 오래 남을 것 없이 얼른 날아가고 싶은 듯한 필체였다. 평소에도 겁이 많던 나는 다리가 후들후들 떨렸다. 결국 산모수첩을 주머니에 구겨넣고 병원을 나왔다.

어쩌다 재수생들 중에서도 가장 볼품없던 애와 연애했을까? 그건 일종의 연민 때문이다. 판단을 잘못했거나 남자 보는 눈이 없었던 게 아니란 말이다. 누가 따져물으면 그렇게 말하리라 생각했다. 이를테면 김과 홍이, 외할아버지가, 친구들이. 그렇다면 그놈의 연민은 어디서 왔나. 나는 평상 다리를 툭툭 찼다. 그건 바로 집 때문이었다.

내가 크는 동안 집에는 헤아리기 힘들 정도로 많은 세입자들이 들락거렸다. 직업도 다양했다. 정육점 직원, 간호조무사, 대리운전 기사, 마트 계산원, 애견 미용사, 보험설계사, 요가 강사, 물리치료사…… 개중에는 도둑이나 사기꾼이 있었는지도 모른다. 공인중개사였던 홍은 집에 거의 없었고 세입자들은 낮에도 한둘쯤 남아 있었다. 그들은 내 것까지 중국음식을 시켜주거나, 내 줄넘기 횟수를 세어주었다. 아주 가끔은 반대로 하기도 했다.

열두세살 무렵 지하방에는 긴 머리칼의 여자가 세 들었다. 여자는 의수를 낀 남자와 살았는데 비 오는 날이면 비빔국수를 만들었다. 국수 면발은 여자의 머릿결처럼 윤이 흘렀고 양념장은 청양고추를 넣어 매콤했다. 컵라면이나 햄버거 따위에 물린 나는 일부러 여자의 방을 서성이다 국수를 얻어먹곤 했다.

여자는 글씨를 아주 잘 썼다. 반듯하고 둥글고 흐트러

짐 없이 마치 스케이트를 타듯 종이 위를 미끄러졌다. 나만 감탄한 건 아니었다. 여자가 글씨를 쓸 때면 남자도 하, 하고 무릎을 쳤다. 남자는 마치 자기가 글씨를 쓰는 듯 한쪽만 남은 손가락들을 꼼지락거리기도 했다. 그러면 홍은 자기들끼리는 얼굴만 봐도 좋은가보지, 하며 코웃음을 쳤다.

그 무렵 내 방에는 '이중칼날 칼가리' '써라운드 이어폰' 같은 글씨를 연습한 종이들이 굴러다녔다. 내가 여자의 '양귀비 염색약' '오동나무 효도손'을 완벽하게 따라 쓸 수 있게 되었을 때쯤, 남자가 자취를 감추었다. 남자는 왜 그랬는지 평상에다 의수를 벗어놓고 갔는데, 여자는 그걸 화단에 꽂아두었다. 남자의 몸에서 떨어져나오자 그것은 하나도 손 같지 않았다. 대신 넝쿨이 손가락을 휘감고 자라면서 꽤 훌륭한 지지대가 되었다. 마당에 꽃나무를 심기는 했지만 너무 바빠서 돌볼 겨를이 없었던 홍은 그게 있는지도 알아채지 못했다.

그러던 어느날, 여자도 짐을 챙겨 사라졌다. 의수가 뽑혀나간 자리에는 클로버가 수북했다. 여자는 세간 몇가지를 남기고 갔는데 고장난 세탁기도 한대 있었다. 외할아버지는 방 안 곳곳에 숨어 있는 소주병을 찾아서 세탁기를 가지러 온 고물장수에게 팔았다. 마흔여덟병이었다.

나는 방을 서성이면서 여자의 글씨가 적힌 종이를 주웠다. '매직 스펀지' '한국산 바늘' 외에 '애드벌룬' '보잉 747' '인공위성' 같은, 용도를 알 수 없는 말들도 있었다. 그러다 아름다운 글씨체로 쓰인 '쥐덫' '바퀴' '박멸' 같은 단어가 주는 아이러니와 비애를 비로소 눈치챘다. 이런 글씨를 쓰는 사람이 불행해지는 건 불공평하다 생각했고 눈물이 났다. 나중에 그 이야기를 하자 김은 무척 감동받은 눈치였다. "훌륭하구나." 김은 내 머리를 쓰다듬어주었다. 새아빠가 꽤 마음에 들었던 나로서는 기분 좋은 칭찬이었다. 김은 그런 마음을 연민이라 한다고 했다. 연민,이라고 나는 중얼거렸다. 그 말은 사랑과 비슷했지만 온도는 좀더 낮았고, 덜 비밀스럽고 오래된 듯 느껴졌다.

일단 김에게 알리기로 마음먹고 집을 나섰다. 김은 지금쯤 동네 운동장에 있을 것이다. 한 계절 전에 축구 심판 3급 자격증을 따더니 경기만 있으면 심판을 맡았다. 자격증은 협회 교육을 이수하고 시험을 치르면 받을 수 있는 것이었다. 이제 축구 심판으로 직업을 바꾸려나, 나는 생각했다. 김은 수학 강사가 싫다며 한동안 공사장 인부, 농산물 직판장 배달원, 삼겹살집 아르바이트 등을 전전했다. 신선한——신성한,이었을 수도 있다——육체노동을 하겠다고 해서 홍에게 핀잔을 들었다. 그러나 일년쯤 직업의 세계를 유랑하던 김은 결국 학원 강사로 되돌아갔다. 난 좀 실망했다. 모험의 세계로 떠난 칼잡이가 조용히 돌아와 푸줏간에서 고기 써는 걸 보는 듯한 기분이었다. 그건 내 미래처럼 느껴지기도 했다. 우선 대학부터 붙어야겠지만.

이따금 축구공이 허공으로 솟았다 떨어질 뿐 운동장은 고요했다. 김은 팔자걸음의 사내에게 반칙을 주고 있었다. 동네 축구에서 너무 빡빡하게 군다며 사내가 투덜댔다. 김은 수첩에 무언가를 적더니 손을 흔들어 경기를 재개시켰다. 김은 동네 축구라는 말을 싫어했다. 동네에서 한다고 축구가 축구 아닌 것이 되지는 않는다, 작다고 해서 보잘것없고 사소한 것은 아니다,라고 말하곤 했다. "예를 들어 0은 작지만 이 세상에서 0이 얼마나 중요하냐. 컴퓨터나 인터넷만 해도 0과 1, 이진법 체계잖니. 0이 없으면 1도 없어. 하물며 2, 3, 4, 5는 말해서 뭐해?"

모두 사실대로 말할까, 나는 고민했다. 김은 홍과 좀 다르니까. 하지만 입을 여는 순간 돌이킬 수 없는 일이 될 것이다. 아무 말 안한다고 없던 일이 되지는 않겠지만. 이윽고 호루라기 소리가 울려퍼지고 경기가 끝났다. 김은 내 어두운 얼굴을 보더니 입시 결과는 묻지도 않았다. 우리는 스탠드에 앉아서 텅 빈 운동장을 지켜봤다. "기죽지 마라." "글쎄……" "늦는 게 꼭 나쁜 것만은 아냐."

김은 광부였던 자기 아버지가 무너진 갱도에서 살아 돌아온 이야기를 했다. 붕괴의 전조가 있었을 때 다른 사람들은 재빨리 도망치다가 목숨을 잃었지만 그 자리에 다리가 얼어붙었던 아버지는 살아남았다는 얘기였다. 어둠 속에서 김의 아버지는 볼 수도 들을 수도 냄새를 맡을 수도 없었다. 심지어 꼬집어도 감각이 없었다. 그래서 김의 아버지는 앞으로 살 수 있을까가 아니라 대체 지금 살아 있는 걸까를 고민했다고 했다. 그러다보니 어둠이 사라지고 "거기 있나?" 하고 누군가 외치는 소리가 들렸다.

우리는 운동장을 나와 편의점에서 호빵을 사 먹었다. 우리 것을 꺼내자마자 아르바이트생은 찜기의 코드를 뽑았다. "학원에 등록해야지?" "글쎄……" 맞은편 산부인과가 눈에 들어왔다. 그런데 대학에 떨어진 날 이런 결정을 해도 괜찮을까. 김은 배가 고팠는지 호빵 두개를 몇번 씹지도 않고 삼켰다. 그러고는 우리가 서울에서 가장 늦게 호빵을 사 먹었을걸, 했다. 그 말을 들으니 정말 처량한 기분이었다.

김과 헤어져 걷는 동안 새봄, 장미, 마리아, 정다운 같은 이름의 병원들을 지나쳤다. 생각보다 산부인과 병원은 많았지만 이름이 너무 화사해서 기가 죽었다. 지하철역으로 가면서 친구들에게 전화를 걸었다. 수능시험을 보겠다는 애가 둘, 휴학했던 대학으로 돌아가겠다는 애가 하나, 일단 합격한 대학에 들어가 전과를 하겠다는 애가 하나였다. 외할아버지에게서 걸려온 전화는 받지 않았다. 대학은 놓쳐버린 풍선처럼 달려가 잡으려고 하면 자꾸만 발끝에 차여 달아났다. 5점이 더 있으면 사년제에, 10점이 있으면 국립대에, 20점이 있으면 '인(in) 서울' 할 수 있는데. 30점이면 또 어떻고. 외할아버지의 임대업이나 대학이나 마찬가지였다. "차라리 하프나 한대 살걸." 전화를 끊으며 한 애가 말했다. "그거 하나 있으면 대학은 문제없다던데."

누군가 등을 두드려서 돌아보았더니 재수학원을 같이 다녔던 마였다. 친한 사이도 아니라서 우리는 봄이 왔네, 꽃이 피었네 하며 역으로 내려갔다. 친구들이 마가 이상하다고 했던 게 생각났다. 트위터에서 만난 팔로어들의 상갓집을 다 찾아간다고 했다. 애들은 마가 누구보다 문상을 자주 다녔을 거라며 '문상맨'이라는 별명을 붙였다. 그러고 보니 오늘 옷차림도 그랬다. 양복은 그렇다 해도 검은 넥타이는 아무 때나 매지 않으니까.

마는 내 앞에서도 휴대전화를 들여다보며 부지런히 손가락을 움직였다. 나도 이어폰으로 음악을 들었다. 핑계를 대고 다음 지하철을 탈까 망설이고 있을 때 마가 "어제 지나가다 표를 봤는데…… 연수 안 갔나?" 했다. "어디서?" "주택가에서." "주택가 어디?" "주택가였는데 설명하긴 힘들어." 마는 나를 힐끔 봤다. 막상 표가 떠나지 않았다는 얘기를 듣자 입안이 바싹 말랐다. "역 근처야?" "왜?" "돈을 꿔줬거든." "얼마나?" "오백만원." "전화 안 돼?" "없앴어." 마가 눈썹을 치켜세우며 놀랐다. "잡아야겠네." 드디어 마는 주머니에 휴대전화를 넣었다.

"너, 지하철 선로 보면 무슨 생각 들어?" 나는 마가 가리키는 S자로 굽은 선로를 바라보았다. 저런 걸 보면서도 뭘 생각해야 하나 싶었다. "난 선로 보면 서울이 살아 있다는 생각이 들어." 영화에서처럼 박물관이 살아 있는 것도 아니고 서울이 그렇다니. 친구들 말대로 마가 좀 이상하다고 생각했다. 마는 우리가 서울에 사는 게 아니라, 사실은 서울이 우리를 거점으로 생명을 유지한다고 했다. "생각해봐. 빌딩, 아파트, 다리, 하수도, 도로들은 너보다 더 오래 살아남을 거야."

나는 이런 이야기 말고 어디서 표를 봤는지 말해주기를 바랐지만 마한테는 아파트만 해도 사십년이면 재건축을 한다고 대답했다. "부순다고 사라지진 않지." 마의 말투는 나직했지만 꽤 단호했다. "낡은 것을 교체하면서 영원히 불멸하는 거야. 서울 여기저기를 잇는 선로들은 사람으로 치면 등뼈인 셈이고." "학교는 어떻게 됐어?" 내가 화제를 돌렸다. "수능, 안 봤어." 마는 심드렁하게 말하더니, 언젠가 표를 봤던 골목으로 안내해주겠다고 약속했다.

내 소식을 들은 외할아버지는 모두 김의 탓이라고 역정을 냈다. 내가 중학생 때 사교육을 안 시키겠다고 했기 때문이었다. 그게 언제 적인데 내 인생이 갈팡질팡할 때마다 외할아버지는 그 일을 끄집어냈다. 그때는 학원을 가는 대신 김이 제안한 대로 『월든』이나 『위대한 개츠비』 같은 책을 읽었다. 김이 몸담은 정당의 당원 모임에 가서 토론회가 멱살잡이로 변질되는 과정을 구경하기도 했다. 주말농장에도 갔는데 의외로 재미있었다. 흙은 특유의 냄새가 있었고 모종들은 부드러웠다. 바람이 잎들을 타넘으면 내 팔에도 기분 나쁘지 않게 소름이 돋았다.

좋았던 몇달은 이내 끝나버렸다. 성적이 곤두박질쳤기 때문이었다. 김이 나를 어떤 아이로 키우고 싶어하는지는 눈치챘지만, 기대에 부응할 수는 없었다. 나는 종합반 등원과 영수 특별과외가 필요한 그저 그런 중학생으로 되돌아갔다.

언젠가 물으니 김도 더이상 당원 모임에 나가지 않는다고 했다. 거긴 껍데기가 너무 많은 허수의 세계라는 것이었다. 그래서 뛰어든 곳이 권투, 레슬링, 축구 같은 스포츠였다. 숫자로 치자면 진짜 룰이 지배하는 자연수의 세계라고 했다. 운동이 좋으면 그냥 좋다고 할 것이지 김은 항상 이유가 많았다. 생선 가시 같던 몸에 살이 붙고 혈색도 좋아졌지만 김의 스포츠 정신에는 좀 찜찜한 구석이 있었다. 취미치고는 절박했고 열정에 비해서는 즐기지 못했다.

홍은 마흔여덟살 생일을 맞았다. 삼수생 딸을 둔데다 내일모레가 쉰이라 홍의 기분은 롤러코스터를 탔다. 자기 혼자 아등바등해봐야 뭣하느냐고 낮에도 늘어져 있었다. 그러자 곤란해진 건 우리였다. 아누차는 몰래 요리하느라, 김과 나는 각자의 한가한 오후를 감추느라 그랬다. 김은 하루 종일 컴퓨터 앞에 앉아 일자리를 찾았다. 밀린 월급을 받지 못한 채 학원에서 해고됐기 때문이었다. 안 그래도 원생 수가 줄어 사양길을 걷고 있던 학원이 정부의 심야교습 제한으로 더 어려워졌다고 했다. 그건 김이 열렬히 지지했던 정부 정책들이라서 홍은 "저 죽을 줄 모르다가 이렇게 됐지" 하며 혀를 찼다.

홍의 친구들이 놀러 온 날에는 김과 함께 아누차의 방에 가 있었다. 김은 그곳이 자신의 첫 자취방 같다고 했다. 자기 어려웠던 시절을 이야기하고 싶어하는 걸 보면 김도 늙긴 늙었다. 방 안 물건들에는 한국어로 이름이 적혀 있었다. '테레비' '가방' '장판' '문고리'…… '형광등'이라고 쓴 종이가 바람에 나풀거렸다. 아주 곧고 긴장된 글씨체였다.

벽에는 사진들도 붙어 있었다. 김은 그중 하나를 유심히 들여다봤다. 돌담을 타고 나무뿌리들이 내려와 불상의 얼굴을 감싸고 있었다. 아누차는 그 불상이 태국에서 아주 유명하다고 말했다. 수십갈래로 나뉜 나무뿌리는 불상의 수호자처럼, 혹은 파괴자처럼 보였다. 그 앞에서 아누차는 머리카락과 눈썹을 민 채 주황색 승복을 입고 있었다. 출가를 했었다고 해서 놀랐더니, 태국에서는 성인 남자라면 얼마 동안 다들 그렇게 한다고 했다. "모두가 부처네." 김이 말하자 아누차가 "사장님, 부처예요" 대답했다.

마는 약속 장소에 먼저 나와 있었다. 여전히 휴대전화를 들여다보고 있다가 얼굴도 들지 않고 말했다. "가자." 우리는 마의 표현대로라면 서울의 등뼈를 타고 한강을 건넜다. 정말 표가 살던 동네라서 긴장했다. 학생들로 넘쳐나는 학원가를 지나 오르막을 오르니 오래된 단독주택들이 오밀조밀한 골목이었다. 마가 지나치게 빨리 걸어서 나는 허둥지둥 뒤따라 걸었다. 때로는 무엇을 들여다보는지 한자리에 서서 한참을 움직이지 않았다. 어떤 골목은 너무 좁아서 한사람이 겨우 지나갈 정도였고, 안이 훤히 들여다보이는 집에서는 누군가가 분갈이를 하는 중이었다.

마는 골목에 서서 담을 자세히 보라고 말했다. 무너진 담을 철거하지 않은 채 시멘트를 발라 보수하고, 다시 시멘트가 깨어져나가자 거기에 벽돌을 쌓아 담을 유지하고 있다는 것이었다. 마는 이런 흔적들이 이를테면 서울의 나이테 같은 것이라고 말했다. 우리는 표가 살았던 고시원을 지났다. 창문이 열리더니 여자애 하나가 양치를 하며 골목을 내려다봤다.

독서실에서 졸리면 표는 일종의 숫자 퍼즐인 스도쿠 책을 꺼내 빈칸을 채웠다. 표와 처음 말을 트던 날, 스도쿠가 무슨 뜻이냐고 물어봤다. 표는 '數獨'이라는 일본어를 영어식으로 읽은 것인데 '스'는 숫자, '도쿠'는 홀로라는 뜻이라고 대답했다. "모든 숫자는 완벽히 홀로 있어야 한다는 뜻이야." "참 고독한 말이네." 나중에 표는 내가 한 그 말 때문에 심장이 두근거렸다고 고백했다.

도로에서는 케이블 매립공사를 하고 있었다. 홈이 파인

거대한 검은 관으로 수십가닥의 케이블이 묻히고 있었다. 포클레인이 퍼나르는 아스팔트 파편이 인부들 머리 위를 아슬아슬하게 지났다. 우체국과 은행 사이에 새롭게 들어선 점포에서는 한 사내가 그라인더로 철근을 다듬고 있었다. 불꽃이 분수처럼 화려하게 일었다 사라졌다. 우리는 노점에서 붕어빵을 사 먹었다. 이미 수북한데도 여자는 붕어빵을 자꾸 구워냈다.

"사실 우리가 살아 있다는 게 무수한 세포들이 생겨났다 사라지는 과정이거든." 마는 서울도 탄생과 죽음을 반복하는 무수한 것들을 통해 살아간다고 했다. 사람도 그중 하나인데 서울을 넓히고 보수하는 역할을 담당한단다. "이를테면 하수인, 하수인이란 말이야." "그거 씁쓸한데." 건성으로 말했더니 마가 그렇게 생각할 필요는 없다고 정색했다. "무엇을 짓거나 부수지 않아도 되는 세상이 있으니까." "그게 어딘데?" 나는 분명 마가 어떤 종교 같은 것에 빠져 있다고 생각했다. 마는 두 손으로 자판 두드리는 시늉을 하더니 앞서 걸었다.

마가 표를 봤다던 골목에는 타이어의 바람이 빠진 자전거가 한대 놓여 있었다. 한낮이라 조용했고 멀리서 텔레비전 소리가 들렸다. "표는 어쩌고 있었어?" "걷고 있었지, 주머니에 손을 넣고." 어깨가 구부정한 표가 주머니에 손을 감춘 채 걷는 모습을 떠올렸다. 마지막으로 본 표의 얼굴이 아무리 해도 기억나지 않았다. 그건 표가 떠들어대던 뉴욕이나 런던, 멜버른, 밴쿠버 같은 도시들의 이름만큼이나 멀었다.

다시 학원에 등록했지만 병원 앞을 서성이면서 더 많은 시간을 보냈다. 어느날은 한강 둔치의 볕이 너무 따뜻해서, 어느날은 길고양이가 내 손을 핥아서, 어느날은 좋아하던 가수가 세상을 떠나서…… 결국 아무것도 하지 못했다.

이러다 인생이 망하겠다 싶어서 병원으로 발을 들여놓기도 했다. 프린터의 롤러 자국이 선명한 수술동의서에는 '자궁 천공' '흡인성 폐렴' '출혈'을 경고하는 문구가 적혀 있었다. 동의서에 연달아 동그라미를 쳤지만 그때마다 물수제비처럼 마음을 건너가는 슬픔이 문제였다. 나는 최대한 냉정하게 주민등록번호를 적었지만 끝내 서명자란에 싸인을 마치지 못하고 나왔다.

병원 홈페이지에서 받아본 초음파 사진에는 그러데이션으로 펼쳐진 어둠이 있을 뿐 아무것도 보이지 않았다. 심장마저 아주 진한 어둠으로 나타나 있었다. 너무 짙어서 텅 비어 있는 듯한 어둠이었다. 나는 손가락으로 휴대전화의 창을 이리저리 흔들었다. 어딘가를 가리키는 화살표만 아니라면 거기에 무엇이 있는지 전혀 알 수 없었다. 그것이 바로 내 몸이라는 건 더더욱. 삭제 버튼을 누르자 사진은 순식간에 사라졌다. 하지만 언제든 다시 불러낼 수 있었다. 그것은 간단한 일이었다.

"사모님 없죠?" 아누차가 아시아 식품이라고 쓰인 커다란 비닐봉투를 든 채 물었다. 나는 밤늦게나 돌아올 거라고 알려주었다. 아누차는 고개를 끄덕이더니 재빨리 방으로 들어갔다. 도마 소리를 듣자니 몸이 노곤해지면서 눈이 감겼다. 무언가 두툼한 것을 써는지 칼은 속닥속닥 도마에 부딪쳤다. 그리고 칼이 단번에 무언가를 자르면서 도마에 부딪치는 소리, 절구 찧는 소리가 일정하게 들려왔다. 시큼한 냄새를 맡다가 평상에서 일어났다. 배 속이 출렁거리며 신물이 나는 시기가 지나니 이제 뭐든 먹어야 속이 편했다. "뭐 만들어요?" 방문을 두드리자 아누차는 놀란 것 같았다. 그래도 문을 열어주며 들어오라고 했다.
  상에는 태국어로 이름이 적힌 쏘스 병들이 나란히 있었다. 네모반듯한 글자들은 요가하는 사람의 유연한 몸처럼 보였다. 아누차는 개구리참외를 썰었다. 음식 이름은 쏨땀인데 원래는 파파야로 만들어야 한다고 알려주었다.

새콤하고 매웠지만 속이 시원해졌다. 오징어를 넣은 볶음밥에서는 재채기가 날 만큼 자극적인 냄새가 풍겼다. 여러번 이름을 가르쳐줬지만 정확히 알아들을 수는 없었다.

"무슨 일 해요?" 아누차는 '대한정밀금형기계공업사'라는 회사 이름을 알려주었다. 그 긴 이름만으로는 무슨 일을 하는지 알 수 없었다. 아누차의 입에서 나온 '밀링' '면삭' '선반' '도금' 같은 단어는 마치 외국인 이름처럼 들렸다. 아누차는 기계를 만든다고 간단히 말했다. "어떤 기계?" "기계 만드는 기계." 공장에서 무언가를 만들어내려면 기계가 필요한데 그 기계 역시 어떤 기계에서 만들어진단다. "그럼 그 공장의 기계는 어디서 만들어요?" 아누차는 그 기계 역시 또다른 기계에서 만들어진다고 답했다. 우리는 좀 허탈하게 웃었다.

"요리 안 귀찮아요?" "태국에서 요리 잘 안했어요." 한국에 오면서 요리하는 시간이 늘었는데 처음에는 향수병을 달래기 위해서였다고 했다. 여기가 마음에 드느냐고 묻자 아누차는 바빠, 너무 바빠, 하며 손사래 쳤다. "월급은 많아요?" 아누차가 어깨를 으쓱했다. "한국 처음 와서 지하철 건설현장 일했는데 돈은 더 나았어요. 그때 웬만한 한국 사람 못 가는 서울 밑바닥까지 가봤는데." 아누차는 조금은 자랑스러운 투였다. "거긴 어떤데요?" 아누차는 가만히 생각하고는 아무것도 없더라고 말했다. 그러더니 갑자기 물었다. "밥 냄새 나요?" 냄새를 맡아봤지만 잘 모르겠어서 나는 "전혀요"라고 대답했다. 하지만 외출에서 돌아온 홍은 금세 알아챘고, 한번만 더 걸려보라며 별렀다.

골목을 잘못 가르쳐준 것 같다며 마가 연락을 해왔다. 공교롭게도 병원 앞을 서성이고 있을 때였다. 가로수 가지치기를 하던 인부들이 나더러 비키라고 소리를 질렀다. 새 움이 튼 은행나무 가지들이 잘려나왔다. 나는 건물 쪽으로 몸을 붙이고는 어디로 가면 되느냐고 물었다. 노량진역에서 만나자고 해서 그쪽으로 가는데 마가 다시 전화를 걸었다. 급한 일이 생겼다고 했다. "어딜 잠깐 들러야 하는데…… 기다리기 뭣하면 같이 갈래?" 마는 오늘도 검은 양복 차림이었다. 걸을 때마다 엉덩이와 무릎 부분이 반질반질해 보였다. 자기 차림은 생각 않고 마는 나더러 왜 그 후드 티셔츠만 입느냐고 물었다. 요 며칠 옷차림 따위는 신경도 못 쓰긴 했다. 아랫배가 묵직해진 것 같아서 레깅스나 원피스는 입을 수 없었다.
마가 날 데리고 간 곳은 장례식장이었다. 국화와 사철이 꽂힌 화환들을 지나치면서 마는 눈에 띌 정도로 두리번거렸다. "누가 죽었는데?" 친구의 당숙이 세상을 떠났는데 빈소를 찾는 중이라고 했다. 친구의 당숙까지 챙기는구나 싶어서 마가 다르게 보였다. 하지만 어찌 된 건지 마는 친구를 영 찾지 못했다. 울음소리와 웃음소리, 누구를 부르는 소리, 와장창 그릇 깨지는 소리, 전화벨 소리, 아이들이 숨바꼭질하는 소리, 곡하는 소리가 뒤섞이는 가운데 관 하나가 옮겨졌다.

보다 못한 내가 이름이 뭐냐고 묻자 마는 '빌리브 오어 낫'이라고 했다. 외국인인가 했더니 트위터 닉네임이었다. 얼굴은 모르느냐고 했더니 클라크 게이블 사진이 있는 프로필을 보여주었다. "이 사람이 장례식장에 있는 건 확실해?" 마가 한창 올라오고 있는 트위트들을 가리켰다. 머릿고기도 인터넷으로 구입 가능한가요? 당숙이 좋아하던 노래가 생각납니다. 억울하면 출세해라 출세를 해라. 제목 아시는 분요. 장례식장에서 꽃값이며 식대를 너무 많이 요구하네요. 물론입니다. 항암주사 믿지 마세요. 치즈는 100퍼센트 뉴질랜드산입니다. 신대방동도 배달 가능해요. 장례식장 앞에 목련이 폈습니다. 당숙은 다시 태어나면 느릅나무가 되고 싶다고 하셨죠.

나는 복도의 맨 마지막 빈소에서 마처럼 줄곧 휴대전화를 들여다보고 있는 한 남자를 지목했다. 마는 남자를 가만히 지켜보더니 맞는 것 같다고 했다. 얼마 전 안경테 바꿨다는 글을 올렸는데 저런 색이라고 했다. 가게는 어쩌고 왔을까, 마가 걱정했다. 얼굴도 모르면서 남자의 일상에 대해서는 꿰고 있었다. 피자 가게를 하는데 오랜만에 단체주문이 들어왔다는 것이었다. 그런데 마는 저 남자가 맞다고 하면서도 가서 알은체하지는 않았다. 우리는 그냥 장례식장을 나왔다. "인사라도 하지?" "그건 안돼." "왜?" 마는 온라인에서 오프라인으로 발을 옮기는 순간 거대한 슬픔과 마주칠 거라고 했다. "그러면 왜 몰래 사람들 얼굴을 보러 오는 건데?" 마는 그건 망원경으로 밤하늘의 별을 관찰하는 것과 같다고 했다. 별이 거기 있고 가까이 갈 수 없다는 걸 알면서도 우리는 보고 싶어하니까.

물어보니 마의 닉네임은 '슬픔이여 안녕'이었다. '문상맨'보다 서정적인 이름이기는 했다. 온라인에서는 슬픔이 사라지느냐고 묻자, 마는 거기엔 아무것도 없다고 했다. 소유해야 할 것도, 고쳐주어야 할 것도, 철마다 갈아주어야 하는 것도, 심지어 소리도, 냄새도, 빛도, 어둠도, 내 몸도, 죽음도 없다. 마는 그래도 우리의 흔적들은 그곳에 남을 거라고 했다. 그건 아무런 가치가 없는 것들이고 그렇기에 무한한 인터넷을 떠돌며 영원히 남을 수 있다.

나는 문득 '한국산 바늘' '오동나무 효도손'을 남기고 간 여자가 생각났다. 지하철에서 마에게 그 이야기를 했더니 김처럼 내 연민을 높이 사지는 않았다. 마는 그 방을 굴러다녔던 '애드벌룬' '보잉747' '인공위성' 같은 말들이 무엇일까만 궁금해했다. 무슨 뜻인지 알 듯 말 듯하다고 했다. 내가 십년 동안 생각해도 풀 수 없던 걸 어떻게 알겠느냐 싶어서 기대도 안했다.

우리는 고시원 골목에 다다랐다. 건물들이 다닥다닥 붙어 있어서 한낮인데도 볕이 들지 않았다. 마는 장례식장에 가줬으니 같이 표를 기다려주겠다고 했다. 고시원 한쪽 벽에 그물망이 다 떨어진 농구 골대가 달려 있어서 우리는 구긴 신문지로 자유투를 했다. 바람에 날려 근처에도 가지 못했다. 신문지를 버리려는데 스도쿠 코너가 눈에 띄었다. 가로와 세로가 아홉칸씩인 사각형에 7과 3, 2 같은 숫자들이 띄엄띄엄 적혀 있었다. 이걸 풀면 표에게 다 이야기하겠다고 생각했다. 해가 질 때까지 끙끙댔지만 한칸도 풀 수 없었다. "1은 3 옆에 있을 수 없고 7은 같은 7 옆에 있으면 안되지." 이마를 찌푸리며 표가 조심스럽게 숫자를 써넣던 게 생각났다. 그런 표를 보면서 나는 이 퍼즐이 숫자들의 위치를 고민하는 게임이라고 생각했지만 이제 보니 아니었다. 그건 이미 룰로 정해져 있어서 표가 바꿀 수 있는 건 없었다.

그날밤, 나는 홍과 같이 텔레비전을 보다가 김을 어떻게 만났느냐고 물었다. "그딴 건 알아서 뭐하게." 그러면서도 홍은 자기가 김의 자취방을 얻어주었다고 얘기했다. "저 화석들을 신줏단지마냥 모셔놨더라. 자기 아버지가 탄광에서 가져온 거라고. 처음 들었을 때 마음이 짠했지."

나는 거실장을 들여다봤다. 화석들은 동생의 상장들과 과실주에 가려져 궁색해 보였다. 줄기가 가늘고 작은 잎들이 달려 있는 건 고사리 같았다. 누군가 성의 없게 그린 듯한 빗금은 잎사귀의 수맥이었다. 홍이 황갈색 돌을 가리켰다. "저런 걸 흔적화석이라 부른다나." 음각으로 중심선이 있고 양옆에 작고 볼록한 마디들이 이어져 있었다. 홍은 삼엽충이 지나간 흔적이라고 했다. 단지 뭐가 지나갔을 뿐인데 화석이라니, 좀 이상했다.

"근데 쉽지 않아." 홍이 마른세수를 하면서 심드렁하게 말했다. "능력 없는 남편이랑 살다가 이렇게 나만 늙는다." 홍은 자기가 못해본 걸 내가 누렸으면 좋겠다고 했다. 대학 가고 외국에서 공부도 하고 근사한 직장에서 성공한다. 서울 중심가 어디에 아파트를 사고 해치백 자동차를 몰며 주말에는 토오꾜오나 홍콩으로 짧은 여행을 떠난다. 홍의 말을 들으니 마음이 식빵처럼 부풀어올랐다.

"얼마나 좋은 세상이니?" 홍은 내가 그렇게 못할 거라고 생각한 적이 한번도 없었다고 했다. 그건 내가 삼수생이 된 지금도 마찬가지였다.

주말이 되자 외할아버지가 김과 나를 불렀다. 셋집들을 차로 한바퀴 돌자고 했다. "자네는 언제 일 나갈 건가?" "알아보고 있습니다." "알아보다가 아까운 청춘 다 가네." 김이 더이상 대답하지 않자 외할아버지는 정 할 게 없으면 자기 일이나 좀 도우라고 했다. 웬일로 김은 아무 말도 하지 않았다. 나는 저러다 김이 '세—에나 받아먹으며' 살겠구나 싶었다. 이제 칼잡이는 윤이 나게 닦은 검을 액자에 넣어 거실에 잘 걸어놓을 생각인 것이다. 나는 썰렁한 분위기를 깨려고 콧노래를 불렀다. 물론 그럴 기분은 아니었다.

어제 김은 모든 걸 알게 됐다. 그건 사소한 실수였다. 일기를 쓰는 블로그에서 로그아웃하지 않았고 그 창을 김이 열었다. 내가 부탁하자 김은 당분간 홍에게 말하지 않겠다고 했다. 물론 그냥 넘어가겠다는 건 아니었다. "다음 주까지 기다리겠어." 내가 우물쭈물 사과하자 김은 "나한테 미안할 건 없다"라고 말했다. 듣고 보니 그랬다. "제 나이 때마다 할 일이 있는데 감상적으로 굴지 마라. 센티멘털도 하루 이틀이지."

김의 말은 내 뺨을 한대 올려붙이듯 지나갔다. 말투는 따뜻할 것도 차가울 것도 없었지만 센티멘털이라는 단어가 마음을 얼얼하게 만들었다. 무심하게 붙은 듯한 '하루 이틀'에도 가시 같은 것이 있었다. 그간의 날들과 결별은 해야 하지만 그렇게 해도 크게 좋아질 건 없을 거라는 닳고 닳은 냉소였다. 나는 연민에서 센티멘털까지 말의 온도 차가 너무 크다고 생각했다. "다음 주까지." 김이 경고하듯 손가락으로 날 가리키며 한번 더 말했다.

외할아버지의 상가에는 깡마른 사내가 당구장을 운영하고 있었다. "지반이 약하다고 구청에서 건물을 보고 갔어요." 사내는 벽에 사선으로 간 균열을 가리켰다. 월세를 내기는커녕 보증금 받아서 나가야 할 판이라는 것이었다. 외할아버지는 자기가 서울 토박이인데 여기는 개천 한줄기 흐른 적 없고 전쟁 때도 말짱했다고 반박했다. "그뒤로 지하철을 팠는지 하수도를 묻었는지 알 게 뭐예요." 사내가 퉁명스럽게 말했다.

"저걸 좀 봐라." 시내를 지나다가 외할아버지가 어딘가를 가리켰다. 공익근무요원들이 지하철역으로 가는 계단에 물을 뿌리고 있었다. "왜 저러는 줄 아나?" "봄맞이 대청소 하나보죠." 김이 말했다. 흐헹, 외할아버지는 웃는 건지 못마땅하다는 건지 모를 소리를 냈다. "저놈들이 계단을 적셔서 노인네들 못 앉아 있게 하려는 거야." 다시 창밖을 보니 종로였다.

또다른 빌라에는 커다란 장미가 그려져 있었다. 하지만 이삿짐센터에서 찍은 검고 푸른 스탬프들이 꽃잎을 좀먹어가고 있었다. 이름은 '테라스 빌라'였지만 테라스는 없었다. 외할아버지는 리비아에 가서 번 돈으로 이 빌라를 샀다고 했다. 모래폭풍이 한번 일면 정지작업이 수포로 돌아가 허허벌판이 돼버리는 곳이었다. 자재를 싣고 오다가 길을 잃은 적도 있는데 거기서 신기루를 봤다고 했다. 커다란 궁전이 모래 위로 남실대며 떠올랐다가 사라졌다는 것이다. 외할아버지는 진짜보다 더 진짜 같더라고 말했다. 어쩌면 진짜였는지도 모른다고.

라디오 채널을 돌리다가 불교방송이 잡혔다. 외할아버지는 거기에 맞춰놓으라고 했다. "채우지 못한 욕심이 마음을 어지럽게 합니까?" 성우는 이렇게 묻고는 『반야심경』의 한 구절을 소개했다. 외할아버지는 손으로 의자를 치면서 흥얼흥얼 따라 했다. 사리자 색불이공 공불이색 색즉시공 공즉시색 수상행식 역부여시…… 외국어처럼 도무지 뜻을 알 수 없는 말들 속에는 처량함 같은 게 있었다. "사리자여." 성우가 방금 읽은 구절을 설명했다. "물질은 비어 있는 것과 다르지 않고 비어 있다는 것은 물질과 다르지 않다. 물질이 곧 공이고 공한 그 모습이 물질이니 우리의 의식이나 행동이나 마음 또한 마찬가지니라." 메아리 효과가 있어서 목소리는 아주 근엄하고 극적으로 들렸다. "얼마나 듣기 좋은 소리냐." 외할아버지는 연신 감탄했지만 성우가 "성불하십시오" 할 즈음에는 꾸벅꾸벅 졸고 있었다.

표에게서 이메일을 받았다. 김이 말한 데드라인에서 이틀 전이었다. "여기서는 그라운드 제로가 바로 보여." 첫 마디가 그랬다. 그 공터에 세계무역센터가 있었다고는 상상하기 어렵다고 했다. 표가 갔을 때 이미 거긴 그라운드 제로였으니까. "관광객, 추모객, 카메라맨, 정치인, 시위대가 아니라면 그 빌딩이 있었다는 건 실감하지 못했을 거야." 지금은 세계에서 몇째 가는 고층빌딩을 다시 짓는 중이라고 했다. 그러면 그곳이 그라운드 제로였다는 사실도 곧 잊히고 말 것이었다.

표는 뉴욕에서 '스시맨'이 되었다고 했다. 한인이 운영하는 초밥집인데 석달 만에 일자리를 구한 사람은 드물다는 것이었다. 넌 초밥을 좋아하지 않지, 하고 표는 단서를 달았다. 그러고는 초밥 이야기를 장황하게 늘어놓았다. 초밥이 맛있으려면 칠 그램, 이백아흔일곱개의 밥알이 필요하다는, 출처를 알 수 없는 말도 적었다. "단번에 그만큼 쥐려고 연습 중이야. 주방장은 무조건 빨리 쌓아놓으라고 하지만." 마지막에 표는 답장을 꼭 보내라고 했다. 그날 그렇게 헤어진 건 정말 미안해,라고도.

나는 창을 올려 "여기서는 그라운드 제로가 바로 보여"라는 문장을 다시 읽어보았다. "나는 스시맨이 되었어"라는 문장도. "정말 미안해"는 읽지 않았다. 회신 버튼을 누르고도 한동안 가만히 앉아 있었다. 표에게로 이메일이 가는 시간은 잴 수조차 없는 짧은 순간일 것이다. 수많은 영과 일이 자리를 바꾸는 순간, 어떤 이야기든 전할 수 있다. 하지만 나는 그냥 이메일을 지웠다. 지금 내게도 이백아흔일곱개의 위안이 필요한데 여기서는 그라운드 제로가 안 보였다.

수술이 잡힌 날, 홍이 밥을 먹다 말고 이게 무슨 냄새야, 했다. 홍은 곧장 아누차의 방으로 달려갔다. 아누차는 창문을 조금 열어놓고 밥을 볶고 있다가 갑자기 뛰어들어온 홍 때문에 깜짝 놀랐다. 그뒤부터는 홍과 아누차의 말이 달라서 누가 맞는지 알 수 없었다. 홍은 아누차가 자기를 떠밀었다고 했고 아누차는 흥분한 홍이 문턱에 걸려 넘어졌다고 했다. 뒤늦게 달려온 김은 홍과 아누차의 얼굴을 번갈아 바라보았다. 그러고는 아누차를 손가락으로 가리키면서 나가라고 했다. 운동장에서처럼 단호하고 완강한 표정이었다. 부엌 없는 집에서 살림을 하는 건 계약 위반이라고 김이 말했다.

아누차는 잠자코 짐을 쌌다. 문가에 놓여 있던 커다란 이민가방은 언제라도 떠나기 위해서였던 것 같았다. 아누차의 가방은 모퉁이를 돌아 천천히 사라졌다. 보이지 않게 된 뒤에도 한동안 바퀴 소리가 들렸다. 빈방에는 물건들의 이름이 적힌 종이만 남았다. 김이 청소를 하면서 그걸 떼어냈다. 아무리 조심해도 뜯은 흔적은 남았다.

시간 맞춰 병원으로 갔는데 의사가 자리에 없었다. 점심을 먹으러 가서 돌아오지 않았다는 것이었다. 삼십분 뒤에 다시 오기로 하고 좀 걸었다. 금식이라서 어제부터 아무것도 못 먹었더니 속이 쓰렸다. 편의점에서는 품목을 바꿔 와플을 팔고 있었다. 수술이 끝나고 나면 잇몸이 시큰하도록 단 저것을 먹으리라고 생각했다. 수술 날짜를 잡던 날, 간호사는 잠깐 자고 나오면 모든 게 끝나 있을 거라고 했다. 나는 동의서에 아무렇게나 싸인했다. 그건 누구의 이름이 아니라 의미 없는 낙서 같았다.

나뭇가지들에는 요철처럼 움이 터 있었다. '오피스텔

분양' '1억에 4채' '평생 연금' 같은 문구를 달고 애드벌룬이 떠 있었다. 시간을 보니 이십분이 남아 있었다. 아누 차는 어디로 갔을까. 색색의 스니커즈를 팔고 있는 노점을 지나쳤다. 자동차들이 서 있는 도로에서는 아지랑이가 피어올랐다. 언젠가 외할아버지가 보았다던 신기루처럼 아지랑이는 서울을 좀 몽환적으로 만들었다.

그때 마가 전화를 걸어왔다. 날 속인 게 괘씸해서 받지 않으려 했지만 한편으론 안부가 궁금하기도 했다. 마는 이번에도 어느 골목에서 표를 봤다고 했다. "안 갈래?" 온라인으로 그렇게 많은 사람들을 만나면서 골목에서는 왜 자꾸 표를 찾는 걸까. 난 찾을 필요가 없어졌다고 했다. "돈은 받았어?" "응, 이자까지 쳐주던걸." 마는 잘됐네, 하면서도 어딘가 아쉬운 투였다. 오분 전이라서 나는 좀 서둘러 걸었다. 마는 자기가 그 문제를 풀었다고 했다. 스도쿠 이야기인가 했더니 여자가 남긴 글씨들에 관한 것이었다. 나는 흥미가 생겨서 걸음을 멈췄다. "바늘에서 인공위성까지." 마는 여자가 그렇게 써붙이고 물건을 팔러 다녔을 거라고 했다.

횡단보도에 서 있는데 거울 조각 하나가 떨어진 게 보였다. 그것은 손가락만 했지만 빛을 되비추며 반짝였다. 보행신호가 들어오고 남은 시간의 숫자가 하나씩 줄어갔다. 마가 듣고 있느냐고 물어서 나는 으응, 했다. 이윽고 숫자는 영이 됐고 정지신호가 켜졌다. 보도에는 블록들이 모양을 맞춰 새로 깔리고 있었다. 전선들은 넝쿨처럼 얽혀 바닥으로 향했다. 그 옆으로 빈 수레를 밀며 노인들이 지나갔다. 신호가 다시 들어왔지만 발을 떼지는 않았다. 아직 시간은 남아 있고, 지금은 그걸로 충분했다.

집으로 돌아오는
밤

1

　폐점이 얼마 남지 않은 시각, 그녀가 마트의 환불 코너
에 서 있다. 환불된 물건들을 보며 무언가 생각하고 있다.
이런 새 상품들과 전혀 다르게 볼품없던 친모의 블라우스
와 그 감촉에 대해, 곧 돌아오겠다며 거짓말하던 친모가
자신을 세워놓았던 제과점과, 거기서 흘러나오던 아주 달
콤한 향에 대해, 왜 그런 기억들은 종작없이 머릿속에 떠
올랐다가 어떤 형상도 보여주지 않고 사라지고 마는 걸
까, 하고. 그녀의 발치에 있던 소동물 케이지를 스태프가
가져간다. 그런 동물들은 매번 어딘가 아픈 것 같다는 이
유로 돌아온다. 그렇게 말하는 부모 옆에는 좀 냉정한 표
정의 아이가 입술을 깨물며 서 있게 마련이고. 모든 약한
것들이 마음을 모질게 먹을 때는 그렇게 입술을 깨물곤

하니까.

반품된 물건들을 카트에 쏟으면서 그녀는 가게 탁자에 대해 생각한다. 얼마 전부터 할머니는 어디에 쓸지 알 수 없는 물건들을 주워왔는데 낡은 탁자도 그중 하나였다. 그걸 어떻게 들고 왔을까. 비탈길은 어떻게 오르고 철거 중인 동네의 어지러운 폐기물들은 어떻게 지났을까. 여든이 넘은 할머니가. 그녀가 양할머니와 함께 산 건 일곱살부터다. 섬유 공장에서 일하던 아버지가 사고를 당해 세상을 떠나자 곤궁해진 친모가 그녀를 버렸다고 했다. 마산의 어느 시장을 헤매던 그녀를 할머니가, 그녀로서는 처음 보는 양할머니가 경찰서에서 찾아왔다. 그리고 심야 버스에 그녀를 태워 서울로 데려왔다. 만원 전철에서는 누군가 그녀를 들어올려 목말을 태워주었다. 그뒤 펼쳐진 날들이야 어떻든 서울은 친절하다는 인상이었다.

저기 Y가 엘리베이터에서 내려 카트를 끌고 오는 것이 보인다. 그녀의 얼굴이 좀 변한다. 같은 동네에서 자란 Y와 그녀는 지난달 이곳에서 재회했다. 오래간만이었는데도 둘은 서로를 한눈에 알아보았다. "이것 좀 반품해주라." 그가 내민 영수증에는 사연 많은 편지처럼 상품명이 적혀 있다. 빵과 컵라면, 로스트 치킨, 냉동만두, 감자칩, 보온 시트, 줄넘기, 골프공. 그녀가 '단순 변심' 칸에 표시하고 전산을 확인한다. 이달에만 아홉번째 반품이다. 쓰지도 않을 물건을 충동적으로 가져가는 것이 아닐까. 마트에는 그런 사람들이 생각보다 많았고 상당수가 상습적으로 마음을 바꾸는 사람들이었다.

"난정동에 아직도 사람들이 살고 있니?" Y가 돌아서려다 묻는다. 저번에 만났을 때 난정동에 산다고 분명히 말했는데 사람이 사느냐니. "그럼요." "언제 다 철거한다니?" 그녀가 잠시 생각하다가 겨울이 지나면, 하고 대답한다. Y가 가방에서 명함을 한장 꺼낸다. '대한환경'이라는 회사명 옆에 재활용 기호가 그려져 있다. "너도 이사 갈 거지? 버릴 거 있으면 가져와. 할머니가 뜬 조끼나 스웨터, 그런 거 다 돈 된다." Y가 점퍼를 단단히 여미고 마트를 나선다. 그녀는 반품된 상품들을 뒤편 카트에 쌓았다. 카트가 가득 차자 아르바이트생이 매장으로 밀고 가고 그녀 뒤에는 다시 빈 카트가 섰다.

밤에도 소리가 있다고 믿은 적이 있다. 밤에는 낮보다 소리가 더 잘 들리고 실제로도 멀리 퍼져나가지만, 그런 것 말고 밤 자체가 내는 소리 말이다. 그건 청각이 아니라 촉각에 가깝기도 하다. 장막이 걷히면서 대기가 투명하게 열리는 느낌, 아무도 없는 곳에 서 있다가 문득 느껴지는 인기척, 잠을 이루지 못해 뒤척이면서 떠올리는 모든 사람과 사물들의 —— 하지만 실제로는 그것들이 전혀 내지 않는 —— 어떤 소리들. 그녀가 그런 소리들에 대해 생각하게 된 건 어려서부터 혼자 자야 했기 때문일 것이었다. 그때는 '낙원모사'가 꽤 장사가 잘돼서 지금 이 집의 위층까지 빌려 썼는데, 그녀의 방은 현관에서 멀리 떨어진 이층 한구석에 있었다. 할머니는 그녀의 방을 잘 들여다보지 않았고, 할머니가 있든 없든 집은 아주 조용했다. 그래서 그녀는 이웃집이나 동네 어딘가에서 들리는 소리들에 귀 기울이면서 집 안의 괴괴한 침묵을 이겨보려고 애썼다. 하지만 그것도 밤이 깊어지면 모두 그치고 이제 밤의 소리, 정말 밤이 내는 소리들에 위로를 받아야 하는 순간이 오는 것이었다. 그리고 그렇게 생각하고 귀 기울이면 손바닥을 맞부딪치지 않고 누군가 연신 박수를 치는 것 같은 미미한 기척들이 느껴지고. 하지만 지금은 텔레비전을 보거나 휴대전화로 게임을 하며 잠들 수 없는 밤을 견딘다.

그녀와 할머니는 나쁘지 않은 사이였지만 분명한 거리감이 있었다. 그건 그녀가 궁금해하는 이야기들을 할머니가 해주지 않기 때문이라고 그녀는 생각했다. 심지어 그녀의 아버지에 대해서도. 이유에 대해 할머니는 죽은 사람들을 함부로 말하면 안되기 때문이라고 했다. 이쪽 세계와 저쪽 세계가 다른데 이쪽 사람들이 저쪽 사람들 이야기를 자꾸 하면 저쪽 사람들이 이쪽 세계에 미련을 두고 기웃거린다고. 귀신도 그래서 생기는 것이라고. 그렇게 저쪽 사람들이 이쪽 세계를 오가다보면 저쪽 세계도 이쪽 세계랑 다를 바 없이 돼버려 나중에는 죽어도 여기서처럼 살아야 한다고 했다. 그러면 그녀는 저쪽 세계에 가서도 아버지를 잃고 친모에게 버림받아야 할 것이었다.

그녀는 어렸을 때는 이쪽과 저쪽을 구분할 재간이 없었고 나중에는 이쪽과 저쪽은 분명 다르지만 그녀 자신은 어쩐지 이쪽이 아니라 저쪽에 속하는 애가 아닐까 생각하며 자랐다. 그건 한 방향으로 귀를 기울이거나 마음을 쓰고 있으면 자연스레 고개가 그쪽을 향하는 것과 같았다. 할머니는 그녀의 아버지나 할아버지 같은 죽은 사람들에 대해 말하지 않음으로써 어두운 기억을 걷어내려 했는지 모르지만, 도리어 그들이 할머니와 그녀 사이에 일상적으로 자리 잡는 결과를 불러왔다. 그녀는 마치 떨어뜨린 드롭스나 캐러멜이 시멘트 바닥 위에서 굳어가는 것을 보듯 선망과 애잔함이 있는 채로 죽은 사람들의 세계를 바라봤다. 어쩌면 그녀가 쇼핑할 때 데리고 다닐 만만한 친구 하나 없이 살고 있는 건 그 탓일지도 몰랐다.

할머니가 저녁을 차리러 부엌으로 가고 그녀가 탁자를

살핀다. 아주 낡은 것이지만 어딘가 낯익다는 생각이 든다. 누군가 썼던 물건들은 대개 그런 느낌을 주긴 하지만. 그녀는 탁자 위에 놓인 낙원모사의 외상장부를 펼친다. 할머니는 외상장부를 편물 기호로 적었다. 한글을 몇 글자 모르는데도 배울 생각은 하지 않았다. 그녀는 외상장부를 읽을 수는 없지만 여기 적힌 것들이 모두 동네 여자들의 별명이라는 건 안다. '불독살' '잔기미'처럼 얼굴 생김새에 빗댄 것도 있고, '반지하' '고리대' '한접'처럼 사는 형편에 따른 것도 있었다. 낙원모사에서는 대개 그런 별명으로 불렸다. 할머니는 이름을 묻지 않았고 여자들도 으레 말하지 않았다. 여자들의 이름은 어느 틈에 그렇게 사라져버리는 걸까, 그녀는 궁금해하곤 했다. 어둠이 내리면 골목을 오가는 사람들 얼굴이 잘 보이지 않듯 그렇게 사라져버리는 걸까. 발걸음 소리나 흥얼거리는 노랫소리 같은 걸로 그 사람을 짐작하는 것처럼, 할머니도 그렇게 별명을 붙여 동네 여자들을 부르는 걸까. 지금은 그런 이름들이 어떻게 사라지는지 안다. 밤이 오면 골목이 텅 비어가듯 이름들은 그렇게 여자들의 인생에서 쓸쓸하게 빠져나간다. 그래서 그녀도 이제 저기요,라든가 캐셔,라든가 이봐요, 같은 말로 불리게 된 것이다.

　장부를 들춰보던 그녀가 고개를 갸웃한다. 며칠 동안,

바로 어제만 해도 어떤 사람이 실을 사간 것으로 되어 있다. 이상하다, 남은 집 가운데 뜨개질을 시작할 만큼 한가한 사람은 없는데. "누가 실을 사갔어요?" 할머니는 답이 없다. 뒷마당에서 무를 다듬는 중이다. 혹시 아무도 찾지 않는데 할머니가 장부를 쓰는 건 아닐까.

밥상이 그녀 앞에 놓이고 할머니가 숟가락으로 어묵국의 무를 뭉텅 잘라낸다. "누가 외상을 했어요?" 할머니는 "갚았다"라며 고개를 끄덕이고는 창밖의 누군가를 가리킨다. 인부가 세탁소 벽에 '공가'라 쓰고 있다. "겨울 무가 아주 초코레토마냥 다네. 저 양반은 저기서 뭐라고 쓰고 있어?" 그녀는 생각하다 "바보라고 쓰는가보네요" 하고 대답한다. 할머니를 놀릴 생각은 아니지만 허물어져가는 동네에 대해서는 이야기하고 싶지 않았다. 그건 저쪽 세계의 사람들만큼이나 둘 사이에 금기시된 이야기다. 하지만 이 겨울이 지나면 그들도 이사를 해야 하겠지. 서울의 북쪽이나, 아니면 경기도로. 할머니가 고집해 올해는 버텼지만 쉽지 않았다. 장마 때는 빈집들이 물에 잠기면서 쓰레기가 동네를 떠다녔다. 물이 빠지고 나서는 모기와 파리 떼가 새카맣게 날아올랐다.

설거지를 마친 그녀가 방으로 들어와 커튼을 치고 눕는다. 그녀가 이혼하고 돌아오자 할머니는 커튼으로 방을 반 갈랐다. 처음에는 그럴 필요가 있나 싶었지만 곧 유용하다는 걸 알게 되었다. 잠을 이루지 못해 뒤척이거나 드물게 울고 싶을 때, 그 얇은 커튼 한장이 많은 것을 숨겨주었다. 불안이나 두려움, 더 많게는 수치심 같은 것을. 결혼에 실패했다는 것이 왜 그렇게 큰 수치심이 되나. 그녀가 견디지 못한 건 무엇이었을까. 밤을 견딜 수 없었지, 그녀가 생각했다. 그 많은 밤들을 오직 한사람을 미워하고 경멸하고 냉소하기 위해 보냈다는 사실이 수치스러웠다. 어느 밤도 사랑이 끝났다는 사실을 아쉬워한 적 없다는 사실이.

그녀는 탁자에 대해 생각하다가 Y를 떠올리고는 문득 탁자가 그 옛날 Y의 집에 있던 탁자와 비슷하다고 생각한다. 그녀가 그 탁자를 기억하는 건 Y의 아버지가 볕을 쬐면서 공부하라고 그것을 지하방에서 골목까지 꺼내 Y와 남동생 A를 앉혔기 때문이다. 그리고 얌전히 공부하고 있으면 형제를 데리고 분식집에 외식을 갔고, 낙원모사 앞을 지나다가는 미희야, 하고 그녀를 불러 함께 데리고 갔다. 만두며 튀김 같은 것을 주문하고 자기 앞으로 소주도 시켰다. 그리고 마지막에는 거나하게 취해 셋을 한 팔에 모아 들어올리면서 아유, 이 불쌍한 것들아, 했다. 셋은 그 말에 어울리지 않게 명랑하게 웃었고, 그녀는 Y의 아버지가 그녀를 들어올린 그 힘을 느끼면서 아, 이런 것이 아버지의 것이구나 생각했다. Y의 아버지가 그 자리에 그녀를 끼워준 것은 그 말을 하기 위해서였을지도 모른다. 그녀가 그렇게 슬쩍 끼어들면 어떤 불행이, 그들 가족에게만 해당하는 불행이 아니라 좀더 보편적인 것이 될 테니까. 연탄집 지하만이 아니라 옆집 낙원모사에도, 건너편 국수집에도, 더 지나 난정동 전체에도. 어쩌면 양친이 없고 왜 없는지도 잘 알지 못하는 그녀를 더 불행한 편으로 놓았는지도 모르지만. 군복 차림의 Y의 아버지, 그 무릎까지 들어올려져 있던 그녀의 두 발이 다시 이불 위로 돌아온다. 발이 시리다. 그런데 그 탁자가 여기에 있을 리가 없지. 그때가 이십년도 더 전인데. Y의 집도 사라졌고. 아침이 되어서야 그녀는 잠이 든다. 그게 그렇게 오래되었는데도 어제 일처럼 생생한 것이 이상하다고 생각하면서.

2

　다시 마트의 밤, 그녀가 누군가 두고 간 카트를 보고 있다. 거기에는 계산은 했지만 어쩐 일인지 가져가지 않은 두부 한모가 놓여 조명을 받고 있다. 할머니가 왜 물건들을 주워올까 생각한다. 그리고 왜 누군가 외상을 갚았다고 거짓말할까. 정말 난정동 사람들 중 누가 가게에 들렀을까. 푸드 코트에서 늦은 저녁을 먹다가 죽집 찬모에게 그런 이야기를 한다. 찬모는 그녀와 가장 가까운 직원이고 개인적인 안부를 물어보는 사이다. "치매가 오시나……" 찬모가 밑국물에 양념을 풀면서 말한다. "뭐 주워오고 거짓말하고…… 치매가 오시나." 그러면서 찬모는 자기 시아버지가 입원했다는 인천의 한 요양병원에 대해 이야기한다. 중국 동포들이 요양사로 일하는데 한국어를 거의 못한다고, 하기야 그러니 치매 노인들을 견디는지 모른다고. 그러다 찬모는 국자를 떨어뜨리고는 혀를 쯧쯧 차면서 커다란 냄비에서 집어낸다. 이미 숟가락을 놓은 그녀는 치매가 오시나, 하는 찬모의 말만 곱씹고.

자정이 되자 카운터 조명을 끄고 집으로 갈 준비를 한다. 탁자는 누가 갖다주었을 수도 있고 누군가가 정말 물건값을 줬을 수도 있다. 하지만 탁자만이 아니라 가게 한편을 가득 채우고 있는 그 많은 물건들은 어떻게 설명할까. 마트를 나서다가 그녀는 Y와 마주친다. Y는 소형 난로를 든 채 마트 건물을 올려다보다가 문 닫았구나, 하며 그 자리에 선다. "전자제품 뜯으면 반품 안되는데……" "뜯지는 않았어. 가져가자마자 바꿔야 한다는 걸 딱 알았거든." Y가 그녀를 따라 주차장을 가로지른다. "이렇게 퇴근이 늦으면 뭘 타고 가니?" "버스 있어요, 한시까지는."
곧 헤어질 줄 알았는데 그녀를 따라 버스를 탄다. "이 버
스 홍은동 안 가는데." "동네가 어떻게 변했나 궁금해서."
Y가 난로를 발치에 내리고 창밖을 본다. 버스가 모퉁이를
돌 때마다 둘이 흔들린다. 어깨가 닿지는 않지만 좁혀지
고 멀어지는 간격이 생생하다.

　"부모님은 안녕하시죠?" "그러시겠지. 최근에는 본 적
이 없어서." Y는 뭔가를 생각하듯 고개를 숙이고 있다가
"나이가 들면 말이야" 한다. 기껏해야 두어해 차이인데 나
이가 들면,이라는 말이 어색하다. "나이가 들면 마음보다
몸을 움직이기가 더 힘들거든. 아버지랑 사이가 안 좋았
지만, 이제 연세도 많고 상황을 바꿔보려고 해도 말이야.
특히나 우리 가족은 알다시피 안 좋은 일이 많았으니까."
그 안 좋은 일이란, A가 사고로 죽은 것을 말했다. A는 발
달이 좀 늦은 아이였는데 공사장 부동액을 마시고 목숨을
잃었다. '부동액'이라고 쓰여 있는데 글자를 모르는 그 아
이가 그걸 마셨다고 동네 사람들이 혀를 찼다. 그러게 왜
학교에 보내지 않아, 밥은 굶어도 자식새끼는 학교를
보내야지, 그래야 여기서 벗어나지, 먹고살 만해지지.

　A는 정말 거기 쓰인 글자를 읽지 못했을까. 아버지가,
때론 Y가 열심히 한글을 쓰고 읽게 했는데, 그 탁자에서.

하지만 정작 A가 좋아한 건 라디오였다. 온종일 '마이마이'를 들으면서 라디오 광고들을 따라 했다. A가 라디오를 들으며 삼양 컵라면, 하면 그 아버지는 뜨거운 컵라면, 이라고 썼고 피어리스 화장품, 하면 엄마 화장품,이라고 썼다. A는 마지못해 따라 쓰기도 했지만 오래 앉아 있지는 않았다. 볕이 좋아 옛날에는 난이 지천으로 폈다던 난정동의 오후는 늦도록 밝고, 저 알 수 없는 세계에서는 어떤 소리들이 라디오를 통해 끊임없이 들려왔으니까. 그 소리를 따라 난정동을 뛰어다니는 것이 A의 즐거움이었으니까.

A를 잃자 그 가족들은 난정동을 떠났다. Y도 오늘이 아주 오랜만일 것이다. 그와 그녀가 탄 버스가 열아홉 정류장을 지난다. 난정동의 풍경은 여느 서울과 아주 다르다. 불 켜진 간판 하나 없이 가로등만 드문드문 켜져 있다. Y는 동네 어귀에서 걸음을 멈추고 어수선한 풍경을 둘러보았다. 그리고 "한시까지 버스가 있지?" 묻고는 그녀에게 인사했다. "나는 다음에 와야겠어." 난로를 든 Y가 횡단보도를 건너 맞은편 정류장으로 간다. 그래, 마음보다는 몸을 움직이는 게 쉽지 않다고 했으니까. 그래도 할머니가 기억할 텐데 집으로 데려가 차라도 권할 걸 그랬나. 탁자라도 보여줄걸. 그건 정말 Y의 옛집에 있던 것과 비슷한

데. 아니야, 그 어지러운 가게를 보여주는 것도 좋은 일은 아니지. 탁자 얘기를 하면 날 이상한 사람으로 볼 테고.

Y는 A와 잘 놀아주지 않았다고 그녀는 기억한다. 오히려 골목에 몰아넣고 아주 무섭게 때리곤 했다고. 그런 걸 후회하는 밤이 많았을 것이다. 그래서 난정동에 아직도 누군가 사는지 궁금하지 않았을까. A와 친한 동네 아이들은 없었지만 언제나 몇몇이 A를 쫓아다니곤 했다. 라디오 광고를 똑같이 따라 하는 A도 신기했지만 거기 등장하는 그 많은 상품들도 놀라운 것이었다. 영양과 에너지가 풍부하다는 '마일로'나 '포스트' '왕자 아동복' '임페리얼' 같은 매혹적인 물건들. 하지만 라디오에서는 흔한 그런 물건들이 난정동에서는 그렇지 않았고, 아이들은 모두 그 이유를 잘 알았다. 여기는 서울에서 가장 오래된 판자촌이니까. 그때는 물론이고 이후로도 한 십년 공동변소를 써야 했던 지긋지긋한 곳이니까. 여기로 귀가하는 사람들은 이 도시에서 가장 가난한 사람들이고 우리는 그런 부모 아래에서 불행하게 울어야 하는 아이들이니까. 화가 나면 애들은 괜히 A를 괴롭혔다. 그 아이는 그런 기척들을 쉽게 알아서 눈치껏 달아났지만 여지없이 잡혔고 맞았고 다시 달아났다.

3

Y와 그녀는 마트가 문을 닫으면 으레 주차장에서 만났
다. Y는 그녀를 따라 버스를 타고 난정동까지 왔고 얼마
걷지 못한 채 버스를 타고 돌아갔다. 그러는 사이 그녀는
Y에 대해 꽤 많은 걸 알게 되었다. 그건 흐릿한 선들을 이
어 어떤 형태를 그리는 것 같은 일이었다. Y도 허재나 강
동희 같은 농구선수들을 최근까지 좋아했다는 것, 대학을
졸업하지 못했지만 돈 때문이라기보다는 다녀야 할 이유
를 알지 못해서였다는 것, 사기를 당해서 엄청난 빚을 지
기도 했다는 것, 역에서 노숙을 하기도 했는데 며칠 지나
자 사람들을, 쇼핑백이나 장바구니를 들고 집으로 돌아가
는 이들을 이유 없이 해코지하고 싶어지기도 했다는 것,
사실 홈쇼핑에서도 물건을 사들였다가 반품하곤 한다는
것, 푸드 코트에서 파는 단팥죽을 자주 사 먹는다는 것, 군
대에서는 의가사제대를 했다는 것, 그때 그를 괴롭혔던
건 식당 밥에 독극물 같은 것이 들어가 있을지 모른다는
망상이었다는 것. 그녀가 왜 그렇게 자주 반품하는지 묻
자 Y는 바보 같아서 그러지, 했다. 못난 놈이라서 그런 짓
이나 하면서 시간을 보내지.
　오늘은 Y가 봉고를 끌고 왔다. 뒷좌석에 박스 두개가

놓여 있다. Y는 헌옷들을 모아서 유행이 지난 것과 지나지 않은 것, 내수로 돌릴 것과 해외로 나갈 것, 중국에 갈 겨울옷과 아프리카에 갈 여름옷을 나눈다고 했다. 그녀는 그런 것들이 그렇게 먼 곳으로 간다는 게 놀랍다. "아주 엉망인 옷들도 카센터 걸레로 다 팔려가." Y는 생각보다 이 일이 경기를 타지 않고 수익도 꽤 된다고, 나중에 돈 벌어서 업체 하나 만들 생각이라고 했다. 아마도 마흔 전에는. Y는 이번에는 동네 어귀에서 멈춰 서지 않는다. 아주 낯선 세계에 온 사람처럼 두리번거리며 뭔가 억울한 듯이 골목이 이렇게 좁았어, 이렇게 좁은 골목일 뿐이었어, 그랬어, 했다. 그러다 오해가 풀린 연인을 대하듯 좀 살갑게 교회가 문을 닫았구나, 아카시아 나무가 여태 있네, 하며 시선을 맞췄다. 봉고가 낙원모사 앞에 도착했을 때 그녀가 용기를 내서 좀더 걸을까, 물었다.

　인부들이 묵는 컨테이너를 지났다. "원래 여기가 공터였는데." Y가 맞은편 남산타워를 기준으로 위치를 짐작했다. 그러고 보니 지금까지 그대로인 건 멀리 보이는 63빌딩과 남산타워뿐이다. "우리 집은 남아 있어?" "아니, 도로가 났잖아요." "우리 부모는 갈라섰다, 동생 잃어버리고 나서." 그녀는 잃어버리고 나서,라는 말이 이상하지만 다른 말은 않는다. "서울을 다 찾아도 없다던데 어디 살아 있을까?" 그때 Y는 외가에 가고 없었고 방학이 끝나고 나서는 난정동이 아니라 이사 간 다른 도시로 돌아갔다고 했다. 부모를 더이상 믿지 않게 된 것이 그때부터라고 했다. A를 잃어버리자마자 집을 옮기다니 그러면 A는 어떻게 돌아오라고. 그는 부모가 A를 일부러 버린 것이 아닐까 아직도 의심하고 있었다. 지금은 그런 의심을 풀 수도 없게 되었지만. 그녀는 A가 미아가 되었다는 이야기는 처음 듣지만 설마 버려졌겠어요, 한다. 그런 일은 없었겠지요.

그들이 폐업한 문구점 앞을 지나는데 누군가 그곳에서 나온다. 헐렁한 누비바지와 스웨터, 목도리, 자세히 보니 그녀의 할머니다. 얼마나 돌아다녔는지 머리 위에 눈이 소복했다. Y가 놀란다. "많이 늙으셨네. 저것 봐, 뭘 하시는 거야?" 할머니는 그들이 지켜보고 있는 줄도 모르고 폐가전들을 뒤지고 빈집에 들락거린다. "아니네, 아니야" 혼잣말하면서, 머리가 다 젖는 줄도 모르는 채.

다음 날, 그녀가 병원 얘기를 꺼내자 할머니는 그동안 한번도 볼 수 없었던 공포와 수치심과 분노와 두려움과 적개심까지 보이는 표정으로 싫다,고 했다. "이사도 안 가고 병원도 안 간다." 할머니는 말했다. "그런 데가 어떤 곳인지 나는 안다." 그녀가 뜻한 병원은 그런 데가 아니라

고, 그냥 검사받고 약 먹고 집으로 돌아오면 된다고 해도
할머니는 아주 모욕적인 말을 들은 것처럼 나중에는 내
가 변을 잘 못 보냐, 사람을 못 알아보냐, 밥상을 못 차리
냐, 하며 그녀를 다시 보지 않을 것처럼 돌아서서 커튼을
쳤다. 그녀가 잘못한 것이 무엇일까. 자꾸 물건들을 주워
오잖아요. 밤마다 나가서 돌아다니는 거 다 알아요. 심해
지면 이제 집도 못 찾아요. 그러면 길을 잃고 집으로 올
수가 없게 되는 거라고요. 할머니를 어디 먼 곳에 보내려
는 게 아니라고요. 그녀가 괜히 눈물이 나서 울먹이며 말
해도 할머니는 대답이 없다가 "그건 내가 주워온 게 아니
야" 한다. "누가 맡겨둔 거야. 나는 잠시 맡아두는 거야.
떠나고 싶으면 너 혼자 떠나라. 어차피 마산에서 너 데리
고 오면서 나 늙어 호강하려는 생각 안했다. 나는 그냥 늬
애비가 갑자기 죽었다고 해서, 말도 잘 안 섞던 사이지만
왜 공장에서 자기 몸에 불을 내서 죽나, 끔찍하고 끔찍해
서 며칠 밤을 못 자다가, 미아가 있다고 해서 내려가서 널
데려왔을 뿐이지, 내가 자식은 없어도 니 덕에 호강하려
는 생각 안했다. 늙으면 아무도 모르게 혼자 살다 저쪽으
로 넘어가면 그만이니까."

자기 몸에 불을 냈다는 말은 처음 듣는다. 그녀와 할머
니는 커튼을 사이에 두고 모로 누워 운다. 수치심 때문이

아니라 그냥 무언가가 두려워서 운다. 밤이 더 깊어지자 커튼의 저쪽은 조용해지고, 그녀는 휴대전화로 인터넷 써핑을 하다가 게임을 하다가 하늘을 날다가 악당에게 쫓겼다가 언덕을 활강했다가 괴물에게 잡아먹히고 만다. 그래도 잠이 오지 않자 그녀는 소리들에 대해 생각한다. 시간은 너무 늦고 동네에는 이제 사람들이 살지 않아서 그녀 곁에는 밤밖에 없다. 회색 건물의 사택이 겨우 생각난다. 그곳은 마산일까. 알 수는 없고 다만 아침이면 그 사택에서 작업복 차림의 남자들이 쏟아져나와 공장으로 흘러갔다는 기억이, 그 비슷비슷한 사람들이 비슷비슷한 발소리를 내며 걸어갔다는 기억이, 하지만 그건 아주 흐릿한 기억이기 때문에 실제로 그것이 어떤 소리였는지는 기억나지 않고.

4

며칠 뒤, 눈이 그치자 그녀는 전철을 타고 집들을 둘러봤다. 난정동에 더 남아 있으면 할머니에게 좋지 않을 것 같았다. 사람은 없고 철거 중인 건물들은 많아서 길을 잃기 십상이었다. 그녀는 서울의 북쪽에서 괜찮아 보이는 방을 찾아냈다. 하지만 집 앞의 찜질방 때문에 계약은 하지 못했다. 좀 늦은 시간이 되자 찜질방은 눈이 쓰라릴 정도로 매캐한 연기를 뿜어냈다. 나무 말고도 온갖 쓰레기와 타이어를 넣어 땐다고 슈퍼 주인이 말해주었다. 동네에서는 아예 창을 닫고 산다고. 그녀는 버려진 모든 것을 집어삼켜 목욕물을 데우는 화구를 떠올리며 돌아섰다.

전철이 한강을 따라 달릴 때 그녀는 아버지를 떠올린다. 그건 피할 수 없는 불행이었을까. 주변 사람을 자살로 잃은 사람들은 자신도 쉽게 그런 선택을 한다던 말이 생각난다. 그러면 할머니가 그렇게 죽은 아버지에 대해 함구한 건 저쪽 사람들이 아니라 이쪽 사람들을 위해서였겠구나. 저쪽 세계로 향해 있던 그녀의 얼굴이 좀 차가워진다. 억울하다,고 생각한다. 생각하지 않겠다,고 생각한다. 해석하지 않겠다,고 생각한다. 그녀는 내릴 역이 지난 것도 모르고 강의 북에서 남으로, 지하에서 지상으로 하염없이 흘러가다가 겨우 난정동으로 돌아온다. 공중에 얼마간 머무는 대신 계단과 계단을 연이어 밟아나가는 두 발에만 시선을 맞추면서.

집으로 들어가려다 그녀는 골목을 서성이는 할머니를 발견한다. 할머니는 세탁소 벽에 붙어서 무언가를 적고는 자리를 떠난다. 휴대전화 불빛을 비춰보니 편물 기호들이다. 그녀는 할머니가 어디까지 가는지 따라가본다. 할머니는 한번도 뒤돌아보지 않고 난정동과 다른 동네의 경계까지 걸었다. 그런데 저렇게 걷다가 집으로 돌아오는 길이 기억나지 않으면 어떻게 되는 거지. 그러면 할머니를 잃을 수도 있지 않나. 잃을 수도 있지 않나, 하고 자기가 생각해놓고 그녀는 스스로 놀란다. 그건 손을 놓으면 풍선을 놓칠까봐 긴장하면서도 정말 그런 일이 일어나겠구나 싶어 불길하게 들뜨는 마음이다. 손을 놓을 일은 없으리라는 걸 알면서도, 그렇게 될 것을 부정하면서도 그것이 가져올 두 손의 자유로움에 대해서도 함께 떠올리는. 어쩌면 친모가 그랬을까. 할머니가 잠시 앉아 쉬면서 누구에겐가 말을 건넨다. 물론 여기에는 아무도 없다. 치매가 오시나, 하면서 무심히 냄비의 밑국물을 젓던 찬모가 생각난다. 그녀는 할머니 말을 듣지 않으려고 애쓴다. 그렇게 하면 평소와 다르지 않은 밤을 맞을 수 있다는 듯이. 다행히 그녀와 할머니 사이에는 늦은 밤의 차가운 대기가 마치 강처럼, 방과 방 사이의 찬 마루처럼, 커튼처럼 놓여 있어 어떤 소리들은 들리고 어떤 소리들은 묻힌다. 다만 그녀의 죽은 아버지를 부르는 소리가, 아버지의 홍진 얼굴은 왜 거기서도 구리스 바른 것처럼 매끈해지지 않느냐고 웅얼거리는 소리가 들린다. 할머니는 나는 몰라요, 몰라요, 대답하고 죄송해서 어쩔까, 어쩔까, 누군가에게 사과하고, 잔기미 그 여자는 어떻게 됐어? 앞집 할매는 정말 죽었어? 묻다가 말인지 울음인지 한숨인지 모를 소리들을 내다가 옷을 여민다. 그리고 그 결에 A의 이름이 나온다. 그녀가 더는 기다리지 않고 할머니를 부른다. "집에 가요. A는 왜 찾아요, 할머니. 걔는 죽었잖아요. 아니, 미아가 되었잖아요." 죽었지, 할머니는 그녀를 보고도 놀라지 않고 무심하게 대답한다. "미아가 아니라 죽었어. 죽었지 않냐." "그런데 왜 A를 찾으면서 우는 거예요. 잔기미도 앞집 할머니도 이제는 없잖아요. 귀신이라도 보는 거예요?" 할머니는 말하지 말라고 한다. 그런 말 하면 저쪽 사람들이 자꾸 건너온다고, 다 떠나고 만나고 싶은 사람들이 없으니까 자꾸 자기를 찾아와서 떠난 사람들의 행방을 묻는다고, 그건 할머니도 알지 못하는데. 할머니는 골목에서 또 저쪽 사람들을 만났는지 걸음을 멈추고 말을 한다. 그것이 듣기 싫어 그녀는 할머니에게 등을 보이며 앞서 걷는다. 입술을 좀 깨문 채로. 그러나 바람은 할머니 쪽에서 불어와서 어떤 이야기들은 기어코 그녀에게 들린다. 좀더 빠르게 걷자 그 이야기들은 가아너너우하군운하하 같은 알 수 없는 소리가 되어 그녀의 얼굴을 덮는다.

다음 날, 그녀는 가게 문을 밖에서 잠그고 출근했다. 그건 나쁜 일이지만 할머니가 길을 잃는 건 참혹한 일이었다. 걷는 동안 그녀는 '공가' '5683' '철거' 같은 단어들과 뒤섞여 있는 편물 기호들을 보았다. 공5가●✕철7✕라┬완7가ᒽ+완┮●● 공5가거철6Ⴤ완ᒽᆍ료○✕●┬✕3✕✕✕. 왜 저런 것을 적고 다니는 걸까. 기호들은 인부들이 쓴 단어 사이에 틈을 내며 적혀 있었다. 그래서 무의미한 낙서 같기도, 무늬들 같기도 했다. 뭘 딛고 올랐는지 할머니 키보다 높은 벽에 적힌 것들도 있었다. 공8가┬철7—ᒽ완□Ⴤ☆2●●완Ⴤ. 그녀는 그것들을 되풀이해서 읽었다. 불가해한 기호들인데도 여러번 읽자 어떤 온도가 느껴졌다. 결국 그녀는 골목을 벗어나기도 전에 낙원모사로 돌아가 자물쇠를 풀었다.

5

오늘은 그녀가 Y에게 탁자를 보여주는 밤이다. 할머니는 그를 못 알아보는지 조용히 목도리만 뜨고 있다. Y가 사들고 온 만두가 검은 봉지 안에서 식어간다. 그는 탁자를 유심히 보다가 한번 들어보다가 매만져보다가 한번 앉아볼까, 하다가 자기도 그런 것이 우스운지 하하 웃었다. 그리고 낙원모사의 내부를 둘러보고, 웅크리고 앉아 있는 할머니를, 마지막에는 그녀를 바라보았다. 치우려면 한참이겠구나, 하면서.

　그녀가 소반을 가져와 만두를 올려놓는다. "할머니, 저 기억나시죠? 옆집에 살았잖아요. 겨울이면 저랑 잃어버린 제 동생이랑 장갑도 떠주시고. 다 기억나는데. 할머니 탁자랑 저 쓰레기들이랑 다 치워드릴게요. 봉고 몇번 오가면 금방이에요. 쓸 만한 건 팔아서 이사 비용도 하시고요. 알았죠, 할머니? 아픈 건 걱정 마시고요, 미희가 잘해드릴 거예요. 착하잖아요." 할머니는 답이 없다가 뜨개질을 멈추고 돌아앉는다. 그러나 할머니는 여기가 아니라 아주 먼 곳을 보는 사람의 눈을 하고 있다. 그녀는 할머니의 입에서 A에 관한 얘기나 죽은 사람들 얘기 같은 엉뚱한 말이 나오지 않을까 긴장해서 단무지가 다네, Y가 살이 많이 쪘어요, 우리 할머니 이 동네에 육십년이나 살았어, 간장을 더 풀까, 한다. A가 글자를 못 읽어 죽었다는 이야기, 아주 나쁜 꿈 같은 이야기, 악의적인 소문 같은 이야기를 하지 않으려고. 그런 이야기를 들은 사람들은 흔들릴 수밖에 없으니까. 그러면 Y의 세계, 마흔 전에는 재활용품 공장을 열겠다는 Y의 세계가 근원에서부터 흔들릴지도 모르니까. 무언가가 Y의 평정심을 흔들고, 그렇게 흔들릴 Y가 누군가의 평온을 깨고 싶어지게 될까봐. 그런 이야기들이 퍼졌을 때, 동네에는 안타까움과 비통함 속에서도 무정함과 냉정함 같은 것이 있었다고 그녀는 기억한다. 동네는 한동안 시끄러웠다가 이내 시들해졌고, 그 이야기들은 공기가 빠져나간 풍선처럼 작아지고 작아지다가 어딘가로 떨어져내렸다고. 한 아이가 겪었던 불행이, 그 가족의 불행이, 그 무렵 이 동네의 불행이, 그래서 더 불행해졌을 이 세계의 불행이.

Y는 남은 만두를 욱여넣듯 입안에 넣고 탁자를 끌어내기 시작했다. 하지만 이상하게 탁자가 무거워서 뜻대로 되지 않았다. 할머니가 그를 말렸다. "놔둬, 나는 괜찮으니까 거기 놔둬." "어차피 치울 거면 오늘 버려요. 돈 들어요." 그녀가 말한다. "어차피 버릴 거잖아요, 할머니. 필요하시면 하나 새로 사시고요" 하면서 그도 멈추지 않는다. 그녀는 할머니가 치우지 말라고 할수록 탁자를 반드시 버려야 한다는 생각을 한다. 그건 낙원모사의 문을 자물쇠로 잠가버리던 며칠 전의 마음이다. 저러다 길을 잃을지 모른다고 생각하면서도 어디까지 가나 말없이 쫓아만 가보던 마음이다. 친모가 그녀를 버린 것이 아니라 할머니가 억지로 데려왔을지도 모른다고 멋대로 생각하던 사춘기 시절의 마음이다. 누구 없어요? 수없이 마음으로 물어봐야 했던 유년의 마음이다. 그래도 그녀는 곧 마음을 바

뛰어보려 애쓴다. 하지만 몸은 이미 마음의 말을 듣지 않는다. 그녀와 Y는 탁자를 문 앞까지 끌고 간다. 할머니는 마음이 급했는지 소반을 엎고 신도 신지 않은 채 나오다 가게 형광등을 꺼버린다. 자신에게 가장 가까이 있는 그 스위치에 손을 내미는 것만이 그들을 멈추게 할 수 있다는 듯. 불이 꺼지고 갑작스럽게 어둠이 덮치자 그녀와 그는 그제야 하던 일을 멈춘다. 탁자가 낙원모사의 문틀에 엉거주춤 걸쳐 있다. "죄송해요, 할머니." 이윽고 Y가 사과한다. 그녀도 더는 고집부리지 않는다. 왜 이렇게까지 했을까, 생각하면서 서 있다.

6

갈 곳은 정하지 않았지만 그녀는 짐 정리를 시작했다. Y가 마트에서 빈 박스를 봉고로 실어다주었다. 버릴 물건들을 보여주면 돈 될 만한 걸 골라 사주기도 했다. 할머니는 그런 그녀를 내버려두었다. 여전히 본 적 없는 물건들이 늘어나고 외상장부가 길어졌지만 그녀도 할머니를 말리지 않았다. 할머니도 그녀도 병원이니 이사니 죽은 사람들이니 하는 말은 꺼내지 않았다. 그녀는 A가 글자를 몰라 죽었다는 이야기는 잊고 그저 길을 잃었다고 생각하기로 했다. 그래서 Y가 "A는 그래도 집 주소쯤은 외우고 다녔을 거야" 말하면 "아마 그랬을 거예요"라고 동의했다. 그러면 Y는 부모들에게 더 화가 나는지 얼굴을 찡그렸다. 살아 있을지도 모르는 애를 버젓이 사망신고까지 해놓았다고. 그녀는 Y에게 언젠가 전철역에서 미아들 얼굴이 그려져 있는 풍선 인형을 봤다고 말했다. 그걸 본 사람이라면 누구든 그 인형을 옮길 수 있고, 그렇게 해서 잃어버린 아이에 대한 이야기는 서울 어디든, 아니 서울이 아니라 아주 먼 곳까지 이동할 수 있다고. 그렇게 옮겨진 인형이 제천까지 내려간 것도 기사로 봤다고.

오늘도 그들은 자정 넘어 짐을 옮기려 함께 있다. 그녀가 낙원모사의 문을 열자 Y는 "여기서 기다릴게" 하며 밖에 남는다. Y는 할머니 보기가 불편한지 이제 가게 안으로 들어오지 않는다. 그녀가 헌옷 상자를 들고 나오려는데 무언가 이상하다. 가게가 너무 조용해 방문을 열어보니 몸만 빠져나간 할머니의 이불이 둥그렇게 말려 있었다. 그들은 할머니를 찾아 동네를 몇바퀴 돌았다. 편물 기호들을 따라가봤지만 단서는 되지 못했다. 눈 덮인 난정동에서 집들은 다 똑같은 빈집처럼 보여서 그들도 잠깐씩 길을 잃었다. 별일이야 있겠느냐고, 곧 찾을 수 있을 것이라고 Y가 말했지만 그들은 아무도 만나지 못하고 겨울

바람에 몸만 얼어서 낙원모사로 돌아왔다. 그녀가 경찰서에 연락하자 경찰은 치매 노인이신가요, 졸린 듯 물었다. 그녀는 아니라고 했다. 사라진 물건이 있는지 둘러봤지만 가게는 평소와 같았다. 뜨개질 소쿠리와 털실, 길이가 다른 바늘들, 골무, 돋보기, 외상장부…… 모든 물건이 탁자 위에 그대로 놓여 있었다. 그녀는 탁자를 손으로 짚어보았다. 힘을 줄 때마다 한쪽 다리가 들렸다 이내 쿵 하고 바닥에 부딪쳤다. 탁자는 쉽게 들렸고 무겁지 않았다. 외상장부를 넘겨보았지만 그녀가 읽을 수 있는 글자는 없었다. 그건 영영 알 수 없게 되어버렸다는 점에서 떠나간 사람들의 얼굴을 닮아 있었다. 그녀도 할머니를 찾으면 떠날 것이다. 서울의 북쪽이나 아니면 경기도로, 어디라도 가서 어떤 불행에도 문을 열어주지 않을 것이다.

그녀는 인기척이 나지 않는지 귀를 기울였다. 동네는 아주 조용하다가 이따금 장식한 트리의 전구들이 점멸하듯 어떤 소리들이 들리는 것도 같았다. 그건 서울 어딘가에 뿌려지는 형체 없는 전파들의 소리, 그것을 쫓아서 이쪽과 저쪽으로 명랑하게 뛰는 한 소년의 발걸음 소리, 기억이 나지 않는 아버지가 팔을 들어 인사하는 소리다. 마늘을 한접씩 까던 여자의 손에서 팔랑거리며 껍질이 떨어지는 소리, 마트 계산대에서 사람들이 묵묵히 돈을 지불

하는 소리, Y가 동생의 행방을 찾아 자꾸 난정동으로 돌아오는 소리, 그녀가 할머니 손을 잡고 심야버스에서 내리며 들었던, 서울의 것이기도 했을 과열된 엔진 소리, 불행한 누군가를 안아올리는 밤의 소리다. 하지만 오늘밤 아무도 돌아오지 않으면 어떻게 할 것인가, 그녀는 생각했다. 그녀가 얼굴을 감싼 채 조용히 귀 기울여보지만 아직은 누구도 귀가하지 않는 밤이다.

당신의

　　나라에서

까페에서 새로운 사람과 친해지는 일은 흔치 않다. 하지만 한번쯤은 그런 일이 일어나기도 한다. 적어도 내게는 그랬다. 나는 이른바 까페족이다. 까페족이 이름처럼 그리 근사한 사람들이 아니라는 건 누구나 안다. 오천원으로 제공받는 음료, 테이블, 화장실, 인터넷이 간절한 사람들일 뿐. 이곳 까페에는 그렇게 반나절 이상 죽치고 있는 사람들이 열명 정도 된다. 시험을 앞둔 대학생, 취업준비생, 과외교사, 짧은 치마를 입은 여자들. 보험설계사도 있는데 그는 매일 휴대전화를 붙들고 살았다. 그 근처에 앉는 날은 운이 나쁜 날이었다. 위암, 폐암, 대장암, 직장암, 간암, 췌장암 등이 얼마나 흔한지 듣다보면 보험 하나 없는 스물아홉 내 인생이 불안했다.

흡연실을 차지한 중년의 사내들은 부동산업자였다. 그들은 손바닥만 한 지적도를 테이블에 펼쳐놓고 방방곡곡의 땅을 팔았다. 정수기 옆에는 행시를 준비하는 몸매 좋은 남자가 앉았다. 정말 행시를 준비하는지 폼으로 책을 들고 다니는지는 의심스러웠지만.

여기서 나는 일거리로 들어온 삽화 작업을 하거나 만화를 그렸다. 물론 입금될 삽화료가 있을 때만이었다. 하루 오천원도 부담스러울 때가 왕왕 있으니까. 일거리가 없으면 괘종시계가 걸린 내 방에서 뒹군다. 그 괘종시계는 아버지가 시계방을 접고 남은 것이었다. 척, 척, 척, 척, 괘종시계의 초침 소리를 들으면 누군가에게 등을 떠밀리는 느낌이었다. 그건 열 맞춰 걷는 군홧발 소리처럼 들리기도 했다. 이를테면 끊이지 않는 진격의 소리랄까. 초침은 앞으로 나가다가 반동으로 주춤했다. 그 순간 초침이 미세하게 떨리면 마음이 좀 풀어졌다. 시간도 앞으로 일 초쯤 나가면 만분의 일 정도는 다시 뒤로 흐른다니 그나마 다행인 것 같아서.

거기서 아이디어를 얻어 만화를 그리기도 했다. 시간과 시간이 겹쳐 과거도 현재도 미래도 아닌 시간대가 발견되고 새로운 세계가 탄생한다는 내용이었다. '구구리 구구리'라는 제목이었는데 사실 그건 할머니의 고향 마을이었다. 할머니는 구구리(九邱里)가 지상낙원이라고 이야기하곤 했다. 하지만 아버지가 이혼할 무렵 할머니는 서울로 왔고 그곳으로 돌아가지 못했다.

그 만화를 그나마 좋아했던 건 옛 여자친구인 W뿐이었다.

까페에서 M은 늘 내 앞쪽 테이블에 앉아 자기소개서를 썼다. 15포인트는 됨직한 글자 크기라서 원하지 않아도 그녀의 신상정보를 파악할 수밖에 없었다. 지방 국립대를 졸업했고 전공은 문헌정보학이라는 것. 이남일녀 다복한 가정에서 태어나 물류창고에서 일하는 아버지 밑에서 자랐으며 스무살 때 어머니를 잃었다는 것. 그럼에도 아버지, 오빠와 함께 화목하게 살았다는 것. 얼핏 봐도 좀 지루한 내용이었다.

그런데 어느날, M이 앞에 썼던 글을 다 지웠다. 그러고는 저는 즐겨 여행했습니다,라고 적었다. 매일 열한시면 까페에 나타나 늦도록 앉아 있으면서 여행은 언제 하는 걸까. M은 나라의 사슴공원에 가본 적이 있습니다,라고 썼다. 나라의 사슴공원이라니. 어떤 운명의 전령이 나타났다 사라지는 것 같았다.

일본의 나라에 있다는 그 사슴공원은 그 무렵 뜻하지 않은 곳에서 출몰했다. 일단, 헤어지던 날 W가 내일 나라의 사슴공원으로 여행 갈 것이라고 말했다. "나는 여태껏 비행기도 안 타봤어. 그러니까 오늘 찻값은 네가 내." 며칠 전에는 여행사 다니는 친구가 일본에 놀러 가라며 꼬드겼다. 지금 비행기값이 십만원도 안한다고 했다. "너 사슴인가 뭔가 보고 싶다며." 가끔 내 이름도 헷갈리면서 취중에 한 말은 잘도 기억했다. 친구의 여행사는 일본 전문 여행사였고 불행히도 여행객이 줄어 죽을 맛이었다. 지진 때문이었다. 내가 나라에는 뭐가 있느냐고 묻자 친구는 카탈로그를 보내왔다. 사슴이 있었다. 결심을 못하자 나가사끼 여행을 권하기도 했다. 거기에는 우동이 있었다. 토오꾜오는 어떠냐고 했지만 들은 체도 안했다. 거대한 쯔나미가 몰려오던 작년 봄이 눈에 선한데 어딜 팔아넘겨,라고 생각했다. 짧고 굵은 인생과 가늘고 긴 인생이라면 두말없이 후자를 택하는 나였다.

M은 두 문장을 적고는 골똘해졌다. 이윽고 문장들을 지우고는 나라의 사슴공원에서는 누구나 사슴을 만질 수 있습니다,라고 바꿨다. 먹이를 줄 수도 있지요,는 뒤이어서 쓴 문장이었다. W도 사슴들이 유유히 풀숲을 거니는 사진을 봤다고 말했다. 사슴들이 관광객들을 둘러싸고 있는 사진도. 그건 베이커리점을 찾는 어떤 여자 손님의 장바구니에 들어 있었다. "사슴이네요" 하고 알은체를 했더니 "여행 사진을 현상했더니 삼백장도 넘어요"라고 대답했다고. 여행 사진을 삼백장이나 현상하는 여자의 삶은

어떨까, 하고 W는 내게 물었다.

　나는 W가 어떤 옷차림으로 여행했을지 상상했다. 얼룩말 무늬의 모자를 썼을 수도, 카디건을 걸쳤을 수도 있다. 썬글라스는 꼭 썼을 것 같았다. W는 한쪽 눈이 실명에 가까워서 초점을 잘 맞추지 못했다. 눈동자 색도 흐릿하니 달랐다. W는 기분이 괜찮을 때는 자기가 터키시앙고라 같은 '오드 아이'라고 했다가 술에 취하면 '개눈'이라고 했다.

　"관광객들은 많았습니다." M이 빠른 속도로 그렇게 적었다. "사슴 센베이를 들고 사슴을 유인하는 중국인들이 있었죠. 러시아 여자들은 마치 조련사처럼 사슴들에게 무언가를 지시하기도 했어요. 오지 마,라든가 앉아,라든가 뛰어,였을 수도 있겠죠. 사슴을 어떻게 얼렀는지 목덜미를 부드럽게 어루만지는 일본 여자도 있었습니다. 알고 보니 역시 센베이였어요. 도오조오, 도오조오. 사슴에게 센베이를 건넬 때마다 여자는 그렇게 말했는데 그건 '드세요'라는 뜻이었지요. 센베이를 다 받아먹고 나서도 사슴들은 관광객들 곁을 서성이면서 먹이를 기다렸죠. 털이 듬성듬성 빠지고 뿔도 잘려 있었어요. 사실 좀 실망스러웠지요. 사슴과 관광객들 사이에는 센베이라는 게 있어서 너무 가까워지거나 너무 멀어졌으니까요. 하지만 사슴이 있다는 사실만으로 그곳은 좀 다른 세상처럼 느껴졌습니다."

공항을 빠져나간 W는 버스를 타고 나라로 들어간다. 숙소에 다다르기도 전에 공원 근처에서 사슴들을 만난다. 울타리를 훌쩍 뛰어넘는 놈, 도랑물에 목을 축이는 놈, 벤치를 어슬렁거리며 먹이를 조르는 놈, 마른 풀잔디를 헤집는 놈. 우리가 헤어졌을 때는 봄이 오고 있었으니 꽃들도 피었을 법했다. 나는 W가 여행을 만끽하면서 새 출발을 다짐했을 것 같아 착잡했다.

원래 연애란 헤어졌다가도 다시 만나고 가끔은 술 취해 통화하고 추억의 장소도 헤매고 그러는 것 아닌가. 하지만 W에게서는 아무런 소식이 없었다. 이년 동안의 연애를 다시 떠올려보는 건 나뿐일지도 몰랐다. 헤어진 뒤 W는 어떻게 살고 있을까. 이별하고 나서의 오늘은, 어제와 어떻게 달랐을까. 그다음 날은, 그 다다음 날은. 공중전화에서 전화를 걸어봤지만 W는 받지 않았다. 용기를 내서 내 전화기로 걸었을 때도 마찬가지였다.

"결정은 하셨고?" 전화를 받아보니 여행사 친구였다. 이번에는 가격을 깎아주겠다며 앞으로 이보다 더 쌀 순 없을 거라고 했다. 사슴공원을 한번 보면 홀가분해질 것 같긴 했다. 내가 없는 W의 인생이 바로 그곳에서 시작됐으니까. 한달 뒤로 여행 날짜를 잡았다. "환불은 되겠지?"

"여권번호나 나중에 알려주셔."

그때 전기가 나가고 까페가 어두워졌다. "저장 안했는데." M이 혼잣말해서 나도 모르게 탄식했다. "정전인가봐요." 서로 마주 본 건 처음이었는데 M은 좀 나이 든 얼굴이었다. 음악이 사라지자 까페는 온갖 소음만 가득한 공간이 되었다. 타닥타닥, 여기저기서 키보드 소리가 들렸다. 화장실에서는 변기 물이 내려갔다. 누군가 얼음을 와자작 깨물었고, 어둠 속에서도 누군가의 어학 강좌는 계속 돌아갔다.

M은 한가지 제안을 했다. 서로의 소지품을 봐주자는 것이었다. 까페에 장시간 있다보면 자리를 비워야 할 일이 생긴다. 나는 담배를 피우기 위해서, M은 잠시 나가 김밥 같은 걸 사 먹기 위해서. 그리고 둘 다 두세번은 화장실에 가야 했다. "가방을 싸서 움직이자니 불편해서요. 그렇다고 알바생들에게 맡아달라 할 수도 없고." "좋은 생각이네요. 그러죠, 뭐." 노트북을 가지고 올 때면 나도 신경이 쓰였다. 주위에 사람들이 많아봤자 누군가 내 물건을 집어가도 그러려니 할 것이었다. 입장을 바꿔 나라도 그럴 것 같았다.

"얼굴들이네요." 화장실에 다녀왔더니 M이 내 테이블

을 넘겨보고 있다가 겸연쩍은 듯이 웃었다. "몰래 보면 안 되는 건데 무심코 봤네요." 혹시 내가 자기소개서에서 눈을 떼지 않는 걸 알았을까, 뜨끔했다. "아네요." 아예 스케치북을 펼쳐서 보여주었다. 이번에 작업하는 삽화는 미용 책자였다. 백만원 남짓에 무려 백오십 컷의 얼굴을 그려야 했다. 어깨가 뻐근해지는 단순노동이었다.

"얼굴들이 참 근사하네요." 인사차 하는 말이겠거니 생각했다. "뭐, 그리 잘 그리는 편은 아니에요." "스케치하는 거, 한번 볼 수 있어요?" M의 자기소개서를 통해 나라의 사슴공원을 여행한 나로서는 거절할 수 없는 부탁이었다. 나는 탁구공만 한 원을 그린 뒤 중앙선을 그었다. 눈, 코, 입을 완성해 무표정한 얼굴을 보여준 다음, 입 가장자리를 손봐서 웃는 표정을 그려냈다. "사실 얼굴이 까다로운 작업이기는 해요. 그래서 해부학을 공부하는 만화가들도 많아요. 만화나 그린다고 애들 장난이라고 생각하면 큰코다치죠. 저야 뭐 그렇게 열심히 하지는 않았지만. 사람 얼굴에서 뭐가 제일 중요할 것 같아요?" M은 한참 생각하더니 눈일 것 같다고 대답했다. "사람 마음은 눈에 다 담긴다고 하잖아요."

"만화가들한테 사람 얼굴에서 가장 중요한 건 근육이랑 주름이에요. 그게 표정을 만들거든요. 얼굴에는 슬픔의 근육이랑 기쁨의 근육이라는 게 있는데," 나는 코의 옆 부분에서 입의 가장자리를 지나 턱까지 손가락으로 가리 켰다. "여기가 슬픔을 나타내는 근육이에요. 양치할 때 입 을 벌리게 하는 근육이기도 하고요. 기쁨의 근육은 광대 뼈 밑에 있는데 옆이 아니라 위로 움직여요. 이렇게 위로, 위로." M이 스케치와 내 얼굴을 번갈아 봤다. "신기하네 요. 기쁨과 슬픔이 정말 그런 근육의 차이이지만은 않겠 지만." M은 희미하게 웃으며 자기 테이블로 돌아갔다.

"나라에 있는 사슴들은 한때 절멸 위기에 처해 있었다 고 들었습니다. 2차 세계대전 직후 굶주린 사람들이 사슴 사냥에 나섰지요. 겨우 칠십여마리가 살아남았다고 했어 요. 그렇게 많이 죽은 건 나라의 사슴들이 사람을 피하지 않는 습성을 지녔기 때문이었어요. 한때 신의 동물이라 여겨졌던 사슴들은 숨을 생각조차 못한 채 살육당하고 말 았습니다." M은 이미 다 비워버린 커피잔을 바라보다가 가방에서 물을 꺼내 마셨다. 그러고는 사슴들이 죽임을 당했다는 내용의 문장들을 모두 지웠다.

"동대사 입구에서는 지진 피해자들을 위해 성금을 모 으고 있었어요. 동전들이 가득 차 있었지요. 동일본 대지 진이 일어난 건 태평양판이 해마다 서쪽으로 움직이고 있 기 때문이라고 했습니다. 그렇게 움직일 수 있는 건 중력에 의해서라고 들었어요. 일 센티미터도 안되는 움직임이지만 결과는 참혹했죠. 어느 다큐멘터리에서는 원전 주변의 농가를 보여주었습니다. 방사능으로 오염된 땅에 사람들은 모두 떠나고 소나 말 같은 가축들이 풀을 뜯고 있었습니다. 그것을 관찰하던 수의사는 이곳은 전에는 존재하지 않던 세상이라고 말했지요. 그렇게 새 삶이 시작될 수도 있는 걸까요.

본당 출입문에는 나무 불상이 놓여 있었습니다. 자신이 아픈 곳과 같은 부위를 문지르면 치유해준다는 말이 있었지요. 너무 낡아 방수천을 씌운 상태였습니다. 미국인 하나가 불상에 손을 가져다대고는 우스꽝스럽게 자기 엉덩이를 어루만졌습니다. 해가 지자, 아이스크림을 팔던 사내는 집게로 쓰레기를 줍기 시작했어요. 이상하게도 그건 사슴뿔과 무척 닮아 있었지요. 하지만 뿔이 아니라 그저 집게였어요. 먹다 남은 콘이나 비닐봉지 같은 것들을 집는. 공원의 사슴들은 일년에 삼백마리 정도가 자연사하는데 사인은 비닐봉지라고 들었습니다. 음식 냄새가 남아 있는 비닐봉지를 삼키면 그것이 사슴의 몸에 남아 서서히 숨을 막는다고 했어요. 그런데 그것이 자연사라니요.

동대사까지 구경하고 나니 소나기가 내렸습니다. 관광객들은 단체 버스에 올라타거나 유까따를 입은 청년들이

끄는 인력거를 탔지요. 우산이 없었지만 그냥 걸었습니다. 비행기 표도 마지막 남은 신용카드로 끊은 것이었으니까요."

M의 자기소개서는 마음을 울리는 구석이 있었다. 마지막 남은 신용카드라는 부분만 좀 이상했다. 현금이나 체크카드만 쓰기로 결심했다는 말인가. 검소한 자기 성격을 부각시키려는 문장일 수도 있었다. W는 갑자기 비를 만나거나 하지는 않았을까. 그랬다면 아예 한 눈을 감은 채로 재빨리 뛰었겠지. W는 그래야 덜 어지럽고 시야도 훤하다고 했다.

그날 저녁, 아직 남아 있는 M에게 밥을 먹지 않겠느냐고 물었다. "할 일이 남아서, 다음에요." 거절당한 나는 어색하게 인사하며 까페를 나왔다. 남자로서 관심을 가진 건 아니었지만 좀 친해지고 싶긴 했다. 소나기가 내리는 이국의 공원을 M이 우산도 없이 걸었다는 사실을 아는 사람은 많을 것 같지 않았다. 인사 담당자가 그 글을 읽기 전까지는, 어쩌면 나뿐일지도 몰랐다.

아침에 일어나보니 일본 대지진이 인터넷 검색어로 등장했다. 작년에 지진이 난 관동 지역이 아니고 내가 여행을 떠나기로 결심한 관서 지역에 지진이 일어날 수 있다는 것이었다. 규모는 리히터로 9.0, 몇만명이 희생될 것이라고 했다. 그중에 나도 포함될 수 있는 것이었다. "내일이 될지, 다음 주가 될지, 한달 뒤가 될지는 아무도 모릅니다." 기사는 어느 교수의 말을 인용해 이렇게 전하고 있었다. "다만 그것이 올 것이라는 사실은 분명하죠."

할머니는 인간도 운명을 예감할 수 있다고 했다. 비가 오려고 하면 제비들도 낮게 날고 흉한 일이 생기면 까마귀도 우는데 인간이라고 그런 게 없겠느냐고 했다. 할머니가 '인간'이라는 단어와 '운명을 예감한다'는 말을 써서 좀 놀랐다. "근데 신호는 확실히 안 준다, 은근히 주지." 할머니는 그것이 인생의 묘미라고도 했다. 화투점을 자주 치는 이유도 그 때문이었다. 서울에서는 도무지 그런 운명이 예감되지 않았으니까. 그런 걸 화투짝에나 맡기게 된 건 구구리를 떠나오면서부터였다. 할머니는 어머니가 집을 떠나던 날에는 공산과 단풍이 남았다고 했다. 그건 아주 불안한 달밤이었다.

어머니가 아버지와 헤어진 건 지병이 있어서였다. 어떤 병인지는 자세히 못 들었다. 유전병은 아니라고 해서 그렇게만 알았다. 할머니는 어머니가 떠나던 날 자기 방 앞에서 '저, 가요'라는 말을 세번 했다고 말해주었다. 자지 않으면서도 대답하지 않았다고. 그후로 가끔 애호하는 캡

틴큐에 취하면 할머니는 방문을 향해 '오냐, 가거라' '오냐, 가거라' '오냐, 가거라' 하고 대답했다. 어떤 날에는 '몸 조심하그래이' '몸 조심하그래이' '몸 조심하그래이' 당부했다. '훨훨 가그래이' '뒤도 보지 말고 가그래이' '독한 맴 먹고 가그래이'…… 말은 여러번 바뀌었다.

할머니는 아버지의 가게가 망할 것도 일찍이 예감했다. 적록색 불빛으로 시간, 요일, 날짜를 표시하는 디지털시계가 아버지의 가게를 점령하면서부터였다. 아버지는 세평 정도 되는 가게를 반으로 나눠 오른편에는 아날로그시계들을, 왼편에는 디지털시계들을 걸어놓았다. 그리고 그 가운데 아버지가 늘 앉는 회전의자가 있었다. 진열장에는 싼도스, 로가디스, 쎄이코 같은 제법 값비싼 손목시계들이 있었지만 찾는 사람은 별로 없었다.

할머니가 디지털시계들을 보며 이러다 망하겠다고 한 건 사실 좀 엉뚱한 이야기였다. 할머니는 밤에도 저렇게 많은 시계들이 불을 밝히고 있으니 전기세가 감당이 되겠느냐고 했다. 가게 조명을 끄면 더욱 붉고 푸르게 빛나는 탓에 애꿎은 디지털시계들만 욕을 먹었다.

할머니가 세상을 떠나고 아버지와 나는 대화가 더 드물어졌다. 우리는 일주일에 두세번 얼굴 보기도 힘든 사이였다. 아버지는 공공근로에 나가 나무를 심거나 벤치를 만들었다. 어딘가에 사둔 원룸에서 월세가 정기적으로 들어왔지만 아버지는 그런 이야기를 자세히 하는 성격은 아니었다. 나머지 시간에는 가게가 있던 골목에서 소일하는 것 같았다. 그 골목에는 시계방들이 많아서 다방 이름조차 '시계다방'이었다.

거기서 시계 장사하던 사람들은 수리공으로 남기도 했다. 왕년에 롤렉스 같은 명품만 골라 고쳤다고 큰소리치는 사람도 있었지만 지금은 그런 호기도 무용한 시절이 됐다. 수리공들은 이제 골목 어귀에 노점을 차려놓고 호객했다. 아버지는 그런 방식으로 골목에 남으려 하지는 않았다. 그렇다고 시계 공구나 작업대를 다 처분하지도 않았다. 아버지는 그 모든 걸 집으로 옮겨왔다.

작업대는 마루에 놓였지만 잡지나 신문, 빈 어항 같은 잡동사니들이 올려져 있었다. 아버지는 일년에 한두번 작업대를 깨끗이 치우고 그 앞에 앉았다. 본인이 태어난 1953년에 생산된 손목시계를 손에 넣었을 때였다. 아버지는 그런 손목시계들을 수집했다. 물론 아버지가 말한 건 아니고 어떤 동료가 핀잔주는 소리를 우연히 들은 것이었다. 그 손목시계들은 대부분 상태가 좋지 않아서 길게는 한달이나 걸려 수리해야 했다. 아버지는 그렇게 고친 시계들을 번갈아가며 차고 다녔다. 그건 등산이나 식도락에도 취미가 없는 아버지가 누리는 유일한 호사였다.

아버지는 가게 일을 할 때처럼 아침에 일어나 저녁에 정확히 들어왔지만 나는 올빼미처럼 밤에 깨어 있다가 낮이 되어서야 일어났다. 아버지가 귀가해 텔레비전을 보면서 저녁밥을 먹을 때쯤에는 내가 외출 중이었다. 무언가 잘못되고 있는 느낌이었지만 바로잡는 건 쉽지 않았다.

출판사 전화 때문에 모처럼 일찍 일어났더니 봄비가 내리고 있었다. 작년 첫 봄비가 내렸을 때 방사능을 피해야 한다며 사람들이 외출을 줄였던 게 생각났다. W가 그날 베이커리점에 손님이 없다고 좋아했었는데. 평소에도 "사람들은 왜 그렇게 많이 먹지?" 하고 진저리난다는 듯 말하던 W였다. 아무리 빵을 가득 채워놓아도 점심 무렵이면 절반이 나가고 밤에는 아무것도 남지 않았다. 그런 불만은 패밀리 레스토랑에서 일할 때도 마찬가지였다. 좀 지겨워진 나는 그럴 거면 먹는 쪽에서는 일하지 말라고 충고했다.

베이커리점에서 W는 은회색 앞치마를 두르고 머릿수건을 썼다. 상냥하고 귀여운 아가씨 같았지만 늘 지쳐 있어서 바게뜨 빵을 잘라줄 힘도 없었다. 그래서 종종 칼이 쓸리듯 베고 지나간 상처를 안고 퇴근했다. 공무원 시험은

봤을까. W는 나더러도 같이 공무원 시험을 준비하자고 했다. "좀 안정되고 싶지 않아?" 공부 놓은 지가 오래라 자신이 없다고 하자 W는 실망했다. 나는 미안해지기보다는, 은근히 나를 백수 취급하는 것 같아 W가 미워졌다.

시안을 본 출판사에서는 사람들 얼굴이 너무 똑같다고 했다. 내가 여러 컷을 비교하면서 얼굴이 어떻게 다른지 설명하자 편집자는 "그건 그런데요" 했다. 그건 그런데 결국 다 똑같이 생겼다는 말이었다. "정말 이상한 일이긴 하네요." 나는 다시 컷들을 들여다봤다. 이목구비의 생김새가 다르고 얼굴도 달걀형에서 각진 형까지 다양했지만 어딘가 일관된 인상이기는 했다. "좀 과감하게 그려주세요. 차이들을 말이죠." 편집자는 전화를 끊으며 "비가 그쳤네요" 했다.

까페로 나가보니 좀 어수선한 분위기였다. 낯선 사내 두명이 매장을 훑으며 오갔고 처음 보는 매장 매니저가 나와 안내를 했다. M의 테이블에는 수십장의 A4 종이가 놓여 있었다. 뭘까 궁금했지만 그냥 인사만 하고 자리에 앉았다. M은 새 창을 띄우고는 다시 글을 시작했다. "본인은 1985년 I시에서 태어났습니다"라고 적더니 종이들을 뒤적였다. 그러고는 한참 그것을 읽었다. M이 글을 쓰면서 다른 글을 참고하는 건 처음 보는 모습이었다.

나는 M이 없을 때 테이블 위의 종이들을 살펴봤다. 누군가가 윗부분에 '쌤플 반드시 참고해서 수정'이라고 써놓았다. "신청인은 2006년 A보건대 임상병리과를 낮에는 일하고 밤에는 공부하는 주경야독으로 졸업했습니다. 그리고 의료기기를 만드는 B메디컬에 입사해 청운의 꿈을 꾸었습니다." 다른 페이지들을 넘겨보니 그것도 비슷한 맥락으로 시작하고 있었다. "신청인은 1982년 태어나 고아원에 맡겨졌습니다." "저는 이남이녀 중 맏이로 태어나 반신불수인 아버지와 청소 일을 하시던 어머니와 함께 살았습니다." 글의 제목에는 '자기소개서'가 아니라 '진술서'라고 쓰여 있었다. '개인 회생 파산 채무 법무법인 희망찾기'라는 명함이 있었다.

M은 평소보다 일찍 까페를 나갔다. 가기 전에 "같이 식사하실래요?" 했는데 내가 거절했다. 약속이 있다고 거짓말했다. "번번이 어긋나네요. 미안해서 어쩌죠." "언젠간 시간이 되겠죠." M은 그다지 아쉬워하지는 않았다. 진술서들에 빠짐없이 등장하던 카드론, 연체, 대출금 이자, 사금융 같은 단어들을 떠올렸다. "잘 모르고 대출을 늘려갔습니다." "어쩔 수 없이 사채의 수렁에 빠지고 말았습니다." "월급의 대부분이 대출이자로 나갔습니다." 그런 마당에 까페라니, 나는 M이 보기보단 허영이 있는 편이라

고 생각했다. 하긴 요즘 같은 불경기에 개인회생이나 파산, 신용불량 같은 건 까페만큼이나 흔하긴 했다.

일진이 좋지 않았는지 까페에서 행패 부리는 취객도 있었다. 오십대로 보이는 사내가 여자들만 있는 테이블로 걸어가 말을 붙이고 옆에 앉았다. 아르바이트생들이 가서 말렸지만 모두 여자들이라 말려지지가 않았다. 내가 자리에서 일어났고 행시를 준비하는 남자도 나섰다. 문밖으로 끌어내자 사내는 자기가 누군지 아느냐며 욕설을 해댔다. "조용히 합시다." 처음 들어본 행시 준비생의 목소리는 아주 낮고 절도있었다. "나 건드리지 말고 조용히 끝냅시다. 나도 보통 사람은 아니거든." 아르바이트생들이 부른 경찰이 오기 전에 사내는 비틀거리며 어디론가 사라졌다. 나는 행시 준비생과 함께 담배를 피웠다.

"까페에 절도 사건이 있었대요. CCTV를 분석해야 하는데 저번 정전으로 뭐가 잘못됐는지 작동도 안했다나요. 상습범이라 분명 까페를 제집 드나들듯 했을 텐데 말이죠. 무슨 일을 이렇게 하는지. 오늘만 해도 야밤에 남자 아르바이트생 한명은 있어야 하지 않겠느냔 말이에요." 행시 준비생은 자기가 특전사로 아프가니스탄에 파병 나갔었다고 말했다. 나는 나도 모르게 "큰일 하셨네요" 했다. "우리 쪽 기지에도 테러가 있어서 부대원 하나가 숨을 거

됐어요. 그날이 어땠냐면 아주 평화로웠지요. 평소보다 더 조용했단 말입니다. 그러니까 그런 일은 갑자기 일어난단 말이죠. 여기가 전쟁터란 얘기는 아니지만, 늘 준비하면 불운은 막을 수 있다는 겁니다."

까페 안은 다시 평온을 되찾았다. 아르바이트생들이 고맙다며 무료 음료권을 건넸다. 그런 걸 받으려고 한 일은 아니었지만 가방에 넣었다. 까페가 문 닫을 때까지 앉아서 삽화를 그렸다. 쌍꺼풀은 아주 진하게, 도톰한 입술은 최대한 두껍게 여러번 수정했지만 그래도 얼굴들은 비슷비슷했다. 가만히 보니 모두 W의 얼굴이었다.

집으로 돌아가는 길에 패스트푸드점 창가에서 M을 봤다. M은 노트북을 들여다보며 무언가를 열심히 쓰는 중이었다. 그제야 나는 M이 까페가 문을 닫고 나서는 밤새 문을 여는 패스트푸드점에 머문다는 걸 알았다. M은 잠시 모니터에서 시선을 떼더니 음영이 진 얼굴을 손바닥으로 쓸었다. M이 앉아 있는 자리는 옆 건물 네온사인이 비쳐 붉은빛을 띠었다. M의 얼굴은 어떤 기척도 읽을 수 없게 무표정했다.

마루로 나가보니 아버지가 작업대에 앉아 있었다. 고무판이 깔렸고 칸칸이 나뉜 소형 수납함이 테이블 위쪽에

놓였다. 옆으로는 드라이버, 핀셋, 집게, 니퍼 같은 공구들
이 차례로 준비되어 있었다. 그리고 한동안 보지 못했던
확대경이 한가운데 있었다. 아버지는 천을 둘둘 펴서 손
목시계를 꺼내더니 나더러 "냉장고에 추어탕 있다" 하고
말했다. 부엌으로 갈까 하다가 호기심이 생겨서 들여다보
니 손목시계는 금속 밴드 부분이 끊어진 중고였다. 바늘
도 멈춰 있었다.

"어디서 났어요?" 아버지는 대답하지 않고 오프너로
시계 뒷면을 열었다. "……가서 밥 먹어라." 대화를 좀더
이어볼까 했지만 아버지는 더이상 말하지 않았다. 할머니
는 어머니가 떠난 뒤 아버지가 영 딴 세상 사람이 됐다고
했다. 내가 만화를 전공하겠다고 했을 때도 아버지는 이
렇다 할 반응이 없었다. 밥은 먹을 수 있는 거냐, 물었고
내가 그렇다고 하자 고개를 끄덕였다. 어렴풋이 헤아리는
건 아버지에게 이혼 이후는 비슷비슷한 죄책감으로 연속
된 날들이었으리라는 것이었다. 더 나빠진 오늘도 없었고
더 좋아질 내일도 없었다.

아버지는 시계 뒷면을 열고 나서 한참을 들여다보다가
큰 결심을 한 듯한 동작으로 나사를 풀었다. 좁쌀만 한 부
속들이 핀셋에 집혀 나왔고 아버지는 그중 몇을 용액에
담갔다. 용액에서는 휘발유 냄새 같은 것이 났다. "그 시

계, 좀 비싼 거죠?" 나는 밥을 우적거리며 씹었다. 아버지는 확대경에서 눈을 떼고 자기가 죽더라도 시계들은 함부로 처분하지 말라고 당부했다. 나는 당연하죠,라고 대답했다. "쿼츠 말고 기계식 시계가 대세라면서요."

쿼츠(quartz) 시계는 전지로 진동을 만들어서 시침을 움직이지만 기계식 시계는 태엽을 움직이는 방식이었다. 전기회로가 발명되기 전부터 사용하던 케케묵은 방식이었다. "몇개는 팔지 그러세요, 꽤 받을 텐데." 아버지는 한동안 아무 말이 없었다. "이런 시계들은 말이다, 몸에 차고 다니면서 움직여줘야 한다. 그래야 지구 중력에 의해서 무브먼트의 로터가 돌아가고 태엽도 감기거든."

아버지는 작업대에서 일어나 안방으로 가더니 안경을 가져왔다. "안경 맞췄어요?" "한달 됐다." 금테에는 새것이 지니는 날카로운 광택이 있었다. 그건 아버지의 몸에서 아주 예외적으로 보였다. 아버지의 옷도, 슬리퍼도, 피부도, 치아도, 심지어 계속 자라나오는 머리카락이나 손톱조차 아주 오래된 것처럼 느껴졌으니까.

나는 까페로 나가는 길에 친구에게 전화를 걸었다. "그냥 취소해줘." 친구는 지진으로 죽을 확률보다 교통사고로 죽을 확률이 더 높다고 했다. "됐어. 사람 일은 모르는 거니까." "죽을까봐 숨은 어떻게 쉬냐." 그건 그랬지만 그렇게 하면서까지 W의 흔적을 더듬고 싶지는 않았다. 사실 모두 지난 일이 아닌가 말이다.

여행을 취소하고 나면 마음이 편안해질 줄 알았는데 아니었다. 막상 지진이 일어났다면 안도감에 가슴을 쓸었을 것이면서, 지진 없는 하루하루가 이어지자 그냥 갈걸, 하고 후회했다. 지진이 일어날지 아닐지, 할머니 말대로 열심히 운명을 예감해보려고도 했다. 하지만 그 은근한 신호는 느껴지지 않았다. 가상의 지진에 신경 쓰는 건 여행을 포기한 이후가 더했다.

언제부턴가 M과는 멀리 떨어진 자리에 앉았다. M은 그런 날 보더니 좀 의외다 싶은 표정을 지었다. 하지만 그건 잠시였고 M은 자기 할 일로 돌아갔다. 이렇게 거리가 있으면 서로의 소지품을 봐주기는 힘들었다. 나는 까페에 도둑이 있다는 행시 준비생의 말이 생각나서 노트북을 들고 화장실에 다녀왔다. 담배를 피우면서는 내 자리에서 시선을 떼지 않았다.

하지만 M이 자리를 비웠을 때 테이블을 잠깐씩 살피긴 했다. 나라의 사슴공원 이야기는 없고 어떻게 빚이 늘어갔는지를 설명하는 이야기만 있었다. 식구들이 아팠고 등록금을 대야 했으며 생활비가 필요했다. 늘 빚에 쫓기는 불안한 생활은 더 할 수 없으니 파산시켜달라는 것이었다. 어여삐 여기어서, 착실하게 돈을 벌어, 한번 더 기회가 있다면, 판사에게 호소하는 문구들은 다양했다. 정말 잘못했습니다,라는 말은 수십군데였다. 그렇게 간절히 원하는 것이 파산이라니. 나는 자리로 돌아와서 앉았다.

편집자가 전화를 걸어서 저번보다 삽화가 좋아졌다고 했다. 다행이다 싶었더니 정작 하고 싶은 말은 그다음에 있었다. "대략 두 타입의 얼굴이 있는 것 같아요. 삽화가 백오십 컷이 넘는데 다 다르게 해달라고 하면 안되겠지만요. 그건 하느님도 못하는 거잖아요." 편집자는 자기네 회사에서 패션 관련 책도 준비 중이라고 했다. 그것도 함께 작업하면 좋겠다고 했지만 결국 그건 좀더 신경 쓰라는 은근한 경고였다.

나는 얼굴들에다 선과 음영으로 표정을 만들었다. 어떤 얼굴은 웃고 어떤 얼굴은 운다. 어떤 얼굴은 화를 내고 어떤 얼굴은 찡그린다. 한참 그 작업을 하다가 생각해보니 편집자 말이 그리 틀리지는 않은 것 같았다. 스케치북에는 표정만 다른 수십 컷의 W와 M의 얼굴들이 있었다.

"저기요." M이 내 앞에 서서 혹시 자기 노트북을 못 봤느냐고 물었다. M은 새파랗게 질려 입술을 바들바들 떨고 있었다. 나는 얼른 M의 자리를 쳐다봤다. 노트북뿐 아니라 M이 늘 들고 다니던 은색 캔버스백도 없었다. 도난 신고를 하자 한참 뒤에 경찰이 나타났다. 그는 주변 까페에도 절도 사건이 많다고 말했다. CCTV만 분석하면 잡을 수 있을 거라고 해서 다행이었다. "노트북은요?" M이 간절하게 물었다. "당장 팔기야 했겠어요. 근데 아주 새것은 아니죠? 언제 산 건데요? 할부로 산 건 아니죠. 아주 기분 뭐 같겠네."

M은 경찰과 함께 경찰서로 향했다. 그러고는 까페로 돌아오지 않았다. 나는 폐점시간까지 기다렸다. 집으로 가는 길에는 패스트푸드점에도 들러봤다. M은 없었다. 나는 M이 있던 창가 자리에서 햄버거를 먹었다. 종이 포장지와 빨대 같은 쓰레기들이 분리수거함에 쌓여 있었다. 밤비가 내리기 시작했고 유리창에는 빗방울이 맺혔다. 왠지 M이 이 비를 다 맞고 있을 것 같았다. 그게 내 탓은 아니었지만 사실 M의 탓도 아니었다.

한동안 까페에 나오지 않던 M은 어제부터 제자리에 앉아 있었다. 노트북이 없는 걸 보니 못 찾은 모양이었다. 말을 걸어볼까 했지만 용기가 나지 않았다. 나는 여러번 기회를 엿보다가 결국 M이 일어설 때까지 아무 말도 못했다. 행시 준비생은 절도범이 잡혔다고 했다. 아이패드로 늘 영화를 보던 여대생이었는데 모르느냐고 물었다. "모르겠어요." "연예인 뺨치게 생겨서 웬만하면 알 텐데요." 그녀도 늘 까페에 앉아 있었다는데 전혀 기억이 안 났다. "정말 알 수 없는 인생 아닙니까? 그 미인이 우리의 가방을 노리고 있었을 줄 어떻게 알았겠어요?"

편집자는 표정이 들어간 얼굴에 다 퇴짜를 놓았다. 독자들에게 편견을 줄 수 있다는 것이었다. "새기 컷을 하면 우울해진다는 건가요. 세팅 파마를 하면 헤벌쭉 웃게 된다는 말인가요. 요즘 러블리 펌이 유행하는 거 모르시죠?" 내가 그런 걸 알 리는 없었다. 편집자의 말은 그런 것도 모르면서 이런 삽화를 어떻게 그리느냐는 것처럼 들려서 기분이 상했다.

M이 먼저 내게 걸어와 오늘 저녁에는 시간이 어떠냐고 물었다. "괜, 괜찮습니다." 자연스럽게 행동하고 싶었지만 말까지 더듬고 말았다. 우리는 번화가를 걸어서 적당한 식당을 찾았다. M은 그다지 즐거운 얼굴도, 무언가 기대가 있는 얼굴도 아니었다. 저녁식사를 제안한 사람답지 않았다. 우리는 메밀국수집에 들어가서 국수와 만두를 시켰다. "가방을 못 찾아서 어쩌죠?" "가방은 찾았어요. 노트북은 못 찾았지만요."

M은 겨자 쏘스를 한숟가락이나 쳤다. 텁텁하다며 무즙

은 넣지 않았고 파를 듬뿍 부었다. "CCTV를 봤더니요." M은 눈물이 그렁그렁한 눈으로 면발을 감았다. "맵긴 맵네요." 육수를 더 달라고 해서 M의 그릇에 넣어주었다. "그쪽이 일순위 용의자였어요." 나는 무슨 소린가 해서 젓가락까지 탁, 놓았다. "제 주변을 자주 어슬렁거린 사람이 그쪽이더라고요." 나는 난감해졌다. "잃어버린 물건이야 잃어버린 건데, 그쪽이 그걸 다 읽는 모습이 좀 그렇더라고요." "죄송합니다. 장난은 아니었어요. 사슴공원 이야기가 궁금해서 그렇게 됐네요." "그것도 봤어요?" 긁어부스럼 만든다는 게 바로 이런 상황이었다. 나는 할 말이 없어졌다. M은 국수를 한그릇 다 비우고 하아, 하고 숨을 내쉬었다. "이제 상황을 다 아시니까, 오늘은 제가 얻어먹을게요."

우리는 식당에서 나와 까페 쪽으로 걸었다. "나쁜 일이 있었는데 그래도 이 까페를 애용하시네요." "달리 갈 데가 있어야죠." 말을 들어보니 그렇기는 했다. M은 자기 방에서 소방서가 바라보인다고 했다. 오층에 있는 좁은 방인데, 관리인이 그곳을 내주면서 불이 나도 그냥 가만히 기다리면 된다고 했다는 거였다. 화재 같은 건 걱정도 말라고. "늦은 밤에는 소방서로 걸려오는 전화 통화 소리가 다 들려요. 스피커폰으로 해놓는 건지 어떤지는 모르겠지만. 희한하게 밤에만 들려요. 버스가 끊기고 오가는 택시도 드물어지는 늦은 밤에요. 처음에는 그 소리들 때문에 불면증이 다 생길 정도였죠. 근데 소방서로 전화하는 사람들 말투가 그렇게 다를지는 몰랐어요."M은 전화하자마자 비명을 지르는 사람, 욕설을 하는 사람, 우는 사람, 웃는 사람, 심지어 농담하는 사람들도 있다고 했다.

"아주 침착한 목소리도 있어요. 너무 조용히 말해서 정말 위급한 상황인지 모르겠더라고요. 그 목소리들을 어떻게 하면 안 들을 수 있을까 고민했어요. 음악도 들어보고, 커튼도 두껍게 쳐보고 귀마개도 해보고. 그런데 그냥 익숙해지는 것밖에 방법이 없더라고요. 그리고 믿는 거죠. 해가 뜰 때쯤에는 다 해결되었을 거라고."

전화가 와서 편집자인가 했더니 큰어머니였다. 아직 구구리에 살고 있는 큰어머니는 우리 부자의 안부를 물어주는 유일한 친척이었다. 큰어머니는 난데없는 제비꽃 이야기로 말문을 열었다. 할머니 산소에 갔더니 웬 제비꽃이 그렇게 많이 피었던지 할머니가 저세상에서 연애라도 하는 것 같더라는 말이었다. "아부지 환갑은 우얄 끼고?" "무슨 환갑요?" "니 몰랐나? 아부지 환갑이 딱 열흘 뒤다." "1953년생이면 내년이 환갑 아니에요?" "그게 뭔 소리고? 니 아부지는 1952년생이다." "그럼 1953년생은 누구예요?" "그기 뱀띠니까 느그 엄마 아이가."

내가 당황하자 큰어머니는 자식 키워봤자 소용없다며 혀를 찼다. 나 하나 보고 수절한 아버지가 불쌍하지도 않으냐면서. 수절이라니. 나는 웃음이 나려는 걸 참았다. "아무리 세상 늙은이들이 오래 산다 카지만 육십년 만에 돌아오는 나 태어난 날이 얼매나 서러운 줄 아나?" "서럽긴 왜요?" "육십갑자 돌고 나니 내 몸뚱이는 고목나무 다 됐는데 안 그렇겠나?" 큰어머니는 무덤에 제비꽃이 피었으니 네 아버지 새장가라도 가야지, 하며 전화를 끊었다. 구구리에는 철쭉이 한창이다, 하면서.

우리는 전처럼 까페에서 앞뒤 테이블에 앉았다. M이 내게 노트북을 빌려줄 수 있느냐고 물었다. 물론이었다. 그날 우리는 까페가 문을 닫을 때까지 각자 할 일을 했다. 아르바이트생들이 폐점을 알리자 M이 문서 창을 닫으며 말했다. "이제 좀 자고 싶네요. 시간이 너무 늦었으니까."

나라행 여행상품을 다시 예약했다. 이런 위험을 한번쯤 무릅쓰는 것도 나쁘지 않겠다고 하자 친구는 그까짓 걸 위험이라고, 했다. 그러면서도 여행자보험을 써비스로 들어주었다. "이제 환불은 안된다." 친구는 못을 박았다. 여행 계획을 짜는 것도 만만치 않았다. 일단 공항에서 리무

진 버스로 갈 것인지 전철을 이용할 것인지도 결정 못했다. 블로그의 여행기나 여행서를 읽어도 봤지만 M의 글처럼 생생하지는 않았다.

환갑 날, 우리는 큰아버지 가족들과 돼지갈비를 먹고 노래방에 들르는 것으로 하루를 보냈다. 그건 아버지가 아니라 큰어머니 취향이었다. 아버지는 성화에 못 이겨 노래 두곡을 부르기는 했지만 나머지 시간에는 주로 박수만 쳤다. 그러는 동안 손목시계의 태엽은 몇번쯤 더 감겼을 것이었다.

"돌고 돌아 다시 얼굴 하나네요. 진작 이렇게 진행할 걸 그랬나봐요." 정작 일을 복잡하게 만든 사람이 누군데 편집자는 자기가 힘 빠진 투였다. "정말 덥죠?" 편집자는 그렇게 묻고는 대답도 기다리지 않고 "오늘은 냉면이 제격이겠네요" 했다. 삽화는 W와 M의 얼굴에서 다시 출발했다. 나는 그 두 얼굴의 차이가 아니라 공통점을 떠올리면서 그렸다. W의 것도, M의 것도 아니면서 결국에는 그 둘 다인 얼굴이었다.

M은 까페에 더이상 나타나지 않았다. 다음에는 자기가 밥을 사겠다더니 그 약속도 지키지 않았다. 나는 여전히 까페로 나와서 일했다. 가방은 반드시 들고 다녔고, 휴

대전화는 테이블에 꺼내놓지 않았다. 하지만 아무리 조심해도 우산이라든가 연필이라든가 이어폰 같은 소소한 물건들은 계속 잃어버렸다. 까페에는 새로운 까페족들이 등장했고 기존의 까페족들은 자취를 감추기도 했다. 심지어 아르바이트생들이 다 바뀌기도 했다. 낯익은 얼굴 하나 없는 까페에는 금세 익숙해졌다.

노트북의 파일을 정리하다가 나는 M이 쓴 진술서를 발견했다. 그걸 읽어도 괜찮을지, 그냥 삭제해야 할지 망설였다. 스케치하면서도 노트북을 힐끔대다가 결국 열어버렸다. 그런데 그건 뜻밖에도 나라의 사슴공원에 관한 얘기였다.

"소나기를 맞으며 공원을 빠져나오는데 작은 매점이 하나 있었습니다. 그리고 그 앞을 사슴 세마리가 서성이고 있었지요. 한마리는 아주 어리고 초라해 보였습니다. 한마리는 아예 좀 떨어져서 눈치를 살피고 있었지요. 당당한 건 가장 체격이 큰 놈이었어요. 작지만 뿔도 있었고 털도 매끈했지요. 매점 앞에서 무얼 하고 있을까, 했더니 기다리는 중이었어요. 매점 앞 매대에는 '사슴 센베이'라는 표지와 함께 작은 차임벨이 붙어 있었죠. 그걸 누군가 누르면 매점 주인이 나올 테고 그러면 센베이를 사서 자신들에게 주리란 걸 알고 있는 것이었어요. 그건 일종의 약속 같은 것이었지요. 그 믿음으로 참혹한 살상을 당했으면서도 사슴들은 그 순진한 습성을 버리지 않았습니다. 그 믿음을 버린다면 더이상 나라에서는 살 수 없을 테니까요.

지진이 공포스러운 이유는 전조가 없기 때문이라고 들었습니다. 겨우 몇분 전에야 지진이 일어날 것을 예보할 수 있다고 했지요. 일이분 정도요. 현대과학으로는 지진 후에야 그것이 어떤 움직임 때문이었는지 알게 된다고 들었습니다. 그것도 지진의 파장을 보면서 어렴풋이 짐작할 뿐이라고. 어머니와 큰오빠가 한달 간격으로 세상을 떠나리라고는 상상조차 하지 못했습니다. 아버지가 몰던 지게차가 전복되리라는 것도요. 둘째오빠는 제게 연락을 해올까요. 아버지는 병실에서 벗어날 수 있을까요. 나라로 가는 비행기 표를 예약하면서 돌아오는 표는 끊지 않으려고 했어요. 그렇지만 나는 사슴들에게 센베이를 주기 위해 차임벨을 눌렀습니다."

매점 여자가 앞치마에 손을 닦으며 나와 센베이 한묶음을 건네준다. 그것을 받은 사람은 M이었을 수도 있고 W였을 수도 있다. 만약 내가 나라의 사슴공원에 간다면 그건 나일 수도 있을 것 같았다. 센베이는 포장 없이 종이끈으로만 묶여 있다. 풀려고 하자 여자는 양손으로 센베이의 앞뒤를 잡고 그냥 비틀어서 종이끈을 끊어준다. 가장 체격이 큰 녀석이 매점 안으로 들어와서 센베이를 받아먹는 동안 작은 사슴들은 바깥에서 가만히 기다리기만 했다. 소나기는 그치지 않고 사슴들의 얼굴은 계속 젖었다. 작은 녀석들에게도 좀 주어야 하는데 큰 사슴은 먹는 걸 멈추지 않았다. 하는 수 없이 남은 센베이를 주머니에 감추고는 "없어"라고 말했다. 사슴은 처음에는 믿지 않다가 포기하고 물러섰다. 그렇게 해도 작은 사슴들에게 줄 수 있는 건 얼마 되지 않았다.

숙소까지 걸어가서 밥을 먹고는 잠을 청했다. 먼 곳으로 떠나왔고 사슴들은 가까이 있다. 그런데도 어제와 그다지 다르지 않은 오늘이었다. 오늘의 슬픔은 언제부터 시작되었을까, 그 불운의 전조는 언제부터였을까, 알 수 없었다.

"밤의 공원은 어떨지 궁금해졌습니다. 관광객들이 없는 공원 벤치는, 열여섯명이 앉을 수 있다는 불상의 거대한 손바닥은, 벚꽃이 흐드러진 정원은, 그리고 대체 사슴들은요. 길을 건넜죠. 도시락을 팔던 상점은 문을 닫았습니다. 회전초밥이 빙글빙글 돌아가던 식당도 어둠에 잠겼지요. 절에는 다시 들어갈 수 없겠지만 나라의 사슴공원에는 문이 없으니까요. 그곳에는 천마리가 넘는 사슴들이 구릉과 정원을 오르내리면서 살고 있지요. 돌담을 걷는 동안에는 조금 무섭기도 했습니다. 하지만 곧 어둠 속에서 사슴들이 나타났지요. 소나무 숲에서도, 울타리 뒤에서도, 매점 뒤에서도 기척이 느껴졌습니다. 자동차들은 도로를 빠르게 지나갔지요. 그럴 때마다 사슴들의 눈이 빛났습니다.

　사슴들은 다가오지 않았어요. 어둠에 몸을 숨긴 채 형광의 눈을 들어 바라만 봤지요. 살 수 있을까, 생각했습니다. 하지만 그건 알아내는 것이 아니라 믿는 것이죠. 마치 매미 소리처럼 찌르르한 울림을 가진 소리가 들렸습니다. 그건 사슴들이 내는 소리였어요. 음이 아니라 진동으로 느껴졌지요. 아주 날카로워서 어떤 경고음처럼 들리기도 했습니다. 사슴들의 얼굴이 슬픔에 차 있는지, 기쁨으로 빛나는지는 알 수 없었습니다. 사슴들의 몸체는 보이지 않고 눈동자와 진동만이 있었지요. 하지만 아주 가까이 있는 것처럼 느껴졌습니다. 그것이 낮과는 전혀 다른, 새로운 나라였지요."

차이니스 위스퍼

1

공원에서 욜을 기다립니다. 욜은 올 때도 있고 오지 않을 때도 있습니다. 네시에 오기도 하고 다섯시에 오기도 합니다. 여섯시나 일곱시에 올 수도 있지만 그때는 내가 없습니다. 플랫으로 돌아가 고양이를 돌봐야 하니까요. 그 검정 고양이는 플랫의 주인인 제임슨 부인이 맡겨놓았는데 부인은 지금 인도에 있습니다. 아니면 스리랑카일 수도 있고 파키스탄일 수도 있습니다. 제임슨 부인은 혼자 여행을 떠나면서 어디로 간다고 말해주지는 않았습니다. 매일 플랫으로 전화를 걸어 고양이에게 저녁을 주었는지 확인하죠. 고양이를 돌보는 대신 제임슨 부인은 물세와 전기세를 내지 않아도 된다고 했습니다. 자기 통장에서 빠져나가게 해놓았다고 했지요. "언제까지요?" "내가 돌아갈 때까지."

더 묻지는 않았습니다. 왜, 그런 사람 있잖아요. 지금 눈앞에 있지만 사실 눈앞에 있지 않은 사람. 영혼이 풍선처럼 떠올라 저 멀리 서성이고 있는 사람. 제임슨 부인은 그런 얼굴을 하고 있었습니다. 우리 말을 알아듣고는 있는 걸까 싶었지요. 우리의 서툰 영어도 영어지만 이미 귓가에는 다른 나라의 세찬 바람이 불어오고 있는 것은 아닐까. 그렇게 둥실 떠오른 마음이 어느 국경을 넘고 있는 겁니다. 그러니 "좋아요" 할밖에요. 얼마나 경황이 없었는지 고양이 이름도 묻지 않고 제임슨 부인을 보냈습니다. 룸메이트인 안젤라는 고양이 이름을 맞히기 위해 매일 저녁 서너개의 단어를 불렀습니다. 하지만 고양이는 반응하지 않았습니다. 하긴 그중에는 태양, 쌈바, 리키 마틴, 떼낄라…… 같은 너무 개인적인 취향의 이름들이 들어 있었죠. 전화를 받으면서 제임슨 부인에게는 왜 묻지 않느냐고요? 글쎄요, 왜 그랬을까요.

안젤라는 친구에게서 이동 욕조를 빌렸습니다. 그걸 들고 안젤라와 나는 탤벗 가에서 파넬 가까지 한시간을 걸었지요. 평소에는 이십분이면 충분한 거리였습니다. 걸어오는 동안 많은 사람들이 욕조에 대해 물었습니다. 안젤라는 사람들에게 일일이 대답했습니다. 내가 아니었다면

이 도시 모든 사람들에게 욕조 구경을 시켜줬을지도 모릅니다. "중국 소녀야, 욕조가 무섭지 않니?" "괜찮아요, 괜찮아요." "얘는 차이니스가 아니에요." 안젤라가 손을 내저었습니다. 이 도시 사람들에게 나 같은 동양인들은 죄다 차이니스니까 뭐, 기분 상할 일은 아닙니다. 내가 지나가면 꼬마들이 "니하오!" 인사하지요. "씨에씨에" 같은 말은 어디서 배웠는지 궁금합니다. 그건 좀 어려운 건데. 가끔 어학원에는 이 도시 꼬마들에게 달걀을 맞은 애들도 있지만 나는 아직 당해보진 않았습니다. 끔찍할 것 같기도 하고 웃어넘길 것도 같습니다. 좀 불행할 것 같기는 합니다.

욜은 오기도 하고 오지 않기도 합니다. 그러면 나는 욜을 기다리다가 찾아 나섭니다. 저녁 내내 찾을 수는 없습니다. 말했듯이 제임슨 부인의 전화를 받아야 하니까요. 전화를 늘 받아야 하는 건 아니지만 사나흘에 한번은 받자고 안젤라와 약속했습니다. 월요일에 안젤라가 받았으니까 목요일인 오늘은 내 차례입니다.

제임슨 부인의 전화를 제시간에 받기란 쉽지 않았습니다. 감시받는 것 같아서 기분 나쁘기도 했지요. 전화를 받으면 제임슨 부인은 안녕,이라고 했고 고양이 안부를 물은 다음 다시 안녕, 했습니다. 어떤 날에는 피곤한 목소리로 안녕, 해놓고는 다시 안녕, 하고 끊기도 했지요. 그런 날이면 안젤라와 둘이서 이런저런 상상을 했습니다. 근사한 남자를 만났을까, 스카이다이빙을 한 건 아닐까——그건 너무 긴장되어서 마치 나란 사람이 사라져버리는 느낌이라는데, 에베레스트를 오르지는 않았을까, 티티카카 호수를 건넜을까. 와하 좋겠다. 우리는 부러웠습니다.

부인의 전화를 받은 날에는 어쩐지 전기와 수도를 낭비하고 싶은 생각이 들었습니다. 안젤라는 욕조에 물을 채웠죠. "영리, 너도 할래?" 응하지는 않았습니다. 안젤라의 구릿빛 피부와 굴곡 있는 멋진 몸매에 비교하면 나는 그냥 몸일 뿐이었으니까요. 대신 부엌이며 방이며 조명을 환히 켜놓고 밤이 새도록 한국 드라마와 예능 프로그램을 봤습니다.

하지만 그런 낭비의 밤이 지나면 아침에는 고양이처럼 찬물을 찍어바르며 세수해야 했습니다. 신통치 않은 온수기가 데울 수 있는 물의 양은 정해져 있었으니까요. 나는 비몽사몽간에 일어나 어학원에 갈 준비를 했습니다. 한국어를 많이 들은 날에는 어학원에서 입을 열기가 더 어려웠지요. 하지만 괜찮습니다. 같은 반인 브라질리언, 스패니시, 차이니스 모두 영어가 형편없어요. 우리는 우리가 무슨 말을 하는지도 알 수 없는 채로 토론수업을 진행하다가 이윽고 끼리끼리 자기네 말로 떠들곤 했습니다. 아르바이트하는 한양식당에서는 연신 하품을 해댔어요. 그러면 주방장 키는 애인과 좋은 밤 보냈느냐고 묻곤 했습니다.

욜은 오지 않네요.

일단은 공원에서 기다려보는 게 좋습니다. 한시간 아니면 두시간쯤, 그러다 욜을 찾아 나설 겁니다.

2

기다림에 대해서 말해볼까요. 아니면 늘 하던 일을 할까요. 공원에서 내가 하는 일이란 그리 중요한 건 아닙니다. 어학원 수업시간에 녹음해둔 파일을 들으면서 시를 썼지요. 어학연수를 온 것은 휴학을 하기 위해서였고 휴학하고 싶었던 건 수업시간에 시에 대해 배우고 싶지 않아서였는데 어쩌다보니 공원에서 시를 쓰고 있네요. 귀로는 코넬 선생의, 이 도시 사람 특유의 억양을 숨길 수 없는, 그러나 유창한 영어를 들으면서 손으로는 한글을 적어나갑니다. "어떤 기척 숨겨둔 파랑 짓무른 기억들"이라

고 내가 쓰면 선생이,

　발음을 좀더 분명하게, 분명한 건 좋은 태도, 네게도 네 소리가 들리는 게 중요, 들리니, 미국식 영어는, 아니, 좋았어, 다음 번에,

라고 말합니다.

　내가 그렇게 바보처럼 동시에 두가지 일을 한 건 ── 내가 정말 바보라서가 아니라 ── 그 두가지는 완전히 반대되는 것이라서 도리어 서로 반대되는 것에 집중하게 된다고 생각했기 때문이었습니다. 코넬 선생의 목소리에 귀 기울이며 유순함,이라는 단어나 파도, 같은 단어들을 적다보면 그 단어는 그렇게 코넬 선생의 이질적인 말들을 뚫고 나올 때에야 어떤 힘이 있다고 느껴졌지요. 하지만 그렇게 시를 좀 쓰다보면 내가 하고 싶은 말들이 아니라는 생각이 들면서 다시 영어 강의에 집중하곤 했습니다.

　영리, 딴생각하지 마.

　코넬 선생이 내게 지적하네요, 귓가에서. 네, 나는 수업 시간 대부분을 다른 공상을 하며 보냅니다. 선생의 알아

들을 수 없는 영어가 그렇게 만듭니다. 자장가처럼 졸리게도 하고 영화 대사처럼 무료하게도 하고 대개는 잊고 있던 기억들을 떠올리게 합니다. 그건 욜의 목소리를 들을 때도 마찬가지입니다. 욜은 내게 영어 문장들을 읽어주지요. 길거리 무가지일 때도 있고 신문일 때도 있고 소설책일 때도 있습니다. 이 공원 벤치에서이기도 하고 욜의 침대에서이기도 하지요. 풀밭이기도 하고 대학의 교정이기도 합니다. 그러면 나는 욜이 화를 낼 정도로 멍해지거나 딴생각에 빠집니다. 알아들을 수 없는 언어가 알아들을 수 없는 것에서 끝나지 않고 무언가를 불러내다니요.

지난해 오빠 기일에는 큰아버지가 찾아왔습니다. 나물이 오른 저녁상과 오빠 사진이 거실로 나왔고, 그 옆에는 이 도시로 오기 위해 싸놓은 내 캐리어도 있었습니다. 큰아버지는 오빠가 투지 있는 소년이었다고 했어요. 보이스카우트 첫 야영에서 폭우가 내렸을 때 오빠만 울지 않았다고 했지요. 큰아버지는 오빠가 다녔던 초등학교 교사였으니 사실일 겁니다. 비록 소주는 두병째 비워지고 있었지만. 엄마가 말려도 큰아버지는 듣지 않았죠. "송이송이 무궁화 우리 소년들 피어라 이 강산에" 같은 보이스카우트 단가를 부르기도 했습니다. 오빠가 좋아하던 노래이니까 크게 불러도 상관없다고 말했습니다. 원래 추모에는 노래가 있어야 한댔지요.

그러다 큰아버지는 영준아, 영준아, 오빠를 찾으며 울었습니다. 나중에는 메가트렌드인가 탑 파이브인가 아무튼 큰아버지가 퇴직금을 몰아넣었다가 떼였다는 그 빌딩엘 가겠다고 나섰지요. 자기는 거기서 콱 죽어버려야 한다고 했습니다. 택시를 부르라고 성화여서 우리는 택시 대신 큰엄마를 불러 차에 태웠지요. 큰아버지가 상을 엎어서 거실은 난장판이었습니다. 캐리어에 묻은 김치 국물은 이 도시에 와서도 지워지지 않았습니다.

욜의 목소리를 듣고 있으면 오빠의 모습이 떠오릅니다. 헐렁한 티셔츠를 입었는데 한여름인데도 어깨가 좀 추워 보입니다. 오빠가 용감한 보이스카우트였던 건 사실일 겁니다. 하지만 오빠가 자주 부르던 노래는 이런 것이었지요. 식사 준비 다 됐다 다 같이 먹자…… 한 바람 솔솔 불어 경쾌…… 마음 밥그릇은 노래하고…… 뛰논다 랄랄랄랄라 랄랄랄랄랄랄라라. 랄랄랄라는 속삭이듯이 마치 휘파람 불듯 부릅니다. 그러면 흰 티셔츠를 입은 오빠의 어깨가 생각나지요. 현관문에 쳐져 있던 발을 조용히 들어올리고 "갔다 올게" 하며 나서던, 조금 긴 듯한 머리칼이 닿을 듯 말 듯 내려와 있던, 철컹 하는 열쇠 소리와 함께 사라져버린 그 어깨가.

지나가는 사람들이 욜과 나를 가족으로 보지는 않을 겁니다. 겉모습도 겉모습이지만 내 영어 발음만 들어봐도 이방인인 줄 알 수 있지요. 내 영어는 마치 주기도문을 외우는 자기 할머니 같다고 욜이 말했습니다. 할머니는 가끔 내 이름도 잊으셔, 이렇게 덧붙였죠.

욜은 정비소에서 시간을 보내고 나는 한양식당에서 아르바이트를 합니다. 정비소와 한양식당은 바로 옆 건물이에요. 그래서 우리는 친해졌죠. 나는 쉬는 시간마다 정비소를 구경하며 담배를 피웁니다. 욜은 정비소 사장인 삼촌이 외출하면 아시아 마켓을 겸하고 있는 한양식당으로 들어와 구경을 하지요. 마켓의 한쪽 벽에는 다양한 국적의 통조림들이 빼곡합니다. 그건 저렴하고 유통기한이 길며 고국의 것과 동일한 맛을 냅니다. 통조림 중 상당수는 중국산이에요. 이 도시에는 어느 동양인들보다 중국인들이 빠르게 늘고 있으니까요.

풀숲에 어떤 불규칙한 움직임이 느껴지네요. 비가 옵니다. 일어나야 합니다. 6월이라도 이 도시는 한국의 늦가을처럼 추워요. 감기에 걸리면 병원에 가야 하고 그러면 일주일 주급만큼의 돈이 날아갈 겁니다. 욜은 오지 않습니다. 나는 욜을 마지막으로 만난 곳이 어디였는지 생각합니다. 정비소였나, 쌘드위치 가게였나, 한양식당이었나, 욜의 집이었나, 내 플랫이었나, 욜이 정기적으로 찾던 청소년 상담센터 — 욜은 치료가 필요한 우울증을 앓고 있다고 했어요 — 였나, 이따금 가서 놀던 유대인 지구의 목조 건물이었나. 욜의 얼굴이 전보다 더 창백했다고 기억합니다. 심장이 나빠서 학교를 가지 않는 욜은 마른 장미 꽃잎 같은 입술을 지녔습니다. 오지 않으면 욜을 찾아 나서야지요. 어쩌면 이 도시 어딘가에 숨어서 나를 기다리고 있을지도 모릅니다.

일단은 파넬 가로 길을 잡습니다.

유학원 에이전트가 건네준 지도에서 파넬 가는 위험한 동네로 표시되어 있었습니다. 여기는 구시가이고 이민자들의 거리이지요. 한국 식당, 인도 식당, 아랍 식당, 중국 식당, 동남아 식당, 그리고 이 모든 것을 먹을 수 있는 무국적의 7유로 뷔페, 전화방, 환전소, 인터넷 까페, 향신료점, 구제 상점, 가방 가게 — 엄청난 수의 캐리어 — 들이 이 거리에 있습니다. 코넬 선생은 귓가에서 여전히 강의를 합니다. 전치사에 관한 것이네요. 밤이면 이 거리에는 자기 집을 찾지 못하는 취객들이 유령처럼 떠돕니다. 파랑, 기억, 짓무름…… 이제 이런 단어들은 너무 흔해서 시가 될 수 없겠지요. 반원……이라는 단어는 어떨까요. 그래요, 결국 나는 아무것도 쓰지 못할 겁니다.

내가 대학에 들어갔을 때 놀랐던 건 세상에는 시인으로 태어나는 아이들이 있다는 사실이었어요. 그러니까 나처럼 우연히 고교 백일장에 입상해 그 성적으로 들어온 애 말고 진짜 시인인 아이들. 그런 아이들은 곧 문학회의 중요한 일원이 되거나 교내외 공모전에 입선하곤 했지요. 나는 그런 애들과는 많이 다른 그냥 평범한 아이였어요. 시를 쓰기보다는 시를 읽으며 살겠다 싶은 정도였지요. 그렇게 생각하면 마음이 편안해지면서도 씁쓸함이 느껴지곤 했습니다. 시는 내가 처음 찾은 잘할 수 있는 일인 줄 알았는데 말이죠.

"안녕, 키." 여기가 한양식당입니다. "잊고 간 게 있어?" 주방장 모자를 쓴 사람이 키입니다. 중국인이죠. "욜 못 봤어?" "아, 통조림을 사가던데. 전보다 얼굴이 안 좋아. 아주 창백했다고." 키가 가리킨 곳은 유통기한 지난 물건을 파는 선반입니다. 짧게는 한달, 길게는 일년 가까이 지난 통조림들입니다. 그런 것들이 이 마켓에서는 팔리고 팔 수 있지요. 그렇게 해서 통조림들의 유통기한은 무한으로 늘어납니다.

욜은 이 1유로짜리 통조림을 사곤 했습니다. 그리고 대개 창틀이나 책상에 놓아두었지만 가끔은 뜯어보기도 했습니다. 이를테면 죽순 통조림은 뜯지 않고는 배길 수 없었지요. 내가 어린 대나무가 들어 있다고 말했기 때문이었습니다. 비가 오고 나면 죽순은 단번에 믿을 수 없을 정도로 쑤욱 자라난다고도 말했지요. 얼마나 빨리 자라는지 그 소리를 들을 수도 있다고요. 그건 빗소리와 비슷하고 스프링클러가 돌아가는 소리와도 비슷하다고 했습니다. 네가 서,라는 내 성을 부르는 소리와도 비슷해. 네 숨소리와도 비슷하지. 그제야 욜은 통조림에 'BAMBOO SHOOTS'라고 쓰인 이유를 알 것 같다고 했습니다. 총을 쏘는 것처럼 아주 짧은 순간의 대나무가 들어 있지 않느냐고 말했지요.

아주 짧은 순간의 대나무라니요.

"시인이 되지그래?" 내가 말했고 "예이츠처럼" 덧붙였습니다. "정비사가 될 거야." 욜이 대답했죠. "삼촌처럼." 그리고 통조림을 열었는데 찰랑거리는 보존액 속에는 세 조각의 죽순이, 누르스름하고 일부는 하얗게 변색된 상태로 잠겨 있었습니다. 우리가 상상한 것과는 좀 달랐죠.

"그런데 율이 말이다, 계산하면서," 나가려는데 키가 날 불러세웠습니다. 키의 옷에서 매콤한 고추기름 냄새가 나요. 키는 그것으로 김치찌개나 순두부찌개 같은 메뉴를 순식간에 만들어내지요. 한국 유학생들 사이에서 키의 한국 음식은 악명 높습니다. 이러다 내년이면 한양식당에는 중국 메뉴만 남을지도 모르겠어요. "계산하면서, 이젠 오지 않을 거라고 했더란다. 그냥 그렇게 말했대." 이해가 가지 않습니다. 키는 지금 무슨 말을 하는 걸까요.

3

오빠는 대학에서 입자에 대해 공부한다고 했습니다. 그건 모든 존재를 만들어내는, 세상에서 가장 작은 입자라고 했습니다. 하지만 복잡한 과정을 거쳐야 입자를 확인할 수 있다고 했어요. 세상에서 가장 작은 그 입자를 발견하기 위해서는 세상에서 가장 큰 현미경이 필요하다고 말했습니다. 지하철 2호선을 두번 돌 만큼의 크기였죠. 그 입자가 발견되면 우주가 탄생한 비밀을 알 수 있을 거라고 오빠는 설명했습니다. "그걸 알면 뭐가 좋은데?" "뭐, 사람들이 좀 덜 외롭지 않을까." 천재로 소문난 오빠였으니 그 말이 맞겠지요. 그렇지 않았을까요.

대학을 아주 천천히 다녔지요. 군대도 가고 휴학도 여러번 했습니다. 초등학생이던 내가 고등학생이 될 때까지 오빠는 오랫동안 대학에 머물렀어요. 그리고 언젠가부터 오빠는 집으로 잘 올라오지 않았다고 기억합니다. 엄마가 내려가서 만나고 왔는데, 그때마다 얼굴이 좋지 않았지요. 엄마는 오빠가 이명을 앓고 있다고 했습니다. 재깍재깍하는 시계 소리 같기도 하고, 종이들이 부스럭거리는 소리 같기도 하다고, 장작이 타들어가는 소리나 키보드를 두드리는 소리 같기도 하다고 했어요. "엄마가 아는 병이야?" 엄마는 그때나 지금이나 약국을 운영합니다. "아니, 영준이가 그렇게 말해." 한약과 양약이 오빠에게 여러번 내려갔습니다. 대학병원에 입원해 검사를 받기도 했습니다. 하지만 소리의 정체를 알아낼 수는 없었죠. 다시 휴학하고 올라온 오빠는 텔레비전만 켜놓은 채 소파에 앉아 있곤 했습니다. 이따금 냉장고 코드까지 뽑아 집 안을 조용하게 해놓고 물었습니다. "안 들리지?" "응, 안 들려." 나는 어떤 소리에 대해 묻는지도 모르면서 그렇게 대답했지요.

엄마는 오빠가 대학에서의 공부를 이기지 못했다고 생각합니다. 그렇다면 그 눈에 보이지 않는, 세상에서 가장 작은 입자를 이기지 못한 것일까요. 그런데 내가 오빠 나이쯤이 되니 그런 작은 것 따위에 양보할 수 있는 젊음이 아니에요. 스물셋인 나는 너무 젊어서 가끔은 그것이 잘못처럼 느껴지기도 하고 죽음은 짐작조차 할 수가 없으니까요. 그러면 오빠는 끊임없이 들려오는 그 소리를 견디지 못한 것일까요. 그런 건 대개 소리가 아닌 것을 신경계가 소리로 인식하기 때문이라고 했습니다. 의사들이 그렇게 설명할 때마다 오빠는 "아니야"라고 단호하게 말했습니다. "바보들이야"라고도요.

오빠의 어깨가 떠오릅니다. 여름밤이었고 엄마는 퇴근해 나른하게 누워 있었지요. 약국에 책을 두고 왔다는 말에 엄마는 열쇠를 건넸습니다. "문단속 잘해야 한다." 나는 발을 젖히고 나가는 오빠의 뒷모습을 일별합니다. 열린 문틈으로 나방 같은 날벌레가 들어오지 않을까 염려하면서, 수박이나 복숭아 따위의 과일을 먹고 있었지요. "갔다 올게." 오빠는 그렇게 말하면서 현관문을 닫았습니다.

오빠가 선택한 건 엄마의 조제실에 늘 있는, 독성이 강한 수면제였습니다.

코넬 선생은 자신이 영국 출신이라고 했습니다. 하지만 정확히 말하면 영국 출신 부모 밑에서 자랐다고 했지요.

어학연수 온 한국 애들은 이곳 영어가 영국과 얼마나 일치하는지 관심이 많습니다. 그래서 영국에서 태어났거나, 영국 부모에게서 성장했거나, 영국에서 공부한 선생들이 인기가 더 많습니다. 선생 발음이 마음에 들지 않는다며 반을 바꾸는 건 대부분 한국 애들이었지요. 선생들의 약력에서 영국 출신, 영국 수학, 영국 성장, 이런 말이 나온 건 한국 학생들 때문이라고 했습니다. 하지만 이런 강의들은 과연 효과가 있을까요. 내 혀는 코넬 선생처럼 움직일 수 있을까요.

때로 선생은 자기 목에 손가락을 가져다대고 발성을 느껴보라고 합니다. 파트너 입술에 손가락을 대보라고도 하지요. 플랫으로 돌아오면 안젤라가 학원에서 뭘 배웠느냐고 물어봅니다. 인터넷 까페에서 일하는 안젤라는 영어가 늘지 않아서 고민이었죠. 그 인터넷 까페에는 고국의 사람들과 영상 통화하려는 브라질리언들만 있어서 영어 쓸 일은 더더욱 없다고 했습니다. 그러면 나는 내 입술에 안젤라의 손가락을 올려놓고 지구 온난화로 작물의 재배환경이 달라졌다, 같은 문장을 알려주지요. 그 고기는 변질되어 더는 유용하지 않습니다, 같은 문장이나, 전자기파의 사용은 인체에 나쁜 영향을 미칩니다, 같은 문장들. 안젤라에게 그다지 필요할 것 같지는 않지만 혹시 어떤 기억을 불러일으킬지도 모르는 문장들을 말입니다. "이러다 제임슨 부인의 전화를 못 알아들을지도 모르겠어." 안젤라는 그렇게 말하기도 하지만 글쎄요, 제임슨 부인은 고양이에 관한 것이 아니면 어떤 이야기도 하지 않으니까요.

내가 이사 올 때만 해도 부인에게는 남편으로 짐작되는 중년 남자가 있었습니다. 하지만 언젠가부터 보이지 않았어요. 여행을 떠나기 몇주 전, 부인은 길거리에 안락의자를 내놓았습니다. "필요하면 가져가시오"라고 쓰여 있었죠. 하지만 아무도 가져가지 않자 부인은 다시 메모를 바꾸어놓았습니다. "제발 가져가시오."

그 안락의자를 정비소까지 가져간 건 안젤라와 나 그리고 욜이었습니다. 핼러윈이 있던 날 밤이었는데 욜이 폭스바겐을 끌고 왔지요. 그건 정비소 한편에 늘 서 있는, 낡았다기보다는 골동품에 가까운 폭스바겐이었습니다. 면허도 없이 차를 끌고 온 것도 그렇지만 그 차라는 게 도저히 안락의자를 집어넣을 수 있는 크기는 아니었어요. 쓸데없이 위험을 무릅쓰다니요. 나는 화가 났지만 안젤라는 욜이 어른이라며 치켜세웠습니다. 브라질이라면 욜의 나이쯤이면 결혼할 수 있어,라고 했지요. "그래?" 욜이 되물었습니다. "너는 열일곱?" "열여섯." "우리 언니 열여섯에 결혼했어. 조카가 넷이야. 지금은 골웨이 거위 농장에

174

서 일하지."

욜은 차에서 예비 타이어를 꺼냈습니다. 안젤라가 폭스바겐의 뒤 범퍼와 타이어를 끈으로 연결했지요. 그리고 타이어 위에 안락의자를 놓았습니다. 안젤라는 처음 폭스바겐을 타본다며 흥분했습니다. 내게도 기분을 물었지만 대답하고 싶지는 않았습니다. 욜은 얼른 어른이 되고 싶어했지요. 어느날은 아이처럼 굴다가도 어느날에는 자기 명령대로만 하라며 화를 냈습니다. 그리고 대개는 용서를 빌었지요. 그날 욜은 빨리 달릴 수 없었지만 핼러윈 데이에 경찰들은 다행히 바빴습니다. 그렇게 안락의자는 제임슨 부인의 집 앞을 떠났지요.

이제 욜이 다니는 청소년 상담센터를 지납니다. "긴급 관리가 필요한 열일곱살 이하의 청소년들을 대상으로 한다"고 쓰여 있습니다. 창에는 늘 그렇듯 커튼이 내려와 있습니다. 욜은 여기서 상담을 하기도 하고 비디오를 보거나 미술 수업을 받기도 했습니다. 주말이면 상담 선생과 아이들이 캠핑을 다녀오기도 했지요. 혹시 욜은 여기에 와 있을까요. 잠깐 서성거려볼까요. 욜이라고 불러볼까요. 욜은 내게 자기 이름을 고양이 울음처럼 발음하라고 가르쳐주곤 했습니다. 미아우미아우 하는 고양이 울음소리에 가깝게 내가 발음하면 이 도시 사람들과 비슷하다고 했어요. 불러보지만 문은 열리지 않네요.

　그렇다면 삼촌의 정비소로 가야 합니다.

　　4

　안락의자는 비어 있습니다. 욜은 없습니다. 저기 잎담배를 마는 사람이 욜의 삼촌입니다. 욜의 가족은 나를 그다지 반기지 않아요. 동양인의 체구가 워낙 작아서 나를 십대로 보기도 했지만 곧 나이가 그보다 많다는 걸 알게 됐거든요. 무엇보다 여기서 일년 정도 체류할 뿐이라는 걸 안 뒤에 더 경계했습니다. 욜의 엄마는 그렇지 않았어요. 온종일 취해 있었거든요. "엄마에겐 기네스가 술이 아니라 밀(meal)이야." 욜은 말했습니다. 이 도시 사람들의 알코올 중독은 세계적인 수준이어서 겨울이면 '너무 취하지는 말 것' 하는 텔레비전 광고가 나왔어요. '함부로 자살하지 맙시다' 하는 광고도 있었지요. 그러니까 그 밀은 사람들을 살리기도 죽이기도 하는 모양이었습니다. 아니면 기네스가 아니라 위스키 탓일까요.
　욜의 엄마는 욜에게 친절했지만 갑자기 태도를 바꿔 때리기도 했습니다. 욜이 죽을 거라며 아무 때나 울기도 했지요. 누군가를 애도한다는 것은 자신을 벌하는 형식이기도 하다는 걸 욜의 엄마를 보고 알았습니다. 무릎을 꿇었고 용서를 빌었으며 자기 자신을 때리기도 했으니까요. 그러면 큰아버지 생각이 났고 큰아버지 노래 속에 늠름하게 살아 있던 소년, 나의 오빠이자 모퉁이 약국의 아들이 떠올랐습니다. 오빠가 죽은 뒤에도 약국을 지켜온 엄마는 사실 그렇게 해서 자신을 벌했던 것일까요.

나는 집을 떠나고 싶었습니다. 약국은 물론이었죠. 하지만 엄마는 떠나지 않고 매일 아침 그곳으로 출근했어요. 무게를 달고 냄새 맡고 만지고 포장했습니다. 엄마와는 대화가 끊겼어요. 우리는 최소한의 말만, 그것도 은근히 시선을 비킨 채로 주고받았습니다. 그저 모든 시간들이 시들어가기를 바라며 서로를 내버려두었죠. 오늘까지.

욜이 몰고 왔던 폭스바겐은 삼십년도 더 된 차라고 했습니다. 몇번이나 엔진을 바꾼 덕분에 지금도 달릴 수 있다고 했죠. "심장은 바뀌었지만 영혼은 그대로야" 하고 말할 때 욜은 웃었습니다. 그러면 어떤 불행도 아무것도 아닌 것처럼 느껴졌지요. "욜이 전화하지 않았어?" 한시간 동안 나는 앉아 있었습니다. 욜의 삼촌이 담배를 내미네요. 박하 향이 납니다. 이런 잎담배에는 성냥을 써야 합니다. 성냥의 유황 냄새가 섞여야 담배 맛이 독해지지요.

그래야 코끝이 매워집니다. "욜은 없어. 너도 이제 집으로 가." 욜이 어디에 있는지는 묻지 않습니다. 가르쳐주지 않을 거예요. "심장도 심장이지만 욜은 여기가 문제야." 욜의 삼촌이 가리킨 곳은 머리 부근입니다. 그리고 손가락을 밑으로 향해 가슴을 가리키며 말합니다. "욜은 떠나게 될 거다. 적당한 곳에서 쉬어야 할 거야."

5

　시인은 될 수 없을 겁니다. 욜을 만날 수 없을지도 모르겠어요. 하지만 그래도 나는 스물넷이 되고 다섯이 될 겁니다. 월급을 탈 것이고 적금을 들 것이고 차를 사거나 해외여행을 갈 수 있겠죠. 결혼을 할 것이고 아이를 낳을 것이며 집을 사고 정원을 가질 수도 있습니다. 하지만 그렇게 시간들이 흘러가도 되는 것일까, 문득문득 내 안에서 누군가가 묻습니다. 그럴 때 시를 쓰곤 했지요. 하지만 좀처럼 완성은 어려웠습니다. 말로는 옮길 수 없는 거대한 무언가가 날 아주 보잘것없게 만들었지요.
　잠이 오지 않는 밤에는 구글 위성지도로 엄마의 약국을 찾아보곤 합니다. 약국은 네모반듯한 수백, 수천채의 건물들 사이에 자리해 있습니다. 그렇게 서울의 어느 한편에 안착해 있는 엄마의 삶을 확인하면 어떤 슬픔이 차오르곤 했습니다. 흰 가운을 입고 가죽의자에 앉아 손님을 기다리는 엄마, 플라스틱 약통이 빼곡한 조제실에서 도시락을 먹는 엄마, 출납기 앞에서 머리를 빗고 화장하는 엄마, 가끔 유리문을 열어 환기하면서 와하, 비가 오는구나, 하는 엄마, 하지만 문을 닫으면 막자사발에 천천히 약을 가는 엄마.

구글 위성지도에서 모든 건물과 산, 대륙과 바다는 살아 있다기보다는 죽은 듯한 모양새예요. 어딘가 비극적인 색채이지요. 엄마의 모퉁이 약국을 내려다보다가 주소를 입력하면 지도는 초점이 멀어지면서 중국 대륙과 인도양과 유럽과 영국 해협을 빠르게 지나 내가 있는 파넬 가 35번지로 이동합니다. 욜의 집도 거기서 멀지 않아요. 강의의 첫 리스닝이 끝나기 전에 도착했습니다.

욜이 떠났다는 말은 사실이 아닐 겁니다. 저 창문으로 통조림들이 아직 보이는데 말입니다. 욜은 아버지가 해적이라고 말했습니다. 자기는 아주 오래전 이 도시에 들어온 바이킹의 후예라고도 했지요. 어떤 때는 해적이 아니라 선장이라고도 했습니다. 비행사라고도 했는데 아무튼 그 모든 것은 떠나 있는 사람들의 직업이었어요.

욜은 아버지가 동양에 머물고 있을 거라고 했습니다.

그러니 통조림에 적혀 있는 한자들은 욜에게 이집트의 상형문자만큼이나 흥미진진한 것이었어요. 그리고 나는 그 한자들을 아는 유일한 사람이라고 했습니다. 나는 '용과(龍果)'나 '해선장(海鮮醬)' 같은 한자들을 읽어주었습니다. 물론 중국어 발음은 아니었지요. 나는 그것을 한국식으로 읽었고 읽을 수 없는 건 거짓말하기도 했습니다. 수업시간에 한자를 더 외웠어야 하는데, 생각하면서. 욜은 이해할 수 없는 그 단어들을 따라 해보기도 했습니다. 쉽지는 않았지만 어려우면 어려울수록, 낯설면 낯설수록, 이질적이면 이질적일수록 좋아했던 것은 분명했어요.

하지만 욜의 엄마는 욜의 아버지가 그리 멀지 않은 도시에 산다고 말한 적이 있습니다. 욜은 아는 걸까 모르는 걸까. 중요하지는 않았습니다. 나는 다만 통조림의 글자들을 읽으며 욜을 가만가만 쓰다듬어주었을 뿐이었어요. 목에서 갈비뼈까지는 언제 얻었는지 모를 기다란 흉터가 나 있었습니다. 믿을 수 없을 정도로 슬픈 몸이었지요. 철제 계단을 올라 문을 두드리지만 대답은 없습니다. 멀리서 들리는 소음들은 욜의 집 안에서 나는 것은 아닌 것 같아요. 누가 텔레비전을 보는 걸까요. 누가 그릇을 닦는 걸까요. 누가 울고 있는 걸까요.

6

다시 공원으로 돌아왔습니다.

비는 그쳤고 이제 저녁이에요. 이 도시의 비는 내렸다가는 갑자기 그치고 다시 내립니다. 너무 잦은 비에는 우산이 필요하지 않다는 걸 이 도시에 와서 배웠지요. 벤치에 앉습니다. 고양이에게 갈 시간이 얼마 남지 않았지만 잠시만요. 욜과 마지막으로 만난 날을 생각합니다. 아르바이트가 끝나고 한양식당을 나와서 공원으로 와서 앉았습니다. 이 벤치였습니다. 십자가 모양 연못의 건너편입니다.

욜은 캠핑에서 돌아온 참이었습니다. 호스라는 바닷가 마을에 다녀왔다고 했지요. 욜이 캠핑에서 들었던 음악과 채식주의자 선생이 만들어온 쎈드위치에 대해 한참 떠들었습니다. 어떤 문장들은 빨라서 무슨 이야기인지 짐작만 했습니다. 이제 생각해보니 욜은 평소답지 않게 수다스러웠어요. 그건 마치 어떤 말들을 누르기 위해 다른 말들을 필사적으로 꺼내는 것 같기도 했지요. 욜은 상담센터 아이들과 게임을 했다고 말했습니다. 모두가 둥그렇게 둘러앉은 다음, 맨 앞사람에게만 한 문장을 보여주고 옆사람에게 말을 옮기게 하는 것이었지요. 마지막 사람이 자기가 들은 문장을 외치는데 그 문장이 처음 것과 같으면 점수를 얻는 게임이었어요. "구피 그리닝 고퍼스 고불드 자이갠틱 그레이프스"처럼 특정 음이 반복되는 문장들. 차이니스 위스퍼라는 게임의 이름은 마치 중국어를 처음 들을 때처럼 알쏭달쏭하다는 뜻에서 붙었다고 했습니다.

욜의 이야기를 들으면서 나는 보이스카우트의 그 소년을 떠올리지 않으려 노력했습니다. 그러면 내 마음이 무거워지고, 내가 살아 있다는 사실과 이렇듯 젊다는 사실도 무거워지니까요. 너무 무거워서 지구 저 아래로 빨려 들어가고 말 것 같기도 합니다. 그렇게 해서 아예 사라질 것만 같아요.

욜은 자기네 팀이 매번 틀린 문장을 댔다고 했습니다. 욜 말고는 다들 어린아이들이어서 점수를 잃자 분위기가 험악해지기 시작했습니다. "넌 어땠는데?" "난 괜찮았어. 그런 거야 아무래도 상관없지." 이렇게 말하고는 욜은 금방 정정했습니다. "아니, 내 기분도 엉망이 됐어. 그 얼간이 같은 애들이랑 같이 앉아 있는 게 끔찍했어." 아이들은 히스패닉계 소녀를 블랙홀로 지목했습니다. 옆에 앉은 소년은 "그리닝이라는 단어는 들리지도 않았어" 하고 투덜댔죠. "무슨 마녀 주문을 듣는 것 같았다고."

다시 새로운 문장이 주어지고 아이들은 입에서 귀로 말들을 전했습니다. "위 니드 모어 머니 투 바이 썸 허니, 위 싱크 유어 퍼니 코즈 유 해브 노 머니, 위 싱크 유어 저 니 유 홉 라이크 어 버니, 위 키프 더 버니 프롬 스틸링 더 허니" 머니, 허니, 퍼니, 버니를 반복하다가 이번에도 욜 의 팀은 문장을 맞히지 못합니다. 아이들은 또다시 소녀 에게 비난을 퍼부었다고 했어요. 소녀는 자리에서 발딱 일어나 해변으로 달려갔고 가장 높은 바위에서 바다로 뛰 어내렸습니다. 나는 놀라 욜의 팔을 꽉 잡았어요. 그건 마 치 욜이, 바로 눈앞에 있는 욜이 차가운 바다로 떨어진 듯 한 느낌이었지요. 소녀는 다치지 않았습니다. 얕은 물이 었고 선생들이 서둘러 소녀를 건져냈죠.

욜은 돌아오는 버스에서 아이들이 결국 우린 정신병원 에 갈 거라고 떠들어댔다고 했습니다. 지금은 문제아로 분류되지만 열일곱살이 넘으면 병원에 감금될 수 있어,라 고. 어른이 되기도 전에 그 모든 일이 벌어질 거야,라고.

공원 안쪽에는 쓰러진 사람들을 일으켜세우는 네마리 의 거대한 백조 상(像)이 있습니다. 긴 목을 곧게 펴고 있 어서 금방이라도 하늘로 날아갈 듯한 백조들이에요. 본래 사람이었던 그 백조들은 구백년을 헤맨 끝에 마침내 집을 찾아갔다고 영어와 게일어로 쓰여 있습니다. 욜이 그 백조들의 날개를 골똘히 바라보았다고 기억합니다. 밖에 오래 앉아 있어서인지 욜은 몸을 떨었지요. 나는 점퍼를 벗어 욜을 감싸며 속삭였습니다. "그런 일은 없을 거야. 무엇보다 너희 엄마가 그럴 분이 아니셔." 그때 욜이 내 말을 듣고 웃었는지, 아니면 얼굴을 더 찡그렸는지는 아무리 생각해도 알 수가 없어요. 다만 어둠이 우리를 감싸고 백조들의 부리가 그 속으로 젖어들어갔던 것은 분명합니다. 아니, 어쩌면 욜은 내 말을 듣지 못했던 것일까요.

고양이에게로 갈 시간입니다.

7

전화벨이 울립니다. 고양이는 식탁에 올라가 있다가 나를 보고는 자리를 피합니다. 전화벨이 울립니다. 코넬 선생이 강의하지요. 시가 떠오릅니다. 전화벨이 다시 울리죠. 코넬 선생이 강의합니다. 시가 떠오릅니다. 그리고 수화기를 드는 순간 모든 것이 잠잠해지고 말아요. 윙—하는 냉장고 모터 소리만 들립니다.

제임슨 부인? 안녕하세요. 부인은 아무 말도 하지 않습니다. 오늘은 어떻게 된 것인지 안녕이라는 말도 없이 숨

소리만 들리네요. 그것은 어느 한순간에는 아주 귀에 익은 소리처럼 들리기도 합니다. 고양이는 잘 있어요. 방금 물을 먹었고 헤어볼이 심해서 캣그라스를 주려는 참이에요. 듣고 계세요? 전화가 끊어진 것일까요. 하지만 저편에서는 무슨 웅얼거림이 들리는데 말입니다. 부인, 지금은 어느 곳에 있어요? 지금 그건 어느 나라 말이죠? 부인, 잠깐만 끊지 마세요. 내가 하는 말 알아들을 수 있겠어요? 고양이 이름이 뭔가 해서요. 불러야 할 때가 있거든요. 가령 창가에 아슬아슬하게 서 있을 때나 어디에 있는지 통 알 수 없을 때, 어딘가에 숨어 울기만 할 때 말이에요. 그럴 때 불러주어야 하거든요. 부인? 내 말을 이해할 수 있겠어요? 고양이 이름이 뭐예요? 소리가 너무 작아요. 거기는 안전한가요? 무엇을 보았어요? 떠나니 잊을 수 있던가요? 이를테면 그 안락의자에 대해서 말이에요. 제임슨 부인, 그러니까 지금 내 말이 거기까지 들리고 있나요? 전화는 끊어졌습니다.

다시 전화를 기다리며 사료를 먹이통에 부었습니다. 내가 앞에 있으면 고양이는 밥을 먹지 않아요. 먹으면서도 무언가를 경계하듯 노란 눈으로 집 안의 어둠을 살핍니다. 언젠가 안젤라는 고양이에게 할퀴였던 적이 있어요. 과일을 깎으려고 과도를 들었을 뿐인데 고양이는 하악—하며 안젤라의 무릎에 상처를 내었지요. 제임슨 부인과 고양이에게 어떤 나쁜 기억이 있으리라 짐작한 건 그때였습니다. 밥을 먹고 난 고양이는 욕조 뒤로 들어가버립니다. 나는 고양이를 부르기 위해 좀더 가까이 다가갑니다. 지금은 무언가, 아주 따뜻한 무언가를 안을 수 있으면 좋겠어요. 하지만 뭐라고 부를 수 있을까요. 누구라도 그런 것에 대해 가르쳐준 적이 있던가요.

키티, 블래키, 스위티, 짓무름, 파랑, 기억, 반원, 욜……

어떤 단어를 불러도 고양이는 오지 않았습니다.

우리   집에

            왜   왔니

아빠는 졸다가 버스가 덜컹이면 눈을 뜨고 비틀스를 이야기했어. 싫대도 억지로 한쪽 이어폰을 끼워주더니 간 간이 따라 부르기도 했지. 예스터데이, 노르웨이지언 우 드, 렛 잇 비. 아빠 목소리가 그렇게 다양할 줄이야. 아빠 는 늘 네가지 톤으로만 이야기했거든. '돈 필요하니'는 가 장 낮고 '왜 그랬어'는 중간 정도, '시끄럽다'는 더 가팔랐 지. '그게 무슨 소용이야'가 가장 높았을 거야. 엄마 목소 리는 몇가지였는지 생각해봤지만 아무것도 떠오르지 않 았어. 헤이 걸, 여기는 인도란다. 내가 쓰레기를 오른발로 열심히 밀어내자 뒷좌석 백인들이 말했어.

델리에서 아홉시간 달리니 리시케시였지. 여기서 북쪽 으로 올라가면 히말라야가 나온대. 갠지스 강 위로는 다 리 두개가 걸쳐 있는데 세계에서 몰려든 사람들이 요가 매트를 들고 그곳을 건너. 강가 계단에서는 바지 하나만

달랑 입은 남자들이 자거나 명상하거나 책을 읽다가 문득 생각난 듯 강으로 걸어들어가 몸을 완전히 적시곤 해. 골목골목마다 요가와 명상 센터가 들어차 있고 강은 맑고 조용해서 아빠는 우리가 '치유'받기 좋은 곳이라 말했어. 우리는 환자가 아니잖아, 단지 엄마가 죽었을 뿐이라고. 물론 입 밖에는 내지 않았지. 자주색 명상복은 학교 체육복보다도 더 촌스러워서 끔찍할 정도였지만, 영어 공부할 겸 참기로 했어.

외삼촌은 외숙모의 죽음이 괴로워서가 아니라 아미를 위해서 떠나겠다고 했다. 더 정확히 말하면 아미가 엄마의 장례가 끝나자마자 밤을 새워 시험공부를 한 예사롭지 않은 아이였기 때문이다. 외삼촌이 침대에서 뒤척이다 물을 마시러 나왔을 때 아미는 낭랑한 목소리로 시를 외우고 있었다고 했다. 역설법, 대구법, 상징법, 은유법, 밑줄 쫙, 별표 땡. 외삼촌은 오싹 소름이 돋았다. "기특하다고 어깨를 두드려줘도 시원치 않을 판에 못나게시리." 엄마는 혀를 쯧쯧 찼다. 대학 다니면서 데모한다, 시 쓴다 방황하는 '반피이'를 누가 사람 만들었냐, 하던 엄마의 자랑이 물거품 되는 순간이었다.

외삼촌을 이해했다. 「터미네이터 2」에서 액체 금속인

간을 보았을 때 나도 그랬으니까. 총구멍이 나도 아랑곳없이 목표물을 향해 질주하던 그는 얼마나 두려웠느냐는 말이다.

"월급 타더라도 빨강 내복은 사지 마." 아미는 이렇게 이메일을 맺었다. 아미 말이 아니더라도 당분간 빨강 내복 따위를 사들이는 일은 없을 것이었다. 시작은 기세등등했으나 끝은 초라했다. 수습기간도 다 채우지 못하고 그만둘 줄 알았더라면 침대나 오디오는 가져오지 않았을 것이다. 아니, 애당초 K시를 떠나지 않았겠지. 베란다로 나가 담배를 물고 내 잘못이 아니야, 혼잣말했다. "만날 남 탓만 해." 어두운 마음 한구석에서 엄마가 날을 세웠다. "직속상관이란 놈이 회사 돈을 횡령하고 달아날 줄 어떻게 알았겠어." 쯧쯧, 엄마는 등을 홱 돌렸다. "애당초 너 같은 숙맥을 뽑을 때부터 내 알아봤다."

엄마는 내가 서울로 올라가는 것을 달가워하지 않았다. 외삼촌이 같이 살자고 하지 않았으면 방도 못 얻어준다고 버텼을 것이다. 외동딸에게도 계산은 철저했는데, 사실 그것이야말로 엄마가 남편 없이 이십년 넘게 버틸 수 있는 비결이었다. 지금 내 나이 때 이혼한 엄마는 남자 따위에 희망을 걸지 않고 집 하나로 일어섰다. 단독주택은 하숙집이 되고 다세대주택이 되고 원룸 건물이 되었다. 작은 방으로 쪼개지고 많은 사람들로 채워질수록 집은 더 높이 올라갔다. 학원 아르바이트를 시작하자 엄마는 내게도 삼십만원씩 월세를 받았다.

그에 비하면 외삼촌은 너그럽다 못해 희생적인 집주인이었다. 외숙모 유품을 보관한 작은방만 건드리지 말라고 당부했는데, 그것이 내가 지불해야 할 방세인 셈이었다. 하지만 외삼촌과 아미가 집을 비우자 방세를 감당하는 일이 쉽지 않아졌다. 방 안에 누군가가 있을지 모른다는 상상이 계속됐고, 시체들이 우르르 쏟아져나오는 꿈도 꾸었다. 하지만 외삼촌은 킬러와는 거리가 멀었다. 킬러의 재산을 관리하는 재무설계사라면 또 모를까.

한번쯤 작은방을 열어본다면 오히려 문제는 쉽게 해결될 수 있었다. 그렇다면 자의 반 타의 반으로 사직서를 쓴 오늘이 제격 아닐까. 옛 남자에게 전화해 시비 걸고 싶은 정도의 기분이라면 공포도 이길 테니까. 하지만 외삼촌이 잠가놓은 작은방을 허락도 없이 열어본다는 게 마음에 걸렸다. 무엇보다 삼백만원으로는 몇달 버티기 힘들 테니어서 대책을 세워야 했다. 그렇지 않으면 '인생의 무덤'이라 내가 명명한 K시로 꼼짝없이 돌아가야 할 판이었다.

다음 날 아침, 부녀회 총무가 초인종을 눌렀다. 영구임

대아파트가 들어서는 것을 막으려고 서명을 받는 중이라고 했다. "집주인이 아니에요." 총무는 고개를 끄덕이며 알고 있다 했다. "참 안됐어요, 살림이며 애 교육이며 열심이었는데." 싸인을 해주자 총무는 아래 지역 사람인가 보다, 하더니 고향을 물었다. 역시 사투리가 문제였다. 총무는 자기도 K시 출신이라며 덥석 손을 잡았다. 고등학교를 물어봐서 나는 당당히 이름을 댔다. 비평준화인 K시에서 그 고등학교에 입학한 것이야말로 내 인생의 가장 자랑스러운 역사이니까. 총무는 내가 고등학교 선배네, 하더니 처음 듣는 선생님 이름을 댔다.

삼십분쯤 뒤에 인터폰이 울렸다. 아까 그 선배였다. 선배네 집은 외삼촌네보다 더 넓었고 터키시앙고라 한마리가 나른하게 누워 있었다. 열대어들이 수초로 몰려갔다가 다시 폭포수로 움직였다. 세 가족이 승마복을 입고 찍은 대형 사진에서는 선배만 활짝 웃고 있었다. 선배는 705호 친구, 곧 외숙모가 고양이를 무척 귀여워했다고 말했다. 데려오자마자 피카소라고 이름을 붙여준 사람도 외숙모란다. "그이가 미술학원 원장까지 했었다잖아." 머핀을 먹다 사레가 들린 나는 콜록콜록하며 고개만 끄덕였다. 사실 외숙모에 대해서는 잘 몰랐다. 늘 아미 엄마였을 뿐이니까.

둘 다 K시에 살았다는 점 말고는 같이 얘기할 만한 추억이 없었다. 다만 벚꽃 이야기가 나왔을 때 선배는 옆구리를 푹 찔린 듯 몸을 똑바로 펴며 천천히 버엇꽃, 했다. "길 따라 죽 처량하게 핀 윤중로 벚꽃은 댈 게 아니지." 첫 직장이 제법 큰 회사 비서 자리였고, 주변 여자애들이 하도 새침하게 지적해 선배는 사투리를 금세 고쳤다고 했다. 라디오 뉴스를 끼고 살았고 일상 대화까지 녹음해 억양이 어떻게 다른지 확인했다. 가족에게 전화하는 횟수도 줄이고 고향 친구들도 멀리했다.

"말이 변하자 사람도 금방이더라. 지금은 부모님도 세상을 떠나고 오빠들도 서울로 올라와서 K시에는 아무도 없어. 벚꽃밖에 없지, 진짜." 선배는 그 무덤들은 그대로냐고 물었다. 푸른 떼를 입힌 왕릉들이 요즘 부쩍 눈앞에 아른거린다면서. "무덤들이 어디 가겠어요?" 나는 피카소 꼬리를 살짝 만졌다.

도시 곳곳을 채운 무덤이야말로 K시의 상징이었지만 나는 질색이었다. 이팝나무가 흐드러진 왕릉 유적지에서 엄마는 아버지와 여자를 잡았다고 했다. 아이스크림을 하나씩 들고 꽃길을 걷다 둘은 입을 맞췄고, 때마침 어린 내가 엄마 등에서 울음을 터뜨렸다는 것이다. 물론 나는 기억나지 않는다. 그뒤로 아버지를 실제로 본 적이 없으므로, 내 머릿속에서 그는 언제나 아이스크림이나 솜사탕 따위를 들고 산책 중이었다. 친할머니가 죽었다는 소식을 들었을 때도 새우깡과 양갱을 든 아버지가 흑흑 울면서 푸릇푸릇한 무덤길을 걷는 장면이 떠올랐다. 평소 '그쪽'과 왕래가 없었으니 엄마는 초상집에도 갈 필요 없다 했다.

엘리베이터를 타려 할 때 선배는 잠깐만, 하더니 빨강 원피스 하나를 들고 나왔다. 자기는 살이 쪄서 못 입는다 며 막무가내였다. "다음부터는 언니라고 불러." 엘리베이터가 도착하자 선배는, 아니 언니는 다정하게 말했다.

서울에서 언니가 생겼으니 엄마도 흡족해하지 않을까. 엄마는 내가 외동딸이어서, 더 정확히는 '언니'가 없어서 한이라고 했으니까. 엄마는 잠시 배 속에 자리 잡았다가 사라진 언니 이야기를 자주 했는데, 여자애였다고 확신하는 이유는 복숭아 태몽 때문이었다. 내가 덜떨어진 남자 애랑 어울리거나 돈을 헤프게 쓰거나 시험 성적이 좋지 않을 때마다 엄마는 언니가 있었으면 어디 그래, 했다. 보고 들은 것 없이 자라 그 모양이라는 말이었다.

언니가 무슨 만병통치약이냐고 불만을 터뜨렸지만 사실 나도 외동딸이라서 고달팠다. 옆자리가 섭섭해지면 언니고 오빠고 하나만 있었으면 했다. '우리 집에 왜 왔니'

같은 놀이를 할 때 특히 그랬다. 우리 집에 왜 왔니, 왜 왔니, 왜 왔니. 앞으로 치고 들어갔다 물러나는 동작은 재미있었지만, 무슨 꽃을 찾으러 왔느냐가 문제였다. 나를 찾으러 오는 경우는 드물어서 우리 편에는 대장과 나만 덩그러니 남곤 했다. 결국 누구네 집에도 못 간 나는 울면서 집으로 돌아갔다.

그러면 엄마는 과부 자식이라 아이들이 따돌린다 생각하고 어스름 저녁부터 술판을 벌였다. 소주를 한병쯤 마시면 엄마는 사연 많은 여자처럼 푹푹 한숨 쉬며 인생사 플러스마이너스 제로다, 했다. 얻고 잃고 하다가 결국 0이 된다. 딸내미를 얻으니 남편이 달아났고 여자이길 포기하니 돈이 들어왔다. 그러다 다음 날 아침이면 억척과부로 돌아가 월세를 받으러 달려갔다. 월세 보증금을 다 까먹은 세입자는 경찰까지 들먹이며 단칼에 내보냈다. 그래도 오늘은 엄마 공식이 얼추 맞아들어갔다. 초·중·고 동창 M이 실직 선물로 어학원 수강증을 넘겼으니까. M은 재무제표를 들여다보느라 충혈된 눈으로 나타나 전쟁이 시작됐다고 했다. "한달 공짜라고 네달 끊은 내가 바보지." 나는 잽싸게 수강증을 받아들고 커피값을 계산했다. 스틱으로 커피를 쭉쭉 빨던 M이 눈을 동그랗게 떴다. "원피스는 뭐야, 비싸 보여."

영어회화 왕초보반은 이미 마감된 뒤라서 어쩔 수 없이 일본어를 선택했다. "이 타임에는 원래 학생이 없답니다." 강사는 무료한 표정으로 히라가나 발음을 알려주고는 자기소개를 시켰다. 키가 껑충하고 얼굴이 갸름한 남자가 파트너였다. 나는 책과 남자 얼굴을 번갈아 보며 일본어로 물었다. 당······신의 이름은 무엇입니까. 나의 이름은 L입니다. 당신의 직업은 무엇입니까. 나는 회사······원······입니다. 다음에는 L이 물었는데, '실직자' 또는 '구직자'라는 단어를 몰랐으므로 '회사원'이라 둘러댔다. 수업이 끝나고 나가려는데 책상 밑에 떨어진 루이비통 가방이 눈에 띄었다. 진짜 가방이 아니라 손톱만 한 미니어처였다. 연갈색 루이비통 무늬, 가죽 탭, 귀퉁이 보강쇠까지 그럴듯했다. 원피스, 수강증, 루이비통 미니어처라. 실직의 고통을 다독이기에는 부족하지만 늘 그렇듯 없는 것보다는 낫다고 생각했다.

사흘 내내 언니네 집을 들락거렸다. 주로 컵라면으로 끼니를 때우던 터라 딩동댕 인터폰 소리는 매번 반가웠다. 언니는 홈 베이킹 강좌에서 배운 빵과 케이크류를 주로 내놓았는데, 생크림과 피스타치오가 어우러진 살구 타르트는 일품이었지만 팥앙금을 넣은 황남빵은 그저 그랬다. 놀고 있다고 솔직히 말하자 언니는 그래서는 안된다고 정색했다. "이제 무엇보다 타이틀이 중요해지는 시기다, 너." 언니는 '미스 양'에서 출발해 '양 주임'으로 '양 대리'로, '남 과장 와이프'에서 '남 차장 사모님'으로 이삼십대 동안 숨 가쁘게 타이틀을 바꿔 달았다고 했다. 건설회사에서 일하는 언니 남편은 이년째 지방에 머물고 있는데 곧 부장으로 승진할지도 몰랐다. 지방대 졸업이야 바꿀 수 없는 과거이지만 언니는 지금부터라도 부지런히 이력서를 채워야 한다고 했다.

"콧구멍만 한 분식집 딸이 한강 뷰 아파트에 살 줄 누가 알았겠니." 여기서 한강이 보이느냐고 묻자 언니는 블라인드를 열어젖혔다. 빌딩과 아파트 동이 이어지다 아주 잠깐 희끄무레한 여백이 틈을 갈랐고, 언니는 그게 한강이라 했다. "K시에서 허니문 카 탄 듯 살았다면 서울에서는 롤러코스터 탄 듯 살아야 해. 그러면 단리가 아니라 복리로 니 인생에 이자가 붙게 되지."

언니는 정규직을 찾을 때까지 부녀회 사무실에서 아르바이트하라고 했다. 오후 세시까지 사무실을 지키면서 워드프로세서로 공문을 작성하고 택배물을 관리하는 일이었다. 여섯벌이나 사들였던 정장은 장롱으로 모셨다. 언니는 무척 바빴다. 전단지를 붙이려는 사람들, 벼룩시장을 열려는 상인, 재활용업체 영업자들이 들락거렸고, 가끔은 구의원이나 국회의원도 찾아오는 눈치였다. 봉사활동이나 야유회, 견학 프로그램 일정을 짰고 진정서나 탄원서도 작성했다. 공사장 소음이 심해서, 정신병원이 생기려 해서, 등굣길이 위험해서, 상가 음악 소리가 커서, 폭주족이 돌아다녀서, 고시원이 들어서서. 아파트를 위협하는 사건들은 다양했지만, 언니는 늘 알맞은 형식과 내용을 꿰뚫고 있었다.

아파트 아줌마들과의 상담도 빼놓을 수 없는 일과였다. 부전공은 사교육, 주전공은 재테크였는데, 귀동냥이라도 하려다 워낙 돈 단위도 크고 복잡한 말들이 많아 포기했다. 그러다가도 언니는 지금 몇시니, 묻고는 초등학생 아들을 데리러 달려갔다. 남 검사 또는 닥터 남 어머니가 언니가 오십대에 노리는 타이틀이었다. 엄마는 언니에 대해 꼬치꼬치 캐묻더니 절대 금전 관계는 맺지 말라고 했다. 그럴 돈도 없다고 말하려다가 참았다. 대신 왜 이렇게 의심이 많으냐고 엄마를 타박했다. 직장을 찾아야 한다고 생각했지만 마음만 급할 뿐 내키지 않았다. 가장 어리석은 신입사원을 뽑기 위한 면접에서 고르고 고른 것이 나였다니, 세상에. 그 생각만 하면 구직 싸이트에 접속했다가도 마우스 잡은 손에서 힘이 탁, 풀렸다.

그것은 무엇입니까? 이것은 우산입니다. 이것은 무엇입니까? 그것은 의자입니다. L과 나는 세살배기 수준의 대화를 그나마도 더듬으며 나눴지만 간단명료해서 좋았다. 이것은 누구의 사전인가요? 그것은 나의 것입니다. "그 루이비통은 제 거예요." L이 내 필통 속을 가리키며 들릴 듯 말 듯 말했다. "니혼고데." 강사가 주의를 주자 L은 여전히 더듬거리며 일본어로 말했다. 그것은 제 것입니다.

우리는 함께 저녁을 먹었다. 아는 '서울 시민'이라고는 M밖에 없는데, 그 M이 매일 야근 중이었으므로 외식은 무려 일주일 만이었다. 어쩐지 들뜬 나는 샤브샤브를 먹는 동안 간장 통을 비롯해 국자, 사이다 병, 물컵을 연달아 떨어뜨렸다. 죽까지 끓여 먹고 나자 앞치마가 얼룩덜룩할 정도였다.

미니어처 강사인 L은 관련 서적을 읽기 위해 일본어를 시작했다고 했다. 이번에는 내가 답할 차례였지만, 친구 수강증으로 강의를 듣는다든가 영어반이 꽉 차서 일본어를 선택했다든가 무직이라든가 하는 이야기는 하기 싫었다. 하지만 거짓말 역시 자존심 상하기는 마찬가지였다. 그래서 생맥주집으로 자리를 옮겼을 때 복습도 할 겸 일본어로 말해보자고 했다. L은 장난인 줄 알고 웃다가 내가 교재를 꺼내자 가방을 뒤적였다. "일본어가 금세 늘긴 하겠네요." "니혼고데." 나는 안경잡이 강사 흉내를 내며 L에게 주의를 주었다. 그리하여 우리는 둘 다 노트북이 있고 개나 고양이는 없으며 집은 조용하다는 대화를 나눴다. 백화점을 좋아하지 않으며 너른 책상이 하나 있고 뱀을 싫어한다는 것도 알았다. 아직 배우지 않은 부분까지 들추며 열심히 이야기했지만 대화는 매번 끊겼다.

대신 모르고 지나쳤던 것들이 점점 눈에 들어왔다. 말하기 전에 L은 입술을 달싹거린다. 단추를 맨 위까지 꽉 채워서 잠근다. 책장을 넘길 때 페이지 윗부분을 잡는다. 손등에 긴 흉터가 있다. 애인이 있나요? 먼저 물으면 안된다고 생각했지만 더 참지 못했다. L이 아니요, 했을 때 나는 표정이 변하지 않게 조심했다. 당신 가족을 소개해주세요. 히라가나를 간신히 읽어서 말했고, L은 '우리 집에 누가 있나요' 장을 펼쳐서 대답했다. 어머니, 누나라는 단어를 발음하고는 페이지를 들춰가며 무언가를 열심히 찾았다. "없네." L은 물었다. "아내는 일본어로 뭐죠?"

M은 언니나 L보다는 작은방에 더 흥미를 보였다. 105동 언니 같은 여자는 '쌔고 쌨다' 했다. 적당히 교양 있으면서 적당히 속물적이며 적당히 정직한 여자들이라는

것이었다. M이 너무 언니를 폄하하는 듯했지만 어쩌면 맞을지도 모른다는 생각이 들었다. 보이지도 않는 한강을 가리키며 '뷰'라는 표현을 썼을 때 사실 나도 좀 실망했으니까. M은 L 또한 발에 차일 만큼 흔한 유부남이라고 말했다. 적당히 순진하고 적당히 철들었으며 적당히 쓸쓸한. M은 간통죄 폐지 팻말 들고 일인시위 나설 용기 없으면 아예 시작도 말라 했다. "니가 유부남하고 바람날 만큼 못났다고는 생각 안한다." M은 진심이었다.

소파로 파고들던 M은 가방을 뒤적여 인공눈물을 꺼냈다. 재무제표를 뚫어져라 보고 있으면 나중에는 숫자들이 바코드처럼 검은 선으로 변한다고 했다. 가끔은 사람들 얼굴 위로 그 잔상이 남기도 했다. 부장 이사육팔구육칠일공, 과장 오칠팔육오이사일칠, 주임 칠팔칠삼육이오일사. "그 숫자들이 뭔데?" M은 침 뱉고 싶은 횟수라고 했다. "나중에 우리도 이런 데서 살 수 있을까?" M이 엄지와 집게손가락으로 눈을 벌리면서 묻더니 "너라면 가능하겠다" 했다. 중학생 때 우리 집 이층에 세 들어 살았던 M은 나보다 부지런했고 얼굴도 예뻤으며 수도권 대학에 들어갔다. 서울 쪽 회사에 취직해 일찌감치 자리도 잡았다. 하지만 M은 가끔 그게 무슨 소용이냐고 했다. 아직도 K시에 생활비를 내려줘야 하고 동생까지 올라와 같이 자취

중이다. 하지만 무슨 말로 위로해야 하나 머리를 굴리고 있으면 M은 제풀에 명랑해져서 사투리로 개안타, 했다.

나는 작은방 문 앞으로 M을 데리고 갔다. "무슨 소리 안 들려?" M이 가만히 듣고 있더니 고개를 저었다. "뭘 귀신 같은 걸 무서워하고 그래? 신경 꺼." M은 다시 소파로 돌아가 쿠션을 안고 애벌레처럼 몸을 웅크렸다. "눈에 보이는 것만 믿기에도 버거운 세상 아니니." 담요를 덮어주자 M은 얼마 지나지 않아 코를 골았다.

아빠는 호텔에 처박혀 있는 날 끄집어내 요가 센터로 향했어. 마음이 급한지 발까지 헛디디면서 약한 바람에도 흔들흔들하는 다리를 건넜지. 묵고 싶은 호텔이나 아슈람이 있는지 잘 살펴보라고 했어. 우리는 어디서나 머물 수 있다, 대단하지 않니? 경비가 넉넉하다는 것인지, 시간이 충분하다는 것인지, 얼마든지 예약할 수 있다는 것인지 헷갈렸어. 하지만 어느 편이라도 그리 대단하지 않으니 대답할 필요는 없었지. 펀자비를 입은 까까머리 요가 선생이 쟁기, 물고기, 코브라, 까마귀, 나무 자세를 알려줬어. 프랑스, 독일, 미국, 러시아, 일본, 한국, 생소한 언어를 쓰는 여자까지 모두 다리를 들고 허리를 펴고 팔을 올렸지. 뒤에서 구경하던 나도 여자들이 매트 위로 누울 때는 따라 했어. 긴장을 풀고 숨을 깊이 쉬라 했지. 마치 죽은 듯 말이야. 그러자 엄마 목소리가 떠올랐어. 죽기 전 내 귀에 불어넣은 훅, 하는 숨소리.

아빠한테 그 얘기를 한번 해볼까 싶어서 사람들을 겅중겅중 넘어 밖으로 나갔어. 골목에서 두리번거리니 인도 소년이 헤나 문신을 하라며 잡아끌었지. 헤나는 귀신을 쫓고 행운을 불러다줘. 그냥 가려니까 소년이 다시 붙잡았어. 난 헤나 전문가야. 문양 쌤플에서 '옴' 자와 꽃무늬를 골라 거꾸로 새겨달라고 했지. 거꾸로? 인도 소년이 다시 묻고는 너 재미있구나, 했어. 오일을 바르더니 헤라 콘으로 염료를 짜더라. 일본인이야? 나는 소년이 입은 게스 티셔츠가 진짜일지 궁금해하며 대충 고개를 끄덕였어. 아무러면 어때?

그날 아미는 외삼촌에게 숨소리 이야기를 못했다고 했다. 삶, 죽음, 내면, 여행, 윤회…… 같은 단어를 늘어놓으며 깡마른 수행자와 이야기하느라 외삼촌은 '베리 비지'했다는 것이다. 인도 여행 책자에서 수행자를 믿지 말라는 팁을 읽은 아미는 대화가 달갑지 않았다. 수행자인 척하며 마리화나를 팔거나 사기를 치는 사람도 많다고 했으니까. 그와 달리 무척 감동한 외삼촌은 냉랭한 아미에

게 화를 냈고 둘은 다시 틀어졌다. "아빠는 왜 날 가만 놔
두지 않을까?" "그건 외삼촌이 너무 진지하기 때문이야."
나는 위로가 될까 싶어 '보재기 사건'을 적어 보냈다. 외
삼촌이 안부전화를 빼먹거나 벌초하러 내려오지 않을 때
마다 엄마가 들먹이는 사건이었다.

외삼촌이 서울에서 대학 생활할 때 엄마는 여름 이불
을 직접 싸가지고 올라간 적이 있었다. 그깟 이불 때문에
여섯시간이나 기차를 타고 올라오느냐며 외삼촌이 펄쩍
뛰어서 기습 방문한 것이었다. 어려서 양친을 잃은 엄마
는 외삼촌에 대한 마음이 각별했다. 물론 외삼촌이 엄마
말을 잘 들을 때만. 고모할머니네 공장에서 경리 일을 봤
을 만큼 셈 밝고 야무졌던 엄마는 초행길인데도 서울역
에서 단번에 버스를 잡아타고 외삼촌 자취방으로 향했다.
엄마가 도착했을 때 외삼촌 방에는 '가스나'를 포함한 대
여섯명이 꽉 들어차 시시덕대며 소주병을 까고 있었다.
발 디딜 틈 없이 좁은데다 비키니장 쪽으로 얼굴을 파묻
고 잠들어버린 학생도 있어서 엄마는 이불 뭉치만 던져놓
고는 골목길로 나와버렸다.

한참 뒤 학생들이 우르르 몰려나왔는데 외삼촌은 하필
이면 이런 보자기에 이불을 싸왔느냐며 신경질을 냈다고
했다. '꿈도 아픔도 국민과 함께 ── 민주정의당 노태우'

가 문제였다. "호강에 받쳤구나, 얭꼽아서." 그길로 엄마는 홧김에 택시를 타고 명동으로 가입시다, 한 다음 옷 구경을 실컷 하고 리본 원피스까지 한벌 사들여 K시로 내려갔다. 그때부터 서울로 올려보내는 돈을 딱 끊자 학기를 마친 외삼촌은 입대해버렸다. 엄마가 그 일을 끄집어낼 때마다 외삼촌은 혈기왕성한 시절이었다고 변명하더니 나중에는 기억이 안 난다고 했다. "그러니 네가 이해하렴." 나는 편지 마지막에 이렇게 썼다. "그런데 혹시 그 티셔츠, '게우스(Geuss)' 아니었니?"

아파트 알뜰장터가 열리던 한주 동안 언니는 부녀회 사무실에 내려오지 않았다. 현수막 설치를 놓고 경비 아저씨와 실랑이하던 장터 사람이 언니를 찾았지만 휴대전화도 받지 않고 인터폰에도 답이 없었다. 집으로 찾아가봤지만 초인종을 눌러도 조용했고, 닌텐도에 얼굴을 처박고 지나가던 언니 아들은 묻기도 전에 몰라요, 하더니 엘리베이터로 사라졌다. 사무실에는 평소보다 더 자주 더 많은 아줌마들이 몰려와 아수라장이었다.

"어디 갔는지 몰라?" 호피무늬 치마를 입은 감사 아줌마가 나를 붙들어 앉히며 물었다. 부녀회 예산도 예산이지만 곗돈 때문이라 했다. '양 총무'에서 '105동 여자'로,

'도둑년'에서 '죽일 년'으로 언니를 부르는 호칭이 자꾸 바뀌었다. 몇몇 여자들은 사무실에서 죽치며 이럴 줄 알았다고 앞다투어 말했다. 부녀회 돈으로 주식했다가 반토막 났다더라, 문화센터 강사랑 바람났다더라, 대학 나왔다는 말도 거짓이라더라, 친정오빠 사업이 망해서 빚을 떠안았다더라, 남편이 새살림을 차렸다더라. 듣고 있자니 언니가 왜 진작 사라지지 않았을까 궁금할 정도였다.

하지만 그다음 주 월요일, 언니가 돌아와서 인터폰으로 나를 불렀다. 알뜰장터가 잘 끝났는지 물어보다가 갑자기 그 물건들 죄 싸구려야, 했다. 언니는 인터폰을 받지 않았고 전화가 자꾸 울리자 수화기를 내려놓았다. 내 쪽으로 걸어온 피카소가 뒷발로 등을 탁탁 긁었다.

"빵 먹을래?" 내가 고개를 끄덕이자 언니는 냉장고를 뒤지다가 안되겠다, 했다. 거뭇거뭇 곰팡이가 돋은 밤식빵을 음식물 처리기에 넣고 뚜껑을 닫았다. "남편한테 다녀오다가 K시 표지판 봤어." 100킬로미터, 66킬로미터, 30킬로미터, 표지판으로 남은 거리를 확인하며 언니는 어쩐지 긴장이 됐다. K시에 한번 가볼까 하는 생각이 들어서. 하지만 우측으로 고속도로 출구가 나타날 때마다 내비게이션은 직진하라며 주의를 줬고, 언니는 가속페달을 밟았다. 화장으로 가리기는 했지만 언니도 사십대. 파운데이션으로 다 가려지지 않은 기미들이 눈 밑에 몰려 있었고 나는 어쩐지 우울했다. 언니는 보름치 아르바이트 비라며 봉투를 건넸다. 그리고 결혼해서 맞벌이하더라도 예금은 꼭 분산해놓으라고 뜬금없이 말했다. "살다보면 별일이 다 생기니까." 아들을 데리러 간다며 가방을 챙겨 들고 언니는 물었다. "그런데 K시 벚꽃은 언제 피니?"

　그날 일본어 강의가 끝나고 L의 작업실로 놀러 갔다. 작업실 문을 열자 손톱만 한 크기로 줄어든 일상이 방 안을 꽉 채우고 있었다. 서재와 침실, 목욕탕과 부엌으로 구분된 이층집도 있었다. 언니 집처럼 어항에는 열대어들이 몰려다니고, 소파 위에는 고양이가 앉아 있었다. 눈금 고무판이 깔린 작업대에는 다양한 두께의 MDF 패널이 쌓여 있었다. 비닐로 덮인 구부정한 기계톱 옆에서 L이 한쪽 발로 톱밥들을 치웠다. 투명한 패널로 만든 보관함에는 꽃은 꽃대로, 나무는 나무대로, 사람은 사람대로 정리되어 있었다. 필요할 때마다 꺼내서 구색을 맞추겠지 생각하니 어쩐지 오싹했다.

　L은 어학원에서는 볼 수 없는 신중하면서도 열띤 표정으로 새끼손톱만 한 잔에 갈색 고무찰흙을 채웠다. 커피잔을 받아든 내가 후루룩 소리를 내며 마시는 척했고 L은

웃었다. 작업대 한쪽 귀퉁이를 차지한 건축 모형을 가리키자 L은 건축설계사로 일했다고 말했다. T시에 있는 바닷가 전망대는 고래가 누워 있는 듯한 지형을 그대로 살려 언덕을 따라 이층 건물을 올린 것이었다. 고래 배 쪽으로 전망대가 아슬아슬하게 붙은 형국이었다. 그곳에서 L의 어머니가 커피와 갈매기 먹이를 판다고 했다. 외벽으로 이중계단이 나 있는 단독주택은 L의 집이지만 결국 공사도 못하고 설계도면을 팔았다고 했다. 공모전마다 떨어지고 몇차례 대금을 떼이면서 사무실은 곧 막장으로 몰렸다. 내 손가락이 이중계단을 천천히 밟자, L은 자기가 사업할 만한 사람이 아니라고 말했다. 계산이 느리고 경쟁심이 없으며 귀도 얇다. 아내가 늘 지적하던 문제들이었다. 취미였던 미니어처를 직업으로 삼자 아내는 하나를 더 덧붙였다. 무책임하다.

L은 누구나 그렇듯 아내도 무능한 남편에 적응할 시간이 필요할 거라고 말했다. 이제 작업실이 집처럼 편하다고 덧붙였지만 믿기는 힘들었다. "수강료, 아주 저렴하게 해줄 테니 미니어처 배울래요?" L은 무료로 해줄 수도 있지만 그러면 자주 결석할 거라고 했다. "왜 미니어처를 좋아하는데요?" L은 잠시 망설이다 일본어로 대답했다. 작다, 그러나, 완벽하다.

아침에 일어나자 등 밑에 스키 장비며 스포츠카들이 깔려 있었다. 소파에서 몸을 빼다 자전거를 한대 망가뜨렸다. 모두 미니어처 탓이었다. 어젯밤 미니어처 사이에서 L과 나는 소인국으로 유배당한 덩치 큰 못난이들처럼 동질감을 느꼈다. 그래서 거리감이 점점 좁혀졌고 내가 먼저 L에게 키스했다. 안경을 벗은 L은 생각보다 더 나이든 얼굴이었다. 블라인드를 내려주고 작업실을 나갔다. "어디서 뭐 하느라 연락이 안되나?" 휴대전화를 켜자마자 엄마가 수화기 저편에서 물었다. 나는 M의 집에서 잤는데 휴대전화 배터리가 나갔다고 둘러댔다. 엄마는 조금 뜸을 들이더니 "그런데 말이다, 늬 아버지가 죽었단다" 하고 재빨리 말했다.

K시로 내려가자마자 엄마는 검은 정장과 검은 핸드백, 검은 구두를 꺼냈다. 꽤 값나가는 브랜드였는데, 엄마는 내가 오기 전 백화점에 들렀다고 했다. 아버지가 가까운 동네에 살고 있었다는 사실을 알았을 때부터 기분이 좋지 않다가 엄마가 거짓말을 주문하자 더 나빠졌다. "S대학 나와서 S기업 다닌다 하고 사법연수원 다니는 애인 있다고 해." "서툴게 거짓말해봤자 들통 날 게 뻔한데, 차라리 외국에서 살다 와서 한국말을 못한다면 어떨까?" 엄마는

대답하지 않았다. 미장원에서 드라이까지 하고 나서야 우리는 집을 나섰다.

영안실로 들어가자마자 몇명이 알은체했지만 엄마는 심드렁하게 인사를 받았다. "애비 초상집에서 누가 조의금 내나?" 엄마가 내 팔을 홱 잡아당겼다. 이제 대학이나 들어갔을까 싶은 청년이 상주였다. 왕릉에서 봄 데이트를 즐겼다는 사람이 저 여자일까? 염색 머리 중년 여자가 곡을 하다가 제자리에 풀썩 주저앉았다. 사진으로 보던 얼굴이 다시 사진으로 있었고, 그 앞에서 두번 절했다.

이제 뭘 해야 할까 생각했다. 아버지가 없어서 때론 처량하기도 했지만 여기까지 와서 청승 떨고 싶지는 않았다. 아버지랑 사는 게 어땠을까 궁금했어도 배다른 동생에게 시비 걸고 싶지는 않았다. 돈을 애인 삼아 늙어간 엄마는 안쓰러웠지만 아버지의 '여자'에게 덤벼들어서 달라질 건 없었다. 유통기한이 지난 과자나 빵처럼 그것은 이제 폐기되어야 할 감정들이었다. 다만 한가지는 분명했다. 아버지가 왕릉 어딘가를 유유히 거닐고 있으리라 생각했을 때가 더 나았다는 사실 말이다.

엄마와 내게도 밥 무더기가 담긴 작은 스텐 그릇이 놓였다. 할아버지 한분이 엄마 옆에서 눈물을 닦았다. 나는 엄마도 울까봐 두려웠다. 그러면 아주 축축한 슬픔이 날

아들어 영영 떨어지지 않을 것 같았다. 엄마는 젓가락으로 나물을 헤집다가 어떻게 무쳤는지 시금치 맛이 벌써 갔다며 혀를 찼다. "아주버님, 발인까지는 힘듭니더, 애가 워낙 바빠서." 엄마가 그만 일어서자고 해서 따라나섰다. 아무도 내게 말 걸지 않았으니 거짓말할 필요도 없었다.

이렇게 빨리 뜰 거면 왜 왔느냐고 툴툴댔지만 엄마는 대답하지 않았다. 병원 근처를 벗어나자마자 엄마는 버스 정류장에 택시를 세웠다. 희끗희끗 눈발이 날렸고 버스는 한동안 오지 않았다. "젊은 년 품에서는 평생 안 죽을 줄 알았는갑제." 만원 버스가 서지 않고 달아나자 엄마는 한 정류장을 올라가야겠다고 했다. 내가 낼 테니 택시를 타자고 해도 엄마는 아랑곳하지 않았다. 그러다 확 뒤돌아보더니 술 한잔 할래, 하며 닭발집으로 들어갔다.

"집에 안 가나?" "니캉 내캉 있으면 여가 집이다." 제법 취하자 엄마는 인생사 플러스마이너스 제로라고 신세 한탄을 시작했다. 에라 모르겠다는 심정으로 엄마가 내민 소주잔을 받았다. 회사를 그만뒀다고 하자 엄마는 반색했다. "집에 들어와라." 나는 대답하지 않았다. "시집을 가든지." 엄마는 닭발을 집어 질겅질겅 씹었다. L이 떠올랐지만 그 이야기는 할 수 없었다. 소인국으로 갔던 걸리버 운명이 어떻게 되었더라? "그 인간, 닭발이라면 환장했다." 엄마가 닭 뼈를 오물오물 뱉으며 말했다. "이십육년 만에 먹으니 매바서 속이 다 저리네."

K시에서 돌아온 뒤 감기 기운이 있었지만 학원으로 부리나케 달렸다. 세번이나 결석하면서도 휴대전화 번호를 몰라 L에게 연락도 못했다. 오늘은 트레이닝복을 입고 비니를 눌러쓴 남자애가 옆자리에 앉았다. 남자애는 빠르게 질문하고는 내가 대답하는 동안 다리를 떨거나 창밖을 힐끔거렸다. 당신 어머니는 무엇을 원합니까. 내 어머니는 빨강 카디건을 사고 싶어합니다. 당신 아버지는 무엇을 원합니까. 새 골프 세트를 갖고 싶어합니다. 당신은 무엇을 원합니까. 따뜻한 목도리가 갖고 싶어요. 출석 체크를 하면서 보니 L은 그날 이후 내내 결석이었다.

정말 같이 안 갈 거야? 아빠는 카메라 배터리를 꽉 채우고 귀에 이어폰을 꽂은 채 물었어. 침대에서 내려오지도 않다가 텅 빈 호텔 방에 혼자 있기 싫어 마지못해 따라갔지. 철문 앞을 지키고 있던 아저씨가 입장료를 내라고 했어. 어디든 돈 아닌 데가 없다니까, 들으란 듯 투덜거렸지만 아빠는 잠자코 지폐를 꺼냈어. 딱 한명만 들어갈 수 있을 만큼 좁은 돌집들은 마치 새알처럼, 이글루처럼, 무덤처럼 보였어. 비틀스가 찾았을 때만 해도 수많은 수행자들이 명상했다지만 지금은 아무도 살지 않아. 버려진 건물에는 쓰레기와 마른 수풀만 가득해서 아빠는 몇번 셔터를 누르다가 그만두었지. 여전히 비틀스는 엠피스리 플레이어 안에서 목청을 돋웠지만 아빠는 어쩐지 시무룩해 보이더라.

오토릭샤를 타고 나와 어슬렁거리다 티베트인들이 파는 목걸이를 하나 샀어. 저녁이 되자 붉은 옷을 입은 사제들이 기도문을 외우며 활활 타오르는 촛대를 들어올렸지. 아빠와 나는 바나나 잎으로 싼 꽃불을 사서 강 위로 띄웠어. 소원을 빌라고 했지만 내 소원들은 왠지 저 일렁이는 강과 어울리지 않는 것 같았어. 꽃불은 저렇듯 흘러가다 죽은 이들의 뼛가루와 섞인다고 아빠가 말했어. 꽃불들이 서로 부딪쳐 커다란 불꽃을 피우자 아빠는 흡, 숨을 들이마셨지. 다시 해보라고 하니까 뭘, 하고 되물었어. 나는 집으로 가자고 말했어. 어디든 묵을 수 있다면 그게 집이었으면 좋겠어, 하고.

아미는 다시 델리로 돌아가 사흘 정도 머문 뒤에 돌아올 거라고 했다. 그리고 '언니가 잘못 알고 있는 세가지'라며 추신을 적었다. 엄마는 알레르기 때문에 털 짐승이라면 질색이었다, 헤나 소년은 정품 게스 티셔츠를 입고 있었다. 아빠는 '보재기 사건'을 아직도 기억한다. 이메일을 읽고 나자 아버지 목소리는 어땠을지 궁금해졌다. 죽은 사람의 복소리를 상상하는 건 얼굴을 떠올려보는 것보다 덜 쓸쓸한 일이라고 생각했다. 자기 전, 나는 작은방 앞을 서성이다가 문고리를 살짝 돌렸다. 문은 잠겨 있지 않았다. 열자마자 나프탈렌 냄새가 났다. 책상과 이젤, 바닥과 상자들 사이에서 나프탈렌이 무더기를 이루고 있었다.

『암을 이기는 음식 100가지』『행복한 암 치료법』『암과 전쟁을 선포하라』같은 책들, 유방암 정보를 출력해놓은 A4 용지가 세상자였다. 한때 한 생명을 길렀지만 종내에는 죽음의 근원지가 되고 말았다,라는 문장에 줄이 그어져 있었다. 여행을 떠나기 전, 마지막으로 문가에 서서 방 안을 들여다보았을 외삼촌이 떠올랐다. 일기나 메모를 찾았지만 엑셀 프로그램으로 정리한 가계부밖에 없었다. 식비, 피복비, 세금, 저축, 교육비, 의료비, 문화비, 잡비 항목으로 외숙모의 삶이 간결하게 기록되어 있었다. 시체도 킬러도 귀신도 없는 작은방에서 나는 늦도록 잠을 잤다.

엄마는 하루에도 몇번씩 전화를 걸어 K시로 내려오라고 성화였다. "건물 꼭대기 층에 네 방을 만들어주마." 솔깃했지만 집으로 도망가고 싶지는 않았다. "거기 꿀단지라도 있든?" 엄마는 토라진 목소리로 전화를 끊었다. 누군가에게 적응할 시간은 누구나 필요하다던 L의 말이 생각났다. 부녀회 아르바이트를 그만두고 외숙모의 가계부를 들춰보며 하루를 보냈다. 오년 전 오늘의 지출 내역대로 장을 본 다음, 고등어 조림이나 카레 같은 걸 만들었다. 음식이 맛있으면 인터폰을 눌러 언니를 찾았지만 답은 없었다.

며칠 전 아파트 광장을 내려다보다가 언니 자동차를 발견한 것이 마지막이었다. 좌측 지시등을 켰다가 다시 비상등을 넣고, 마침내 우측 지시등을 반짝이면서 언니는 도로로 합류했다. 언니와 달리 서울에서 내 시간은 허니문 카보다 더 느릿느릿 흘러갔다. 하지만 그러다보면 외숙모가 피카소를 좋아했는지 싫어했는지 알 수 있을 것 같았다. 인생이 플러스마이너스 제로라는 엄마 말을 믿어야 할지 말아야 할지도.

일요일에는 '외식'이라고 쓰여 있어서 M과 약속을 잡았다. 수강증을 돌려주자 넌 끈기가 없어, 하면서 받아들었다. 예상대로 M은 루이비통 가방을 전혀 좋아하지 않았다. "이런 장난감을 대체 어디다 쓰라고?" M은 유부남과 연애했으면 진짜를 받아도 시원찮다고 불평했다. "작다, 그러나, 완벽하다." 나는 M에게 자랑하듯 말하고는 가게 문을 열고 거리로 나섰다.

장글숲을 헤쳐서

가면

횟집이 망해버린 천구백구십칠년 봄, 아버지는 어둠의 장글 속에 광명 비추고 민족의 쌓인 원한 이제 갚으리,로 시작하는 군가를 틀어놓고 온종일 방에서 나오지 않았다. 베트남에서 부르고 들은 노래들이었는데, 그중에는 인천의 성냥 공장 아가씨 일년에 열두갑 치마 밑에 감추고 어쩌고 하는 것도 있었다. 돼지 껍데기에서 해장국, 냉면, 그리고 활어회까지, 아버지는 망망대해 자영업의 세계를 표랑하는 모험자였다. 출렁출렁 파도를 타며 망루에 올라 우현으로 틀어라, 하면 엄마는 은행과 일수의 힘을 빌려 있는 힘껏 키를 돌렸다. 하지만 아버지가 약속한 신대륙은 좀처럼 나타나지 않았고 우리는 뱃전을 데굴데굴 구르며 풍랑 속으로 빠져들어갔다.

젖과 꿀이 흐르는 '복된 땅'이 정말 있기나 한 걸까? 아버지는 인생에서 딱 두번 그런 곳을 봤다고 했다. 우선 스물두살 때 건너갔던 베트남. 위험천만했지만 운 좋은 이들에게는 목돈을 거머쥘 수 있는 엘도라도였다. 아버지는 남지나해를 건너며 후끈하고 축축한 열대 바람을 한껏 들이마셨다고 했다. 그 당시로 치면 아버지는 가발이나 나일론 같은 일등 수출품이었으니까. 자신이야말로 세계화의 선구자라는 아버지 말은 틀리지 않았을지도 모른다.

다음으로는 이십년 동안 다녔던 사학재단의 총무과. 초등학교에서 대학까지 열개의 학교가 몰려 있고 도시 학생 중 절반은 거쳐가던 거대한 왕국이었다. 운 나쁘게도 나는 중학교에 이어 고등학교까지 이곳으로 다니는 중이었다. 설립자는 한국전쟁 때 인천상륙작전을 이끌었다는 유명 장군이었는데, 수십억을 횡령했다던가 대학생 몇천명을 부정입학시켰다던가 하는 비리로 재단은 바람 잘 날 없었다. 뒤를 봐주던 대통령이 암살당한 뒤 위태위태하던 장군은 사년 전 재단이 시립화되면서 학교에서 사라졌다. 그 통에 아버지는 엘도라도에서 쫓겨나 모험의 세계로 떠났다.

"저 고3이거든요." 참다못해 안방 문을 두드렸더니 노랫소리는 금세 줄어들었다. 한동안 방문 앞에서 귀를 기울이다 책상에 앉았다. 하지만 한시간도 못돼서 노래들은 다시 흘러나왔다. "얽혀진 장글 험난 헤치며, 얽혀진 장글

험난 헤치며." 아버지는 큰 소리로 따라 부르다 커억 가래를 돋워 뱉었다. "그놈의 집, 경매라도 넘겨야겠다." 엄마는 달걀 같은 부항 기구들을 붙인 채 엎드려 있다 벌떡 일어났다. 공씨 할머니네 집 얘기였다. 천만원을 빌려주고 남의 집 한채를 먹다니, 우리 동네 집값이 아무리 싸도 어림없는 얘기였다.

아버지는 작년에 공씨 할머니한테 돈을 빌려주면서 그 옛날 베트남 땅에 발 디딘 한국인은 다 전우이니까 어려움을 모른 척할 수는 없다고 말했다. 할머니에게는 전쟁 때 베트남에 하역 일을 하러 간 아들이 있었는데 꾸이년 항에서 크레인에 깔려 세상을 떠났다고 했다. 하지만 엄마는 전우애가 아니라 공씨 할머니에게 담보가 될 집이 있어서 지갑을 열었다. "엄마, 나 고3이거든?" 몸을 일으킨 엄마는 주머니에서 만원을 꺼내며 학원이나 가라고 했다.

학원으로 가려면 버스를 타야 했지만 내키지 않아 칠십계단으로 향했다. 우리 동네는 좁은 골목을 사이에 두고 집들이 다닥다닥 붙어 있다. 서까래 그대로 시멘트 지붕을 얹은 개량 한옥집이나 미끈한 타일을 붙여 이층으로 올린 구식 양옥집이 대부분이다. 집집마다 뻗어나온 전깃줄들이 한데 엉켜 골목은 울창하다. 용도를 알 수 없는 녹슨 펌프와 허물어진 콘크리트들도 복병처럼 숨어 있다.

엄마와 아버지가 자리 잡을 무렵만 해도 동네는 꽤 유명한 부촌이었다고 한다. 지금도 몇몇 집들은 마당이 넓고 외관도 멀끔하다. 예전엔 월남촌이라고 불렸는데 이름과 달리 베트남인들이 아니라 베트남에서 돈 벌어온 사람들이 새집을 짓고 살았다. 군수물자를 싣고 베트남과 인천항을 오가며 어마어마한 달러를 벌어들이던 운수기업의 직원들이었다. 아버지도 전쟁터에서 벌어온 돈에다 빚을 좀 져서 지금의 집을 샀다. 수도를 겨우 놓을 만큼 마당이 좁고 부엌 창이 골목에 바로 붙어 있는 그중 싼 집이었다. 엄마는 그놈의 베트남 병 때문에 여기로 이사 왔다며 요즘도 아버지를 탓한다.

과거야 어떻든 오빠와 내가 태어나고 자라는 동안 동네는 옛 명성을 잃었다. 베트남의 기억을 간직한 사람들도 하나둘 사라졌다. 공씨 할머니와 우리만 시간이 갈수록 더 가난한 이웃들을 맞아들이며 남아 있다. 죽은 아들이 남겨준 집이라 애지중지한다는 공씨 할머니야 그렇다 쳐도 우리는 왜 떠나지 못할까? 텅 빈 놀이터를 지나 계단으로 오르는 발걸음이 무거웠다. 장군이 몇년 더 버텼다면, 풍문으로 듣던 '학원 정상화'가 찾아오지 않았더라면 그래서 아버지가 직장을 잃지 않았다면 나았을 것이다. 그렇게 순풍이 불면 더 좋은 페이스로 대학에 들어갈 수 있을 테니까. 언젠가 이 말을 하자 다섯살 터울의 오빠는 읽던 책을 확 덮어버렸다. 자꾸 네 밥그릇 생각만 할래? 하면서.

그러면 창고야 텅텅 비든지 말든지, 뱃고물에 서서 딴생각만 하라는 건가? 엄마 말처럼 오빠는 죽을 날 받아놓은 노인네처럼 굴었다. 서울에서 데모하다 경찰서까지 다녀온 지난해 여름부터 더 그랬다. 뉴스에서 학생들이 각목과 화염병을 든 채 대학 건물을 점령하는 장면을 보여줄 때 우리 모두 혀를 찼는데, 오빠가 거기 있었던 거였다. 엄마는 사수하라는 말 안 듣고 지방대에 들어간 오빠를 탓하며 며칠을 앓았다. 데모한 장소가 알아주는 명문대인데다 친구네 아들이 다니는 학교라 더 마음 상한 것 같았다. 재단에서 일하며 시위대라면 신물이 난 아버지의 분노는 말할 것도 없었다. 오빠는 어딘가 겁에 질린 듯한, 시무룩하고 우울한 얼굴로 돌아와 방에 갇혔다.

칠십계단에서 내려다보니 집들은 쓰지도 떼지도 못하는 굴뚝을 단 채 고요했다. 집들은 낡았는데 담장은 저렇게나 높다. 살림살이가 넉넉하던 시절에는 위용을 떨쳤는지 몰라도 지금은 빤한 속사정을 감추려는 마지막 보루 같다. 저 어디쯤에서 아버지는 그놈의 장글을 헤쳐나가자고 노래하겠지. 시푸르죽죽한 기와지붕 위로 비가 내려 동네는 처량했다.

*

   첫 모의고사가 끝나자 명문대반 독서실에 앉아 있는 시간이 늘었다. 별채에 따로 마련된 독서실에는 '하면 된다' '일찍 나는 새가 멀리 본다' 같은 액자가 걸려 있고 이 반을 거쳐간 졸업생들의 진학 상황이 표로 정리되어 있었다. 처음 명문대반에 들었을 때는 명문대에 붙은 것마냥 기뻤다. 이어달리기를 뛰는데 누가 롤러블레이드를 신겨 준 것 같았다. 학년 주임은 명문대반이야말로 우리 학교의 오랜 전통이라고 말했다. 그리고 명문대반이니까 우리가 떠들거나 자거나 딴짓을 해도 일절 참견하지 않겠다고 했다. 그게 바로 진정한 자율이라 해서 귀가 번쩍 트였다.
   하지만 성적순대로 자리가 배치되면서 나는 가벼운 멀미를 느꼈다. 꼴등으로 들어온 탓에 내 자리는 독서실 맨 구석이었다. 씰링 팬이 빙글빙글 돌아가는 독서실에서 애들은 다양한 방식으로 자율을 실천했다. 하이에나처럼 어슬렁거리며 다른 책상을 염탐하거나, 원숭이처럼 살갑게 붙어앉아 노트를 빌려 보기도 했다. 말이라도 걸라치면 가시를 돋우며 경계하는 애들도 있었다. 제일 놀라운 건 잡지를 읽거나 워크맨을 들으며 놀다가도 순식간에 고도의 집중력을 발휘하는, 스타일리시한 모범생들이었다. 우직하게 앉아 손바닥이 새카매지도록 문제집을 풀어대는 나와 달라서 기가 죽었다.

오후 무렵, 친구 라영이 이제 야간자율학습을 안해도 된다고 자랑하러 왔다. 담임한테 허락을 받았다는 것이었다. 담임은 사립 시절 선생들이 대부분 남아 있는 이 학교에 부임한 몇 안되는 임용고시 출신이었다. 첫 등장도 심상치 않아서 모든 문제를 대화로 풀자고 하더니 편지함을 놓았다. 라영은 야간자율학습을 빼주면 연기학원을 다니고 창작연극제에도 나가겠다고 편지를 썼다. 하지만 사실은 주중에도 호프집 아르바이트를 하려는 속셈이었다. "연기학원 등록증을 가져오라든가, 엄마를 모셔오라든가 안해?" "아니, 그냥 학교 안 가는 애들을 어른들은 날라리라고 한단다, 그러던걸?" 담임은 생활기록부를 들여다보며 지난해처럼 결석이 잦으면 곤란하다고 했을 뿐이었다. 날라리라는 소리를 들을까봐 학교에서 담배도 안 피우는 라영은 걱정 말라고 대답했다.

"비밀인데, 담임도 우리 동네 살았었다? 우리 옆집에 살았어. 수재로 소문이 자자했었는데." "너네 동네?" "우리 동네 무너졌을 때 담임 여동생도 죽었잖아." 라영의 동네는 재단 바로 옆이었는데 장군을 아주 미워하는 사람들이 살고 있었다. 팔년 전 재단 축대가 무너져내려 스무명 넘게 죽었기 때문이다. 사고는 재단에서 축대를 쌓으면서 배수관을 묻지 않아 생겼는데 보상 문제로 동네 사람들이 시위를 하기도 했다. 라영의 이야기를 들으면서 나는 엉뚱한 말이 튀어나가지 않게 조심했다. 죽은 목숨 가지고 팔자 고치려는 셈이라든가, 툭하면 들고일어나니 세상 좋아졌다든가 했던 아버지 말이 귓가에서 윙윙거렸으니까. 가끔 아버지는 가난과 염치는 반비례한다는 말로 그 상황을 야박하게 요약하기도 했다.

  "근데, 너 오늘 보니까 정말 못생겼다. 그래도 여기서는 네가 제일 나아." 나는 얼른 다른 애들이 있나 살폈다. 따라잡아야 할 애들이 무려 스물아홉명인 마당에 누가 들을까 겁났다. 내가 못생겨서 친구 해준다는 말은 라영이 늘 하는 애정 표현이었다. 너무 예쁘거나 못생겼거나 약하거나 어리거나 늙은 것들은 서로 지켜줘야 한다나 뭐라나. 연극 대사라는 그 말은 멋졌지만 제 자랑처럼 들린다는 단점이 있었다.

*

    나비들이 마당으로 남실남실 날아들던 어느 일요일, 아버지는 거실 벽에 베트남 지도를 붙였다. 지도에는 영어로 도시명이 적혀 있고 아오자이 차림의 아가씨들이 '웰컴!'을 외쳤다. 아버지는 베트남에 살고 있는 전우, 김 하사와 여행사를 차릴 계획이었다. 전우들이 원한다면 어디라도 데려다주는 '맞춤 여행사'였다. 마사지도 받고 씨클로를 타고 다니며 시내 구경도 하지만 주로 전적지를 돌아볼 거라고 했다. 아버지는 전보다 자주 참전군인회에 들락거렸고 'ㅏ'가 빠져 있던 '용사의 집' 팻말도 고쳐 달았다. 각별한 전우애를 밑천 삼아 한몫 제대로 벌어볼 심산인 것 같았다.

    밤에는 택시를 몰고 와서 자율의 세계에서 공부하는 나를 기다리기도 했다. 택시 운전은 아버지가 새로운 모험을 준비하는 동안 종종 하던 일이었다. 정식 택시기사가 아니라 스페어 기사라고 강조했는데, 덤이나 군식구 같은 어감의 그 말이 아버지에게는 중요한 것 같았다. 오늘은 오빠도 집에서 실려와 뒷좌석에 타 있었다. 이렇게 학교로 마중 나오면 아버지는 재단 시절이 더 생각나는 것 같았다. 장군에 대한 이야기가 네버엔딩 스토리처럼 흘러나왔다.

아버지는 장군이 쫓겨난 건 정치인과 교수들한테 밉보였기 때문이라고 했다. 배운 놈들은 어딜 가나 대접받으려고 하는데 장군에게는 안 통했다는 거였다. "아주 공평무사하셨지." 처음 재단 건물을 세울 때 장군이 직접 포클레인을 몰았다든가, 뒷돈을 요구하는 실세들에게 조인트를 깠다든가, 재래식 화장실을 쓰던 시절에는 선생들도 예외 없이 똥지게를 졌다든가, 참전 경험이 고등학교 졸업장보다 못할 것 없다며 학력 미달인 아버지를 직원으로 뽑았다든가 하는 것이 그 증거였다. 마지막 대목을 이야기하면서 아버지는 슬쩍 목이 멨다.

사실이기야 하겠지만 뭐랄까, 아버지 말은 철 지난 유행어처럼 핀트가 안 맞는 느낌이었다. 아버지가 항로에서 자꾸 벗어나는 건 좌표를 읽지 못해서가 아니라 너무 낡은 나침반을 쥔 탓이 아닐까.

아버지가 택시를 칠십계단에 세우고 우리를 데리고 올라갔다. 그리고 줄넘기를 건넸다. 도시 전경이 훤히 내려다보이고 맞은편 산 정상의 허니문 카도 손에 닿을 듯 가까웠다. "사람은 늘 바람 부는 쪽으로 가슴을 내밀어야 한다." 아버지는 팔을 한껏 벌리고 가슴을 펴라고 했다. 야생에서도 사자나 호랑이 같은 포식자들은 언제나 바람을 안은 채 위풍당당 사냥에 나선다. 작은 바람에도 떨며 킁킁 냄새나 맡아서는 평생 먹잇감 신세를 못 면한다. 우리는 행인들 눈치를 보며 따라 하는 체하다가 곧장 줄넘기를 시작했다. 아버지는 맨손체조를 하며 우리를 독려했지만 일부러 그러는지 정말 운동신경이 없는 건지 오빠는 자꾸 넘어졌다. 그때마다 사수생은 뭐든 남들보다 네배를 더 해야 한다며 아버지는 오빠를 다그쳤다.

*

5월이 되자 학교는 이상한 열풍에 휩싸였다. 졸업앨범 사진이 나오면서 시작된 그 바람은 선생들이 사진관에서 뇌물을 받았다는 소문이 돌면서 더욱 세게 휘몰아쳤다. 바람을 폭풍으로 바꾼 건 우리 담임만 뇌물을 거절했다는 이야기였다. 애들은 담임에게 꽃바구니를 사주자며 돈을 걷고 하루가 멀다 하고 편지를 썼다. 분위기 탓인지 매달 명문대반 운영비로 내는 이십만원도 도마에 올랐다. 자율의 세계를 누리라면서 선생들이 감독 수당은 왜 챙기는지 모르겠다고 17등이 불평했고, 교육청에 일러바칠까, 8등이 말했다. 하지만 그러고도 우리는 학년 주임이 마련해놓은 학원 특강을 듣기 위해 오만원씩 냈다.

어느날은 뇌물 선생들을 규탄하는 대자보도 붙었다. 라영은 괜히 대자보 주변에 있다가 범인으로 몰렸다. 글씨체가 비슷했기 때문이었다. 학년 주임에게 붙들려간 라영은 오후 수업을 빠졌고 담임도 종례를 건너뛰었다. 나는 걱정이 되어서 독서실에 가지 않았다. 어둑어둑할 무렵 돌아온 라영은 근신이야, 했다. 자기가 그 대자보를 쓴게 아니면서 라영은 그 죄를 다 뒤집어썼다. 그건 좀 낭만적인 이유였는데, 담임의 관심을 받고 싶어서였다. 정말 네가 썼느냐고 묻자 라영은 천연덕스럽게 아니라고 했다. 그러다 이내 진지해져서는 아무한테도 말하지 말라고 당부했다. 교무실에서 한창 닦달당하고 있는데 담임이 학년 주임과 다투듯 해서 빼내줬다고 했다. 라영이 투사를 자임한 이유는 그게 다였다. "미친년." "왜 욕해, 미친년아." 라영은 머리를 풀었다 묶으면서 "다른 선생들한테도 밉보이고, 이제 그 사람한테는 우리밖에 없는 것 같더라"라고 말했다. "정신 차려." 나는 책가방을 챙기며 말했다. "우리 고3이거든."

평소보다 일찍 집에 들어가자 엄마가 반색했다. "너 가서 오빠랑 교대해라." 나는 옥상에 서 있는 엄마를 물끄러미 올려다보며 낭패다, 생각했다. 오늘은 공씨 할머니네

제삿날이었고, 엄마는 공씨 할머니네 다른 자식들을 만나 돈을 받아낼 작정이었다. 그러니까 거길 지키고 있다가 누구든 할머니네를 찾아오면 재깍 와서 알리라는 것이었다. 얼마 전 복덕방에서 나오는 공씨 할머니를 본 터라 마음이 더 급한 것 같았다. "아, 글쎄, 그짓 좀 말라니까." 좀처럼 얼굴을 내밀지 않던 아버지가 창문을 열고 소리 질렀다. "돈줄이 씨가 말랐다니깐!" 엄마가 발끈하자 아버지는 창문을 쾅 닫는 정도로만 평소 소신을 표현하고 접었다. 요즘 아버지의 여행사는 동력을 잃은 채 갈 곳 없이 표류하고 있었다. 김 하사는 다른 사업으로 자금 회전이 어렵다며 일을 하는 둥 마는 둥이었다. 여행 루트를 알아야 사람을 모은다고 아버지를 초청한 게 다였다.

공씨 할머니네로 가보니 오빠는 누군가 버린 고무 대야를 깔고 앉아 문제집을 풀고 있었다. 얼마 전 호출기도 해지해버리더니 사수생의 운명을 완전히 받아들일 셈인 듯싶었다. 헬리콥터가 건물 주위를 빙빙 돌며 최루액을 토해내던 작년 여름이야 빨리 잊을수록 좋았다. 그 장면을 생중계하며 기자는 '마치 전쟁터를 방불케 하고 있습니다'라고 몇번이나 멘트를 했으니까. 잊지 않으면 오빠도 아버지처럼 노상 정글을 헤쳐나가자고 노래나 하며 살지도 모르는데, 그건 안될 일이었다.

정말 제사 음식을 하나 싶어서 대문 앞을 서성이다가 할머니와 마주쳤다. 할머니는 눈을 가늘게 뜨고 내 얼굴을 확인하고는 뒷짐을 진 채 골목을 빠져나갔다. 누구를 만나러 가나, 그러면 쫓아가야 하나 망설이다 오빠가 남고 내가 따라갔다. 칠십계단을 다 오른 할머니는 이따금 날벌레를 손으로 쫓으며 동네 저편을 지켜봤다. 몸뻬 바지에 그려진 화려한 야자수들이 바람 따라 흔들리고 몇가닥 빠져나온 머리칼들이 나풀댔다. 뭘 하나 싶어 다가서자, 천칭처럼 팔 벌린 거대한 몸체가 아파트와 빌딩 너머로 보였다. 이따금 방향을 틀어 짐을 부려놓는 그것은 인천항에 솟아 있는 크레인들이었다.

그 밤, 엄마는 기어이 할머니네 집 안까지 들어갔다 오더니 독하기가 징글징글하다고 할머니를 욕했다. "그 많은 음식을 혼자 차리다니 낼모레 죽을 나이라도 나보다 더 낫다. 자식들은 뭐가 틀어져서 코빼기도 안 비쳐?" 오빠와 나는 교육방송을 틀어놓고 졸다가 엄마가 내놓은 부침개를 몇점 뜯어 먹었다. "너흰 걱정 말고 딱 붙기만 해." 엄마는 우리에게 비타민제를 한알씩 준 뒤 저것 좀 내버리라고 했다. 오빠가 벽에서 지도를 떼어내고는 비행기를 접어 마당으로 날렸다.

*

　2학기가 시작하자 담임은 3학년생 전체를 대상으로 '생활벌점제'라는 걸 만들었다. 다른 선생들이 지각하거나 수업시간에 졸거나 복장이 불량한 애들에게 벌점을 매기면 일주일에 한번 담임이 모두 불러 때렸다. 명문대반 독서실에서는 나무막대를 휘두르는 담임 모습이 잘 보였다. 애들의 모습은 구령대에 가려져 담임은 홀로 배팅 연습을 하는 야구선수 같았다.

　그렇게 궂은일을 도맡은 건 다른 선생들과의 관계를 회복하기 위해서였다. 사실이야 어떻든 혼자만 청렴한 선생으로 소문났으니 다른 교사들이 반길 일은 아니었다.

　담임은 학습 태도가 불량한 애들을 야간자율학습 없이 하교시키기도 했다. 공부할 기회를 공평하게 누리는 건 학생의 의무를 다한 이후라는 게 이유였다. 그렇게 빠지고 싶던 야간자율학습이었는데, 며칠 지나자 일찍 하교해야 하는 애들 얼굴은 붉으락푸르락했다. "공부하라고 닦달하는 선생 없이도 잘 굴러가는 명문대반을 봐라. 그런 자율경쟁으로 능률이 배가되는 거야. 면학 분위기라는 게 그렇게 중요하단 말이다." 담임은 자신에 대한 학생들의 호감을 저버리기 위해 최선을 다하는 것 같았다.

232

다른 선생들 눈치 보느라 일부러 그러는 거라고 담임의 변심을 두둔하던 애들도 입을 비쭉거리기 시작했다. 그리고 담임과 라영이 키스했다는, 늦여름 더운 바람처럼 후텁지근한 소문이 입에서 입으로 퍼져나갔다. 신빙성 있는 목격자도 있었고 장소도 라영의 동네였다. 명문대반 애들이 담임을 '막 나가는 막 선생'이라 부르기 시작한 것도 그즈음이었다. 다른 선생들의 뇌물 사건은 어느새 잊히고 아이들은 담임과 라영에 대해서만 얘기했다.

　왜 그런지 나도 라영을 슬슬 피했다. 직접 물어보려고 하다가도 영 입이 떨어지지 않았다. 대답이 무엇이든 그 말을 꺼내는 순간 나나 라영 둘 중 하나는 무릎을 접고 쿵 쓰러질 것 같았다. 그래서는 안됐다. 수능은 이제 백일 남았으니까. 나는 칠판이 잘 보이지 않는다며 교탁 앞자리로 옮겼고 점심시간이나 청소시간에도 독서실에서 꼼짝하지 않았다. 덕분에 성적이 올라 두칸 옆으로 옮겨갔지만 마음 어딘가는 서늘했다.

　한동안 외출하지 않던 아버지는 다시 택시를 몰고 마중 나왔다. 전철역에 들러 노량진 학원에 다녀오는 오빠를 태운 채였다. 우리는 칠십계단을 올라가 토끼뜀과 줄넘기를 했다. "노병은 죽지 않는다. 쉴 뿐이지." 어느 밤,

가로등 불빛으로 얼룩덜룩한 도로를 달리다 아버지가 선언했다. 우리가 아무 대답 없자 아버지는 마른기침을 하더니 은단을 털어넣었다.

"나 좀 있으면 베트남으로 간다. 김 하사가 이젠 아주 적극적이야. 니네 국제우편으로 도착한 베트남 사진들 봤지? 거기가 다 여행지들이다. 사람 어깨가 겨우 들어갈 좁은 틈이 베트콩 땅굴로 향하는 입구야. 그것들 아주 신출귀몰했지. 그때 그 기분으로 돌아가 관광객들도 모두들 그 땅굴에 들어가볼 수 있게 할 거다. 우리가 베트남에서 고엽제나 맞으며 총질만 해댔다고 생각하면 안돼. 육척장신 미군들보다 더 잘 싸웠고 달러를 벌어와 고속도로를 깔았으니깐." "아버지!" 오빠가 입술을 달싹거리며 망설여서 나는 뭔가 중요한 말이리라 짐작했다. 오빠는 늘 아버지 말을 곧이곧대로 들어선 안된다고 했으니까. "말해, 이 녀석아." 오빠는 한동안 머뭇거렸다. 그러다 "줄넘기보다는 조깅이 낫겠어요" 하고는 시트에 탁 기댔다. 유령처럼 텅 빈 몸체의 말 한마리가 택시 미터기 안을 하염없이 내달렸다.

*

늦가을 도서관은 우리 동네 골목처럼 아주 습하고 차
가운 공기를 품고 있었다. 신간 코너를 어슬렁거리던 애
들도 중간고사 기간이라 뜸했고 대여 중인 책도 거의 없
었다. 나는 도서관 책 뒤표지에 끼워진 대출 카드들을 들
춰보면서 라영의 이름이 적혀 있는 책을 골랐다. 어떤 날
은 한권도 못 찾기도 했고 어떤 날은 대출 가능한 권수를
넘게 발견하기도 했다. 오래된 전집류가 몰려 있는 책장
에는 거미줄이 있어서 나는 몇번이나 머리를 털었다. 처
음에는 라영의 말이 맞는지 확인해볼 셈이었지만 곧 목적
을 잃었다. 라영의 엄마가 낡은 양산을 쓰고 와 휴학 신청
을 했기 때문이었다. 이제 내가 어떻게 하든 라영은 돌아
오지 않을 것이었다.

　종종 라영이 담임에게 발길질당하던 장면이 생각났다.
지각한 라영과 이유를 캐묻는 담임, 서로 눈짓을 주고받
으며 귓속말을 나누는 반 애들만 아니라면 흔한 교실 풍
경이었다. 그런데 라영이 명랑한 말투로 "죄송해요, 아저
씨" 했다가 "아니, 선생님"이라고 고쳐 말하는 순간, 모든
게 변했다. 내가 뒤돌았을 때 라영은 발길질을 피해 청소
도구함 쪽으로 완전히 몰려 있었다. "너 대체 뭐 하고 다

니는 거야? 술집 나가냐?” 연습하던 연극 대사가 엉겁결에 나왔다는 말보다 술집이나 원조교제 같은, 담임이 내뱉은 말들이 더 오래 교실을 떠돌았다. 그 말들은 낙엽처럼 가벼워서 구르기 좋았고 그만큼 멀리 날아갔다. 라영은 며칠 씩씩하게 학교를 나왔지만 10월이 되자 발길을 끊었다.

나는 도서관에서 어떤 말이나 기적을 찾았으면 했다. 슬픔이라고 하기에는 좀 부족한, 후회나 미안함 같은 감정에서 빠져나갈 수 있는 구명튜브 비슷한 것. 하지만 그러다보면 쉽게 쓸쓸해졌고, 내 인생이 생각보다 시시할 것 같았다. 모의고사 점수가 떨어지자 담임은 나를 불러서 그동안 전력질주해왔는데 긴장 풀지 마라, 했다. 검지로 대각선을 쭉 그리더니 성적이 좋지 않다며 끝을 살짝 내려서 나는 말문이 막혔다.

수능 전날, 오빠는 목장갑을 단정히 끼고 작은방 책들을 정리하기 시작했다. 토익 문제집이나 바둑 입문서 같은 책들만 남기고 나머지는 손수레에 높이 쌓았다. 내가 뒤에서 밀어주는데도 오빠는 자꾸 거꾸러져서 헌책방 골목까지 가는 데 한시간 넘게 걸렸다. 헌책방 주인은 몇몇 책을 골라내더니 나머지를 삼만원으로 계산했다. 오빠는 장갑으로 겉표지를 야무지게 닦으며 책들을 가게로 들여놓았다. 목장갑이 덩그러니 놓인 빈 수레를 끄는 동안 오빠는 한번도 넘어지지 않았다.

우리는 칠십계단을 지나다 벤치에 앉아 캔맥주를 마셨다. "책은 왜 팔아?" "일주년 기념으로." 생각해보니 오빠가 경찰서에서 돌아와 다니던 대학을 휴학한 게 벌써 일 년이었다. 귓불을 덮을 정도로 수북했던 머리칼은 이마선이 훤히 보일 만큼 짧게 잘려 있었다. "그땐 왜 데모하러 거기까지 갔어?" "글쎄." 오빠는 한동안 말이 없었다. "건물이 봉쇄되니까 먹을 거라곤 설탕밖에 없었거든. 사무실마다 커피와 설탕이 있는데 빈속에 먹을 수 있는 건 설탕뿐이더라고. 충분한 양은 아니었는데 나는 옥상을 지키는 사수대라 그거라도 먹을 수 있었지." 죽음을 무릅쓰고 무언가를 지키는 사수대라니, 나는 "대단한데" 하며 치켜세웠다. "뭐, 나는 그냥 선배들 따라간 거였어." 오빠는 다 마신 캔을 와락 구기더니, "근데 그때를 떠올리면 왠지 그 설탕 맛만 리얼이었던 것 같아" 하고 말했다.

집으로 돌아가자 엄마가 대문간을 서성이며 아버지를 기다리고 있었다. 아버지는 김 하사랑 연락이 닿는다는 또다른 전우를 만나러 가서는 하루 종일 감감무소식이었다. 알고 보니 여행사는 순전히 아버지가 불어넣은 동력으로 운항 중이었다. 아버지는 일등 항해사인 엄마 몰래 집 담보로 돈을 빌려 김 하사에게 건넸고, 몇달만 쓰겠다던 그는 공씨 할머니 돈까지 챙겨 연락을 끊었다. 할머니는 아버지 여행사의 첫 고객이었는데 베트남에 아는 무당을 데려가 천도굿을 할 작정이었다.

"허파에 든 바람은 평생 안 빠지는 거다." 엄마는 수돗가로 가서 걸레를 힘주어 빨며 말했다. 베트남 가는 아버지를 배웅할 때 이미 인생이 이렇게 흘러갈 줄 알았다고도 했다. "축포 쏘고 나팔 불고 꽃 흔드는 바람잡이들이 얼마나 많은지, 늬 아버진 아예 얼이 빠져버린 것 같더라." 가로등 없는 골목에 현관 등만 훤해서 우리는 어둠을 표류하다 막 건져올려진 사람들 같았다. 하지만 잠잠한 파도 끝에는 뱃전을 힘껏 때릴 풍랑이 기다리고 있을 거였다.

*

나는 학년 주임이 보여준 비디오 이야기를 오빠에게 쓸까 말까 망설였다. 명문대반 마지막 특강으로 틀어준 그 비디오는 지난해 여름의 그 사건을 다룬 것이었다. 전경과 학생들이 우르르 몰려다니며 쫓고 쫓겼고 카메라는 오십분 내내 출렁거렸다. 학생들이 각목과 벽돌을 들어 전경들을 막다른 골목으로 몰았다. 혹시 오빠가 나올까 해서 유심히 봤지만 찾을 수는 없었다. 학년 주임은 대학 가도 데모는 하지 말라고 당부했다. 쓸데없는 걱정이었다. 비디오의 어떤 장면도 아이들의 흥미를 끌진 못했으니까. 아이들은 대부분 독서실을 나가버렸고 몇명만 남아 논술 문제집을 풀었다.

롤러블레이드를 타고 달릴 때는 최종 목적지가 다양했던 것 같은데, 막상 결승 테이프를 끊자 우리는 다시 한곳으로 뒤엉켜 몰려가고 있었다. 웬만큼 점수가 나온 애들은 대부분 교대나 사범대를 지원한다고 했다. 아이엠에프 때문이었다. 더이상 순풍을 기대하기란 어려웠으므로, 어서 정박지에 닻을 내려야 한다는 절박함이 있었다. 하지만 현 위치를 소수점까지 정확하게 알려주는 지도를 쥐고도 나는 항로를 찾지 못하고 있었다.

수능 날 오빠는 머리를 박박 밀고 입대해버렸다. 몽롱한 피로감에 취해 집으로 돌아온 나는 차디찬 바닷물을 뒤집어쓴 느낌이었다. 수능 시험을 위해 달렸던 삼년은 꿈결 같았지만 사라진 오빠는 '리얼'이었다. 경찰서에서 오빠를 끄집어내던 날보다 엄마는 더 서럽게 울었다. 남자는 군대를 갔다 와야 사람 된다며 아버지가 위로했지만 어딘가 맥 빠진 말투였다. 나는 "아이엠에프가 꼭 나쁜 것만은 아니야"라는 말로 편지를 맺었다. 환율이 이렇게 치솟는데 여행사를 차렸으면 완전히 망했을 거라는 아버지 말을 그대로 전했다. 아이엠에프는 아버지 배만 좌초된 게 아니라는 위안을 우리 가족에게 가져다주었다.

"짐 좀 같이 옮기자." 아버지가 방문을 두드렸다. 지하실로 내려가보니 내 키 반쯤 되는 커다란 나무상자가 나와 있었다. 뚜껑 쪽으로 'up'이라는 글자가 적혀 있고 '하인천'이라는 목적지가 선명했다. 제대하면서 아버지가 가져왔다는 '귀국 박스', 트랜지스터라디오, 카메라, 조명탄과 탄피까지 다양한 물건이 쏟아져나왔다던 그 보물상자인 모양이었다. 아버지는 아령이나 자전거 체인 같은 잡동사니를 끄집어내더니 손전등으로 다시 안을 살폈다. 종이상자를 꺼내 뜯어보니 작은 깡통들이 나왔다. "이게 씨레이션이라는 거다." 아버지는 깡통을 귓가에 흔들었다. 밥때마다 흔들며 콩인지 스튜인지 고기인지 가늠했다고 했다. 귀신같이 잡아내는 사람이 있었는가 하면 아버지처럼 헛짚는 사람도 있었다. 아버지는 "늬들이야 그런 일이 없겠지만" 하고 단서를 달았다. "너희야 영어 도사니까 포장을 읽으면 되겠지."

아버지와 나는 나무상자를 들고 지하실 계단을 올랐다. 문을 빠져나오기 위해 우리는 이리저리 돌며 각을 맞췄다. 대문은 오랜만에 활짝 열려 있었고 나무상자는 여유롭게 골목으로 나왔다. 아버지는 나무상자를 칠십계단 근처에 있는 놀이터로 가져가 부술 생각이었다. 상가를 지나다가 우리는 한번 쉬었다. 복덕방 유리창에는 '방 3, 화장실 1, 거실 있음, 남향'이라는 문구로 우리 집 매매 광고가 붙어 있었다. 방이 하나 줄고 '골목 어귀'라는 설명이 덧붙은 광고물은 공씨 할머니네 집일지도 몰랐다.

"뭐가 있어요." 국제우편 봉투에서는 사진 한장이 나왔다. 아버지가 인상을 잔뜩 쓴 채 사진을 들여다보다가 봐라, 했다. 웅덩이 수십개가 펼쳐진 대지를 하늘에서 찍은 사진이었다. 아버지는 폭격이 끝나면 지름이 이십 미터나 되는 구덩이들이 갑자기 생겨났다고 했다. "꼭 달 표면 같지? 헬리콥터에서 볼 때마다 달나라에 착륙한 닐 암스트롱이 된 것 같았지." 베트남이 엘도라도였다면서 거기서도 아버지는 자기가 어디 있는지 헷갈리곤 했구나. 사진은 무수한 운석 자국이 남아 있는 달 같기도 했지만 나는 하나도 안 똑같다며 돌려주었다. 아버지는 점퍼 주머니에 사진을 구겨넣고는 가자, 하며 상자를 들었다.

놀이터에 다다라서야 아버지는 두고 온 망치와 톱을 떠올렸다. "춥지 않지?" 아버지가 나를 남겨두고 다시 어둑어둑한 골목길로 사라졌다. 놀이터에는 아무도 없이 빈

그네만 바람을 탔다. 나는 나무상자를 발로 툭툭 차다가 안으로 들어가볼까, 생각했다. 발돋움하기까지는 시간이 좀 걸렸지만 상체를 들이밀고 나니 순식간이었다. 퀴퀴한 곰팡이 냄새가 났지만 나무상자는 갈라진 틈 하나 없이 단단했다.

손등이 선득선득 차갑더니 눈송이들이 떨어졌다. 눈은 가로등 아래로 날리다 오렌지빛으로 물들었다. 입을 벌리자 혓바닥에 닿았는지도 모르게 사라져버렸다. 며칠 전 버스를 타고 가다 지나친 라영이 생각났다. 뭐가 그리 우스운지 허리를 폭 꺾은 채 라영은 웃고 있었다. 얼굴에 드리운 가로수 잎 그림자들이 좀처럼 앉지 않는 나비들처럼 일렁였다. 웃어도 된다고 생각했다. 우리는 곧 스무살이니까.

나는 반쯤 열려 있던 뚜껑을 마저 닫았다. 어디선가 들리는 삐걱삐걱 소리는 크레인의 거대한 추가 바닷바람을 이기지 못해 흔들리는 것일지도 몰랐다. 장글, 장글, 하고 휘파람을 불자 나무상자를 타고 망망대해를 떠도는 기분이 들었다. 꽃 흔드는 바람잡이들도, 낡은 나침반도, 있는 힘껏 돌릴 방향키도 없이 시작한 초라한 항해였다. 이 길 끝에 엘도라도가 나타날지 알 수 없었지만, 적어도 천구백구십칠년 겨울에는 더이상 궁금하지 않았다.

릴리

좀도둑

계아는 잠깐 일어나 릴리를 삼키더니 내내 잤다. 릴리
는 원래 프로작이라고 하는 항우울제다. 제약사 이름이
'릴리(Lilly)'라서 계아가 그렇게 불렀다. 계아는 그 이름
이 백합이 만발한 정원을 떠올리게 한다고 했다. 제약사
릴리와 백합을 뜻하는 릴리(lily)의 철자는 달랐지만 계아
는 별로 상관하지 않았다. 그건 특유의 낙관일 수도 무심
함일 수도 있었다. 왜 세세한 차이들에 무심하니, 물으면
계아는 왜 시시한 차이들에 골몰하냐, 되물었다.

계아는 아무튼 그 가짜 꽃에 의지해 성실한 은행원으
로 근무 중이었고, 나는 알코올에 탐닉하며 과체중의 웹
디자이너로 늙어가는 중이었다. 하지만 릴리나 알코올 따
위가 언제나 우리를 구원하는 것은 아니어서, 우리는 무

언가 진짜에 가까운 어떤 형태의 위안을 꿈꾸곤 했다. 그것이 무엇인지는 모르지만 무엇이든 쉽게 갖기 어려울 건 분명했다.

이 도시는 참 묘해서 어느날은 영원히 서울 시민으로 살 수 있을 듯하다가도 월급이 밀리거나 생활비가 떨어져가면 완강히 내쳐지는 느낌이 들었다. 파도의 반대 방향으로 헤엄치는 것처럼, 물살을 세차게 가르면 가를수록 무언가가 나를 저만치 내보냈다. 혹은 인파를 헤치며 무언가에 쫓겨 달아나는 느낌이기도 했다. 그렇게 개미굴처럼 이어진 서울의 골목을 내달리다보면 용케 내 이름으로 된 주소를 갖기도 하고, 나만큼이나 우왕좌왕하는 남자들과 연애도 하는 거였다.

오늘은 어떠냐면, 무엇도 위안이 되지 않는 날이었다. 감기가 심한 계아는 밤새 앓고 있었다. 꿈에서도 '워킹' 중인지 후순위 채권, 투자 이율, 미납 연체, 담보물, 싸인 운운하며 잠꼬대했다. 기름이 간당간당하다 했더니 보일러가 멈췄고 폭설은 여전했다. 문을 열면 눈발이 무서운 기세로 쏟아져들어왔다. 게다가 수중에 돈도 없었고 내 신용카드는 한도 초과였다.

나는 고민하다 바닥 문을 열고 아래층 주인집에서 기름을 좀 '빌려'오기로 결심했다. 그 바닥 문은 며칠 전 마

루에 '빌트인'된 책장──집주인 표현대로라면──밑에서
발견됐다. 그건 우리 방이 다락을 개조한 것이라는 명백
한 증거였다. 어쩐지 집주인이 책장을 못 치우게 하더라
니. 하지만 미리 알았다 해도 이 방을 마다할 수는 없었을
것이다. 합정역과 가까운 거리에 이렇게 값싼 방을 얻기
란 쉽지 않았으니까.

결심은 빠를수록 좋았다. 나는 책장을 비우고 등으로
받쳐 기울였다. 무게가 만만치 않아서 잠깐 숨을 골랐다.
한두걸음 걷자 책장은 만취한 게아처럼 끌려나오며 기
잉── 소리를 냈다. 손잡이를 당기자 문은 의외로 쉽게
열렸다. 잠깐씩 아래층에 들러본 바로는 바닥 문은 주인
집 작은방과 연결되고 그 곁에 보일러실이 있었다. 그 보
일러실에서 몰래 기름을 빌려와 이 밤을 나는 것, 그게 내
계획이었다.

아래층에는 집주인의 부친이 혼자 살았다. 당뇨 후유증
으로 시력을 잃었고 귀도 어둡다고 했다. 언젠가 한 세입
자가 그런 사정을 알고 집을 털었다나. 그래서 믿을 만한
세입자만 들인다고 부동산 여자가 귀띔했다. 집주인 얘기
는 달랐다. 노인이 잠귀가 밝으니까 위층에서 소란 피우
지 말라고 주의를 줬다. 정리벽이 있으니까 마당도 절대
어지르지 말라고 했다. 우리가 그 세입자처럼 도둑질을

할까봐 연막을 쳤던 것이다.

그런데 기름을 훔치러 가면 집주인의 예감이 들어맞는 셈인데, 어떻게 할까? 잠시 망설이는 동안 계아가 으으 앓는 소리를 내며 돌아누웠다. 이 밤을 날 만큼만. 나는 회개한 장 발장이라도 이 상황에선 별수 없을 거라고 생각했다. 아래는 어두웠다. 서랍에서 손전등을 찾았지만 비슷한 물건이라고는 공연장에서 쓰는 플래시 라이트뿐이었다.

나는 「스타워즈」의 제다이처럼 라이트를 앞세우고 자바라 호스와 기름통을 든 채 내려갔다. 한발 디딜 때마다 나무계단이 삐걱댔다. 혹시 노인이 들을까봐 잠깐씩 멈췄다. 그때 어둠 속에서 누군가의 어깨 같은 것이 보였다. 들켰구나, 봄이 오기도 전에 여기서 쫓겨나겠구나, 하는 생각이 먼저 들었다. 하지만 어깨는 움직이지 않았고 나는 마침내 방으로 내려섰다. 사람인 줄 알았던 건 가봉할 때 쓰는 드레스폼이었다. 상반신만 있었는데 다 뜯어져 거미줄 같은 원단 결이 드러나 있었다.

방에는 옷이 빼곡했다. 무슨 노인이 옷이 이렇게 많을까. 내가 서 있을 자리도 없었다. 원피스, 투피스, 스리피스, 청바지, 면바지, 가죽 바지, 코르덴 바지, 와이셔츠, 블라우스, A라인 치마, H라인 치마, 가죽 재킷, 트렌치코트, 양복 재킷, 청재킷…… 수십개의 행어에 수백벌의 옷이 걸려 있었다. 허우적대며 비집고 들어갈 때마다 옷들은 묵직하게 날 밀어냈다. 보일러실로 통하는 문 앞에 겨우 도착했지만 문은 벽지로 발라져 있었다. 문고리는 만져지는데 문은 없었다. 나는 긴장이 풀려서 한동안 털옷들에 파묻혀 있었다. 방은 마치 한마리의 커다란 짐승 같았고 그런대로 따뜻했다.

별것 아닌 것들의 무게 1

폭설이 내린 다음 날도 택배기사들은 연신 사무실로 드나들었다. 촬영 대행을 의뢰하는 상품들이었다. 사진 담당이 그 상품들을 촬영하면 내가 컴퓨터로 작업해 인터넷 쇼핑몰에 올라갈 상품 설명 페이지를 만들었다. "이건 자기 건데?" 직원이 내 자리로 택배 상자를 던졌다. 옛집 주소가 쓰여 있고 보낸 사람 이름은 없었다. 상자를 열자 액자들이 나왔다. 장례가 끝나고 내가 재구에게 떠넘겼던 것이었다.

아버지가 죽은 뒤 우리는 트럭을 팔아 돈을 정확히 나눴고 나는 서울로 왔다. 같은 해 여름과 가을, 다른 엄마에게서 태어난 우리에게는 적절한 이별이었다. 그 엄마들이 새 삶을 찾아 앞서거니 뒤서거니 떠났다면 더더욱. 나는

248

중학생이 되어서야 재구의 존재를 알았고 엄마가 재혼하자 재구와 아버지에게 와서 지냈다. 사춘기 때 틀어진 관계는 커서도 다르지 않았다. 더 불행한 건 재구와 나 모두 아버지를 닮아서 술꾼이었고 뚱뚱했으며 복숭아 알레르기가 있다는 것이었다. 그런 사소한 공통점들이야말로 내 마음을 무겁게 하는 것들이었다.

액자에서 아버지는 붉은색 스카니아 트럭을 뒤로하고 서 있었다. "이십사 톤이면 고래 한마리 아이가?" 트럭을 팔던 날 차를 한바퀴 돌아보며 감탄하던 재구가 생각났다. 고래 등을 타고 이십년을 다녔으니 아버지 심장이 터져버린 게 당연하다면서. 아버지는 건당으로 일급을 받는 '탕뛰기'를 하느라 골재장과 시내를 하루 여덟번이나 오갔다. 일과를 마치고 아버지가 돌아오면 가릉거리는 엔진 소리가 동네 어귀에서부터 들렸다. 때론 여자를 데려오기도 했는데, 그런 여자들은 꼭 무섭다고 호들갑 떨다가 트럭에서 엉거주춤 뛰어내렸다.

전화번호가 그대로인지 알 수 없었지만 "안 찾아가면 다 버릴 거야"라고 문자메시지를 보냈다. 답신은 오지 않았다. 하긴 되찾을 생각이었으면 아예 보내지도 않았을 것이었다. 회사 주소는 어떻게 알았을까. 동창들에게 물어봤겠지. 고향 친구들이랑은 연락하면서 서로의 안부조차 묻지 않으니 우리는 정말 남보다 못한 사이였다.

애매해서 취해버린

그뒤로 한주 동안 그 방을 오르내렸다. 이래도 되나 망
설이기도 했지만 유혹에서 벗어나진 못했다. 그렇게 간
이 커진 건 우리 방에서 일층으로 '내려가는' 동선 때문인
것 같았다. 그 하강의 동선은 목적지를 훤히 내려다본다
는 안정감을 주었고, 공간의 위계 덕분에도 긴장감이 덜
했다. 그리고 무엇보다 옷들이 근사했다. 생선가게를 터
는 고양이랄까, 고대 보물을 찾는 인디애나 존스랄까, '열
려라 참깨'를 외치는 동굴 앞의 알리바바랄까. 뭐라고 포
장하든 나쁜 짓이기는 마찬가지겠지만, 그 하강의 충동에
서 벗어나진 못했다.

그 방의 옷 중에는 값비싼 모피가 있는가 하면 나일론
으로 만든 바지나 치마처럼 어떻게 입었을지 모를 옷들도
많았다. 빨강, 진홍, 연노랑, 오렌지색, 초콜릿색, 연녹색,
암회색, 로얄블루…… 행어들마다 다양한 색이 물결쳤다.
노인은 꽤 꼼꼼한 성격 같았다. 옷마다 번호가 매겨져 있
고 행어와 옷걸이에는 분류표가 달려 있었다. 행신동, 소
사동, 영등포, 양평동, 반포동, 개포동, 구로. 왜 동네 이름

이 기준인지는 알 수 없었다. 아무튼 나는 번호와 행어 이름을 잘 기억해두었다. 그래야 빌려 입고 다시 그 자리에 걸 수 있으니까.

퇴근하고 약속 장소로 가자 영태가 먼저 기다리고 있었다. "재킷 멋있다." 영태가 날 가리키며 말했다. 어젯밤 그 방에서 집어온 가죽 재킷이었다. "그럼, 비싼 거야. 회사원들 몇달 월급은 될걸?" 나는 팔짱을 끼고 의자에 기댔다. 꽤 오랫동안 가깝게 지낸 우리는 뭐라 단정 짓기 어려운 관계였다. 섹스는 했지만 애인은 아니었고 애인은 아니었지만 한달에 한두번 꼭 만났다. 우리 관계가 지속되는 건 그런 애매함 때문인지도 몰랐다. 서로에게 책임감 같은 건 느끼지 않아도 됐으니까. "일은 어때?" "거기서 거기지 뭐. 그래도 여기선 일년 채우려고." 영태는 새우튀김을 집어서 입에 넣었다. 영태가 이번에 들어간 회사는 의료기기를 수입하는 곳이었다. 헬스, 마사지, 아로마 테라피 시설을 갖춘 케어 센터도 운영하는데 회원권이 웬만한 회사원 연봉이라고 했다.

"요즘도 술 많이 해?" 영태가 물었다. "많이 줄었지." 보정 속옷이 배를 눌러서 음식은 거의 먹을 수 없었다. 홈쇼핑에서 산 것이었는데 쇼핑 호스트의 말은 이번에도 거짓이었다. 거짓말일 줄 알면서도 이상하게 매번 속았다.

"곧 사해 물을 수입할 거야. 사해 소금이야 흔하지만 물을 그대로 들여오는 건 국내 최초야. 요즘엔 그런 진짜여야 경생력이 있지."

그러자 내가 만드는 사진들이 생각났다. 할리우드 유명 배우들에게 중국산 보세 옷들을 입힌 합성사진들. 종일 그런 작업을 하는 내 경쟁력은 어느 정도일까. 나를 '시다'라고 부르는 사장 얼굴도 떠올랐다 사라졌다. 정식 직함은 웹 디자이너였지만 무언가에 심사가 꼬일 때마다 그렇게 불렀다. 원본 사진에서 대형 믹서기의 칼날을 하나하나 오려내다보면 틀린 말 같지 않았다. 대학 졸업장이 무색할 정도로 단순한 일이었다.

그래서일까, 러닝머신을 타듯 직장에서 꾸준히 버텼지만 경력은 '식스 팩'이 되지 않았다. 숄더 프레스나 버터플라이, 최소한 싸이클 정도는 돌려줘야 경력에도 근력이 붙는 모양이었다. 외국어학원의 아침 강의나 주말 독서클럽, 직장인을 위한 자격증 특강 같은 것들 말이다. 아니면 영태처럼 브랜드를 따져가며 부지런히 러닝머신을 갈아탔어야 하는 걸까. 하지만 그건 믿을 구석 있는 사람만이 누리는 모험처럼 보였다.

식사를 다 하고 술에 취해갈 때쯤 영태가 결혼 소식을 알렸다. 이런 때 화를 내야 할까 아닐까, 생각하다가 술을 더 시켰다. 영태가 좀 열뜬 표정으로 미안하다는 말을 덧붙였다. 그 말을 듣자 화를 냈어야 하는구나 싶었다. "사해 물 들어오면 부를게. 무료체험 행사 할 거거든." "그래, 좋지." 나는 종업원을 기다리지 못하고 영태 잔을 입에다 털어넣었다. "게다가 공짜라니 아주 좋겠네."

예뻐서 무장해제

오늘 눈에 띈 건 닥스훈트의 귀처럼 칼라가 축 늘어진 블라우스였다. 나는 트레이닝복 위에다 블라우스를 걸쳤다. 거울에 비췄더니 손전등 때문에 눈이 부셨다. 그때 밖에서 말소리가 들렸다. 순간 긴장했는데 다행히 혼잣말이었다. "나는 천구백삼십삼년 대구에서 태어나 이남삼녀 홀어머니 밑에서⋯⋯" 노인은 녹음을 하는 모양이었다. 말을 하다가 카세트테이프를 돌려서 다시 들어보는 것 같았다.

옥탑방으로 가는 계단으로 발을 옮기려다 스테인리스 통을 엎었다. 말이 뚝 끊겼다. 지팡이를 톡톡 짚으며 걸어오는 소리가 들리더니 멀어졌다. "나는 천구백삼십삼년 대구에서 태어나⋯⋯" 말이 다시 이어졌다. 손전등을 비춰보니 통에 담겨 있던 건 핀봉과 테이프, 줄자, 가위 들이었다. 나는 가만히 위층으로 올라갔다. 퇴근한 계아가 가방도 내려놓지 않고 서서 내려다보고 있었다.

"오늘 일진이 영 안 좋더니만." 계아는 은행 마감을 하는데 사만원이 모자랐다고 했다. 손비처리를 할 수도 있지만 그러면 근무평가 점수가 낮아지니까 그냥 자기 돈으로 충당한 모양이었다. "적금이라고 생각해야지. 회사는 다녀야 하니까. 근데 너 들키면 어쩌려고 이런 일을 벌이냐?" 대문 열리는 소리가 나서 내다보니 집주인이 일층으로 들어서고 있었다. 계아는 눈치도 살필 겸 이번 달 수도세를 갖다주자고 했다. 내가 왔다 간 걸 알면서도 현행범으로 잡으려고 기다리는지도 모른다는 말이었다.

보일러를 틀지 않았는지 아래층은 썰렁했다. 마룻바닥에는 '兄弟라사'라는 붓글씨가 적힌 장부들이 쌓여 있었다. 노인이 마룻바닥에 주저앉아 장부를 한장 한장 넘겼다. 소름이 확 돋았다. "보이나봐." 내가 속삭이자 계아는 고개를 저었다. 다시 보니 노인은 장부를 거꾸로 들고 있었다. "그래서 기어코 하시겠단 거죠?" 집주인은 우리 돈을 받으면서 노인에게 물었다. "그런다고 누가 저걸 찾으러 오냐고요." 노인이 우물우물 대답을 삼켰다. 돌아서려는데 집주인이 우리를 불러세우더니 "봄에는 아무래도 보증금 좀 올려야겠네" 하고 말했다.

우리는 옥상에서 담배를 피웠다. 계아가 동네를 내려다보다가 보증금이 만만치 않게 오를 거라고 말했다. 하나둘 늘던 까페와 레스토랑이 골목까지 발을 들여놓았기 때문이다. 그런 가게들은 마치 투항하듯 '곧 개업합니다 coming soon'이라는 작은 현수막을 들고 들어와서 사부작사부작 공사를 벌인 다음 골목을 슬그머니 포위했다. 자주 가던 백반집과 세탁소, 근처 자취생 친구들이 사라진 게 오래전이었다. 미인계에 홀린 듯 까페들을 유랑하다보니 어느새 우리 차례였다.

"보증금 올려주면 호주엔 못 가겠다." 계아는 돈을 모아서 워킹 홀리데이를 떠날 생각이었다. '워킹'과 '홀리데이'라니 무척 어색한 조합이었지만 그 단어를 발음할 때 계아는 무척 의욕 있어 보였다. 명성과 달리 릴리가 늘 행복을 가져다주는 건 아니어서, 워킹 홀리데이 얘기를 할 때만 계아는 유독 반짝하고 빛났다.

한국 나이로 우리는 서른살, 내년이 워킹 홀리데이를 떠날 수 있는 마지막 해였다. 그래서 계아는 개미처럼 열심히 일했다. 호주 멜버른에서 백년 묵은 퍼핑 빌리 증기 기관차를 타고, 시드니 해안 절벽에서 고래를 볼 거라고 했다. 한국이 겨울일 즈음 호주의 여름 해변에서 베짱이처럼 즐길 거라는 얘기였다. 하지만 계아의 계획은 실행이 어려웠다. 베짱이 가족들이 무시로 찾아와 양식을 빌려갔고 그러면 계아는 한동안 '홀리데이' 대신 '워킹'만 계속했다. 나는 담배꽁초를 최대한 멀리 던졌다. 이번에는 정말 계아가 떠날 수 있을까? 그러면 나도 고향에서 데려온 그 앙상한 고래와 함께 어디론가 가긴 가야 할 거였다.

별것 아닌 것들의 무게 2

재구에게서 온 상자들이 책상 밑에 제법 쌓였다. 반송했더니 다시 반송되어왔다. 옛집에는 다른 사람들이 사는 모양이었다. 일 복잡하게 만들지 말고 그냥 받던 대로 받으라고 배달원이 말했다. 착불도 아닌데 웬 변덕이냐고. 오늘 도착한 물건은 아버지가 쓰던 내비게이션이었다. 아버지 물건들을 재구가 이렇게 많이 가지고 있었다니 놀라웠다. 버튼을 누르자 푸른 화면이 켜지면서 작동했다. 포항 호미곶, 내소사, 개심사, 죽녹원. 나는 최근 목록의 장소들을 돌아다닌 사람이 아버지일까 재구일까 생각했다.

퇴근시간이라서 나는 물건들을 한상자에 모았다. 피팅모델들이 우르르 나가다가 "도와줄까요?" 했지만 혹시라도 그 낡은 물건들을 볼까봐 거절했다. 지하도를 걷는 동안 버릴 곳을 찾았다. 재활용 쓰레기함, 어느 자선단체의 기부함, 노숙자들이 서성이는 대합실의 의자, 전화기 없는 공중전화 부스. 갈등하다가 번번이 지나쳤다. 별것 아닌 물건들인데도 팔이 묵직해서 계아네 저축은행에 도착했을 때는 등이 땀으로 젖어 있었다.

계아는 어제 그 방에서 집어온 보랏빛 코트를 입고 있었다. 싸구려 캐시미어 원단이라 뻣뻣하고 무거웠지만 계아에게는 잘 어울렸다. 그 방 옷들을 왜 갖다 입느냐고 펄쩍 뛰더니 계아도 마음에 드는 옷들을 찾아냈다. 요즘은 복고풍이 유행이니까 오히려 이 옷들은 세련된 것이라고도 했다.

"아까 점쟁이 손님이 와서 내 얼굴 좀 빌려달래. 내가 한눈에도 돼지 상이잖아. 매일 돈 만지는 은행원이고. 장사하는 사람들이 일부러 재복 있는 얼굴을 간판에 사장 사진처럼 쓴다더라." 지하철에서 내려 걸으면서 계아가 말했다. 몇몇 추어탕, 삼계탕, 설렁탕 집 이름을 댔는데 그 간판에 큼지막하게 붙은 얼굴이 얼핏 떠오르기도 했다. 그러니까 계아에게 일종의 초상권을 팔라는 얘기였다. "그 돈이면 비행기 표도 살 수 있지 않을까?" "그걸 하려는 거야? 세상에." 나는 펄쩍 뛰었지만 계아는 의외로 진지한 얼굴이었다.

1월이 되자 집 우편함에는 반송 편지들이 가득 찼다. 모두 노인 앞으로 되돌아온 것이었다. 수취인 불명, 수취인 부재, 주소 불명, 반송 스탬프가 받을 수 없는 이유를 알렸다. 우편함이 좁아서 편지들은 자꾸 떨어져내렸다. 눈보라가 불면 까페 골목까지 우— 몰려가기도 했다. 이따금은 마당 눈구덩이에 파묻혔다. 집주인은 편지들을 빗자루로 싹싹 쓸어서 내다버렸다. 편지 하나당 돈으로 치면 얼마냐고, 혼자 불평하는 소리가 들렸다. 며칠 전에 어디가 아픈지 노인이 구급차에 실려간 일이 있었는데 여태 돌아오지 않은 것 같았다. 집은 뭐랄까, 아주 고즈넉하고 좀 쓸쓸한 분위기였다.

　우리는 무슨 편지인가 궁금해서 몇통을 뜯어봤다. 양장 의뢰한 옷을 찾아가라고 컴퓨터로 쓰여 있고 이름, 거래 날짜, 품번 난은 수기로 적혀 있었다. '미납 대금은 받지 않겠음'이란 말이 큰 글씨로 강조되어 있었다. 옷을 맞춘 해는 1978년 10월이었다. 노인은 오랫동안 양장점을 하다가 90년대 들어 수선집을 차린 모양이었다. 형제라사라는 상호가 형제수선으로 바뀐 편지들도 있었다. 내가 한동안 입고 다녔던 가죽 재킷은 연희동에 사는 김미영이라는 여자가 소맷단을 줄이기 위해 맡긴 옷이었다. 계아는 저렇게 값나가는 옷을 찾아가지 않은 걸 보면 아마도 죽었을 거라고 했다. 그렇게 생각하자 으스스한 느낌이었다. "좀 외로운 여자였을 것 같아." "왜?" "자기 물건 하나 챙기는 사람이 없었다니."

계아가 노인이 없으니 더 꺼려진다며 이제 그 방에 가지 말자고 했다. 우리는 금사로 누빈 스카프를 갖다놓으러 마지막으로 내려갔다. 스카프를 반포동 행어, 열두번째에 걸어놓으려는데 현관 쪽에서 인기척이 났다. "누가 왔나봐." 계아 말이 끝나자마자 방문이 열렸다. 여자는 놀랐는지 두툼한 손으로 가슴팍을 쓸었다. "아무도 없다더니 손녀들인가? 어머나, 무슨 옷이 이렇게나 많아? 이거 반나절에 끝날 일이 아니구면."

거실은 소파만 빼고 대부분의 물건이 치워져 있었다. 여자가 주방에서 냉장고를 정리하는 동안 우리는 집주인에게 뭐라고 둘러댈지 의논했다. 문이 열려 있어서 도둑이 들었는지 확인하러 왔다, 우연히 바닥 문을 발견해서 오늘 처음 내려와봤다. 뭐가 더 그럴싸할지 확신이 없었다. "큰일이다" 하고 계아가 얼굴을 찡그렸다. 나는 소파 탁자에 놓인 라디오에서 카세트테이프를 슬쩍했다. 그 방을 어슬렁거릴 때 노인이 녹음 중이었던 것이 생각나서, 그러면 내 인기척도 남아 있을지 모르니까.

그때 초인종이 울렸다. 여자가 이상하게 생각할 것 같

아서 현관문을 열러 갔다. "여기가 형제라사지? 사장님이 연락을 줬던데." 중년의 여자가 마당으로 들어서며 편지를 내밀었다. 노인이 병원에 있다고 하자 실망한 눈치였다. "어쩌나, 천안에서 여기까지 왔는데…… 어떻게 전화로라도 알아봐주면 안될까?" 여자는 쉽게 돌아설 것 같지 않았다.

우리는 거실로 들어와 앉았다. "동네가 너무 변했네." 여자는 젊었을 때 양평동 아이스크림 공장에 다녔다고 했다. 형제라사는 그 공장 바로 맞은편이었고. 우리는 건성으로 고개를 끄덕였다. 반대편 여자보다 청소기를 들고 왔다 갔다 하는 파출부가 더 신경 쓰였다. 여자는 자기 언니 옷을 찾으러 왔다고 했다. 편지에는 양평동이라는 동네 이름과 품번이 적혀 있고 옷을 맞춘 날짜는 1982년 2월이었다. 방문을 열고 들어가자 검은색 벨벳 투피스가 그 자리에 얌전히 걸려 있었다.

"언제 투피스를 다 맞췄을까, 우리 몰래." 여자는 준비해온 쇼핑백에 투피스를 잘 접어넣으며 말했다. "우리 언니는 스물다섯을 못 넘겼어. 경화실 앞에서 내내 콘 포장하느라 냉증이 심했거든. 몸이 얼마나 찬지 말이야, 한여름에도 동상으로 고생하고." 여자는 우리더러 내복을 꼭 챙겨입고 미니스커트 같은 건 입지 말라고 했다. 사실 계

260

아나 나나 그런 걸 입을 일은 없었다.

"사장님이 보통 분이 아니시지." 양장점이건 양품점이건 공장 여자애들 꾀어 물건 팔려고 안달인데 쏨쏨이만 는다며 옷값을 할부로 끊어주지도 않았다고 했다. 하지만 솜씨만은 일품이었고 작업복 바지 같은 걸 하나 만들어도 밑단이나 허리춤에 기가 막히게 예쁜 안감을 덧대줬다. "착향료를 종일 뒤집어쓰면 냄새가 배거든. 공장에선 목욕물로 재생수를 주니까 제대로 못 씻고. 그러면 냄새가 날까봐 집에 가는 내내 괜히 주눅이 들어. 그땐 우리도 아가씨였으니까. 근데 언젠가 형제라사에 들렀더니 사장님이 괜히 그러더라고, 한겨울에 어디서 이렇게 꽃향기가 나느냐고. 그 말이 얼마나 안 잊히던지."

우울한 낙차

집주인이 이층으로 올라와 책장 밑을 확인했다. 준비한 변명들은 당연히 믿지 않았다. "긴말 마, 지금 그런 거 다툴 정신도 없으니까. 보름 후까지 방만 빼." 화를 억누르려고 그러는지 집주인은 자기가 정말 상식적인 사람이라는 말을 몇번이나 했다. 계약기간이 세달이나 남았지만 우리는 항의할 수 없었다. 그래도 경찰에 신고하지는 않앗으니 최악의 상황은 모면한 셈이었다.

그뒤로 부동산 사람들이 집에 드나들었다. 마당을 측량하기도 하고 우리 방으로 올라와 벽을 두드려도 봤다. 벽은 안이 빈 듯 텅텅 울렸다. 아침저녁으로 불쑥 문을 열고 들어와서 우리는 마음이 급해졌다. 매일 부동산 싸이트를 돌아다녔지만 적당한 집은 찾기 힘들었다. 고래는 그새 더 힘이 빠져 역세권은 둘째치고 지상도 어려웠다. 이사 날짜를 좀 늦춰주지 않을까, 호의를 기대하고 부탁해봤지만 어림없었다.

계아는 릴리를 한알씩 더 먹었다. 그래도 나보다는 덤덤했는데 그건 릴리 덕분이라고 했다. 한없이 처지려는 마음을 위로 추어주니까. 나는 릴리에게서 위안받을 수 없으니까 술을 더 마셨다. 마시면 취했고 취하면 영태에게 전화했다. 가끔은 받지 않았고 가끔은 받았다. 그때마다 영태는 곧 개장할 스파 얘기만 했다. 너무 자주 말해서 그 공짜 스파를 내가 손꼽아 기다리고 있는 것처럼 느껴질 정도였다.

아버지의 물건들은 계속 배달되었고 어느날은 열었더니 신발들이 우르르 떨어졌다. "이건 젊은 사람 건데." "애가 좀 엉성해." 막 쓸어담다가 자기 신발까지 보낸 모양이었다. 계아는 재구의 것으로 보이는 구두를 한켤레

더 찾아냈다. 그럴 여유는 없었지만 고등학교 동창들에게 재구의 소식을 알아봤다. "걔 아무것도 안해." 그중 하나가 말했다. 오토바이 대리점을 하다가 얼마 못 가 문 닫았고 부품 공장에 취직해 좀 다니더니 그만뒀다고, 동창들은 신속하게 비보를 전했다. 연락을 주고받는 동창도 없었다. 태화강 근처 식당에서 혼자 대구탕을 먹고 있더라는 게 가장 최근 소식이었다. "많이 취했던데. 나도 못 알아보면서 괜히 웃더라고."

다행히 우리는 주인이 통보한 날보다 하루 일찍 이삿짐을 쌌다. 좌식 책상과 옷장 같은 가구들은 중고품 매매 까페에 올려 다 팔아버렸다. 우리가 임시 거처로 정한 곳은 회사 사무실이었다. 직원들이 퇴근하면 계아가 들어오고 출근하기 전에 나가기로 했다. 계아는 "괜찮겠어?" 하면서도 자기는 잠만 잘 거니까 상관없다고 했다.

계아는 사무실에 들어오자마자 옷들에 관심을 보였다. 봄을 겨냥한 티셔츠와 카디건들은 화려했다. 하지만 싸이즈가 작아서 그런지 우리에게는 어울리지 않았다. 쇼핑몰에서 하루에도 몇백장씩 나가는 것들이라는데 이상했다. 계아는 노인 방에 있던 꽃무늬 프릴 스커트에 대해 이야기했다. "그 옷들은 다 어떻게 됐을까?" 내가 계아에게 물었다. "팔거나 태워버렸겠지." 우리 사이에는 잠시 말이 끊겼다.

아침에 일어나 계아는 연결되지 않은 연수기를 틀어보았다. 나는 토스트기를 사용한 다음 솔로 빵가루를 털어냈다. 우리는 건물 화장실에서 진동 소리가 덜덜덜 나는 중국제 전동칫솔로 양치했다. 모두 촬영할 상품들이었다. 물론 촬영이 끝난 뒤 돌려줘야 하는 것들이지만 몇번쯤 써도 의뢰인들은 몰랐다. "이런 것도 팔아야 돼?" 계아는 잠결에 한번 쳤을 뿐인데 버튼이 떨어져나간 알람시계를 가리켰다. "그런 거 팔려고 돈까지 주면서 맡기는 거지."

낮 동안 나는 어느 때보다 바쁘게 일했다. 같이 일하는 디자이너가 야근을 할까봐, 걔 몫까지 맡아서 했다. 우리 돈에 맞는 방을 찾는 일도 게을리하지 않았다. 우리에게는 전부인데 그것과 맞바꿀 방들은 신통치 않았다. 그 낙차가 우리를 좀 우울하게 만들었는데 어쩌면 그건 반지하 사무실의 차가운 공기 때문인지도 몰랐다.

웃음소리

일주일쯤 지났을 때 계아는 사진을 찍기로 결심했다. 점쟁이가 사진값으로 준다는 돈은 기대보다 적었지만 호주 왕복 비행기 표를 살 만큼은 됐다. 물론 네 나라의 네 도시를 거쳐서 들어가야 하는, 저렴한 만큼 복잡한 일정의 표였다. "너 정말 괜찮겠어?" "돈 때문에 사진을 찍는 것만은 아니야." "그럼?" "사람들이 간판에서 내 얼굴을 보면 어떨까 생각해봤어." 그중에는 계아 체중이 오 킬로그램 늘자 부끄럽지 않느냐고 뭐라 하던 상사가 있었다. 저축은행이 다른 은행보다 월급이 적은 걸 자꾸 아쉬워하던 옛 애인이 있었다. 이런저런 트집을 잡아 고객 불만 접수함에 계아 이름을 적어넣던 주부들이 있었다. 그들이 늦은 회식을 끝내고 숙취를 풀기 위해 해장국집에 들어가는 거다. 아니면 자동차 뒷좌석에 아이들을 태우고 놀이동산을 다녀오거나. 그러면 계아는 체인점 사장에 걸맞은 의기양양한 얼굴로 그들을 내려다볼 거라고 했다.

계아는 새벽이 되어서야 돌아와 사진을 보여주었다. 짙게 화장하고 머리카락을 한껏 부풀리니 마흔쯤은 돼 보였다. 계아는 그렇게 '야하게' 찍어야 사장들이 좋아한다고 했다. 나는 책상에 사진을 붙여놓고 '박 사장'이라고 썼다. 계아가 떠나고 나면 서울에는 붉은 입술의 수많은 계아만 남겠구나 싶었다. 계아는 릴리가 담긴 통을 만지작거리다가 먹지 않고 그냥 잤다. 비자를 신청한 날부터 계아는 조금씩 릴리를 줄였다. 의사는 갑자기 약을 끊으면 금단증상이 있을 거라고 했지만 "세상 모든 이별이 그런 거니까" 하고 계아는 여유롭게 말했다.

나는 속도 없이 공짜 스파를 하러 갔다. 가는 동안 내가 그렇게 못난 애라는 것에 대해 계속 생각했다. 개장을 앞뒀다는데도 영태네 회사는 어수선했다. 방문객도 나 혼자여서 스파가 아니라 나쁜 짓 하러 들른 사람처럼 어딘가 주눅이 들었다. "사해 물은 잘 팔릴 것 같니?" "그럼, 진짠데." 스파실 문을 열자 월풀 욕조가 있었다. 영태는 밖으로 나가면서 아무도 없으니까 안심하라고 말했다. 늦은 시간 영태가 날 부른 게 정말 스파 때문인지 어떤지 알 수 없었다. 나는 잠시 망설이다가 옷을 벗고 가운을 입었다. 물은 따뜻했고 어디선가 쉬쉬, 하고 증기가 빠져나오는 소리가 났다.

이십팔층에서 한강을 내려다보자니 기분이 묘했다. 한강은 검은 타르처럼 어두운 색깔로 흘러갔고 다리 조명들은 결코 닿을 수 없을 만큼 멀게 느껴졌다. 저런 멋진 야경은 이렇게 멀리 와서만 볼 수 있구나. 나는 욕조를 타고 한강으로 흘러드는 상상을 했다. 둥실둥실 떠내려가다보면 그래도 어딘가에 도착해 있지 않을까. 벽에는 사해의 전경 사진이 붙어 있었다. 얼굴과 발만 내놓은 채 떠 있는 사람들 표정이 편안했다.

문가에는 내가 벗어놓은 양털 부츠가 덩그러니 놓여

있었다. 안으로 들어서는 것을 꺼리는 듯 욕조와 거리를 둔 채였다. 나는 일어나 옷을 입었다. 젖어서 잘 올라가지 않는 스타킹을 신느라 바닥에서 미끄러질 뻔했다. 부츠를 집어 뒤축을 세게 잡아당겼다. 문 두드리는 소리가 나더니 영태가 들어왔다. "가려고?" 어디서 났는지 와인 잔을 든 채였다. "야, 이거 망하겠다." 영태는 좀 기분 상한 표정으로 "그게 무슨 소리야?" 하고 물었다. "몸도 안 뜨는데 진짜 사해 물은 무슨." 나는 영태 손에 들린 와인을 단숨에 들이켜고는 건물을 빠져나왔다.

재구는 여전히 전화를 받지 않았다. 하지만 늘 그렇듯 신호는 끝까지 갔고 나는 음성 안내가 나올 때까지 기다렸다가 전화를 끊곤 했다. "서울엔 꽃봉오리가 맺혔다"라든가 "동태찜은 울산식당이 최고지" 같은 문자도 보내곤 했다. 답은 없었지만 딱 한번 아무 말도 하지 않는 전화가 재구 번호로 걸려왔다. 재구도 나도 쉽게 끊지 못했다.

비자가 나오자 계아는 짐을 싸기 시작했다. 아주 돌아오지 않을 것처럼 머리핀 하나까지 챙겼다. "짐이 너무 많잖아?" "거기 가면 다 돈 주고 사야 할 것들이야." 그곳은 정말 '워킹'과 '홀리데이'가 공존할 수 있는 곳일까. 계아는 호주에서 다른 한국인들과 집을 '셰어'한다고 했다. 거실에 간이 벽을 세워서 여러명이 생활하는 식이었다. 어쩌면 그곳은 여기와 다를 바 없을지도 몰랐다. 그래도 멜버른의 낡은 기차가 계아를 부사히 역으로 실어가주기를, 남태평양의 고래를 절벽에서 볼 수 있기를 바랐다.

"이건 뭐야?" 계아가 옷상자에서 카세트테이프를 꺼냈다. 노인의 집에서 가져온 카세트테이프였다. 거기에 정말 내 인기척이 남아 있을까. 카세트테이프를 틀었다. "나는 천구백삼십삼년 대구에서 태어나……" 노인은 할 말을 고르는 듯 한동안 침묵했다. "이남삼녀 홀어머니 밑에서……" 이윽고 몸을 일으키는 기척이 나고 지팡이 소리가 점점 멀어졌다. 나는 카세트에 귀를 바짝 댔다. 노인은 한참 만에 돌아와 다시 "나는 천구백삼십삼년 대구에서 태어나" 했다.

"들었어?" 내가 말하자 계아는 "뭘?" 하고 물었다. 소리를 더 키우자 계아도 아아, 하면서 눈을 동그랗게 떴다. 오토바이 소리, 누구를 부르는 소리, 음악 소리, 멀리 들리는 굴삭기 소리, 그런 골목의 소음 사이로 노인이 웃었다. 잠깐 높낮이를 냈던 그 웃음이 경적 소리에 묻혀 사라지면서 녹음은 끝났다. 더 자세히 듣고 싶었지만 아무리 볼륨을 높여도 웃음소리는 멀었다. 어쩌면, 하고 나는 생각했다. 노인은 내 인기척을 들었을 거였다.

"야, 눈 온다." 라면을 끓이는데 계아가 창밖을 보다가 말했다. 올려다보니 정말 희끗희끗한 무언가가 스쳤다. 우리는 경비 눈에 띄지 않게 사무실 문을 빼꼼히 열고 내다보았다. 봄눈인가 싶어서 손을 내밀었지만 와닿은 건 창고 어딘가에서 떨어져내리는 스티로폼 가루였다. 그것은 어두운 거리의 사방으로 날리며 행인들을 쫓았다. 어디서 이렇게 꽃잎이 날리나, 노인이라면 그렇게 말했을 거라고 생각했다. 그러니까 이제 그런 차이들이란 내게도 무척 사소한 것이었다.

사북 ^{舍北}

그는 얼마 전부터 『드라큘라』를 읽었다. 온수기 앞에 누군가 놓고 간 것이었다. 책은 사흘 정도 버려져 있었다. 책장을 들춰보거나 얼마간 읽어보는 손님도 있었지만 누구도 주인은 아니었다. 그래서 결국 그가 그 책을 가졌다. 앞표지에는 밤의 드라큘라 성이 그려져 있었다. 삼각지붕을 한 성에는 뾰족한 첨탑이 서 있었다. 뒤편으로 커다란 달이 떠올라 성은 조명을 받은 듯 은은하게 빛났다. 성채의 상당 부분은 무성한 잎사귀를 단 나무들로 가려져 있었다. 책등부터 뒤표지까지는 아예 검은색이었다. 하지만 그는 그것이 공백이 아니라 나무들이 빽빽한 숲이라는 것을 알고 있었다. 그렇듯 어둠으로밖에 표현되지 않는 숲이 사북에도 있기 때문이었다. 밤이면 숲은 거대한 어둠이 되어 리조트 주변을 감쌌다. 그는 이 삽화를 그린 사람이 그런 밤의 숲을 보았으리라 생각했다.

리조트 삼층의 편의점은 주말이 아니면 바쁠 일이 없었다. 물건이 팔려나가지 않으니까 채워넣을 일도 없었다. 하지만 아무리 손님이 없더라도 책 읽는 걸 보면 사장이 못마땅해할 수도 있었다. 그는 책을 읽는 동안에는 CCTV와 등을 지고 섰다. 근무시간은 아침 여덟시부터 자정까지였다. 일주일에 두번 정도는 오후 여섯시에 퇴근했다. 하지만 그마저도 사장 조카의 스케줄에 따라 들쑥날쑥했다.

사장은 식당을 운영해서 낮에는 웬만하면 들르지 않았다. 향어 백숙을 파는데 텔레비전에도 소개됐다고 했다. 사장은 방송 촬영 때 봤던 미남 배우에 대해 즐겨 이야기했다. "얼굴은 조막만 한데 몸이 탄탄하더라고요. 향어랑 뽀뽀도 하고 웃겨 정말. 향어가 징그럽게 생겼거든요. 등지느러미 아래에만 커다란 비늘이 있고 맨몸이야. 있을 게 없으니까 징그러워. 도씨 아저씨도 그 남자 배우랑 좀 닮았어요. 쌍꺼풀이랑 콧대 높은 거랑. 그런데 그 사람 바람둥이라던데? 이혼을 두번이나 했으니 알 만하잖아요?" 사장은 사십이 좀 넘은 나이였다. 과체중이다 싶을 정도의 살집, 목덜미의 작은 장미 문신. 삐뚤빼뚤한 선 몇줄로 완성된 장미는 조야했고 색이 날려 희미했다.

냉장고에 음료수를 채워넣은 뒤 책을 펼쳤다. 주인공은

드라큘라 백작에게 고용된 영국의 변호사였다. 백작은 런던행을 계획했고 절차를 위해 젊은 변호사를 성으로 불러들였다. 그는 천장에서 무언가 작은 물체가 놀아다니는 소리를 들었다. 쥐가 있는 모양이었다. 패널과 실제 천장 사이는 빈 공간이라서 그런 것들이 살 만했다. 그는 쥐덫을 놓아야겠다고 생각했다.

그는 드라큘라 성의 묘사 부분을 반복해 읽었다. 허허벌판에 솟은 거대한 성은 견고한 담으로 둘러싸였고 나무가 많아 어둑어둑하며 맑은 물이 흐른다. 그 성은 카지노 건물과 비슷할 것 같았다. 카지노도 언덕에 서 있고 첨탑 지붕 세개가 솟아 있으니까. 밤이면 건물 썰루엣을 따라 조명을 밝혀 지붕은 더 푸르스름하게 빛났다. 카지노 발치는 검은 폐석산이었다. 경석과 폐탄으로 이루어진 그 언덕에는 조경을 위한 나무들이 위태롭게 서 있었다. 탄좌시절 갱도로 내려갈 때 사용하던 타워도 건재했다. 그리고 그 모든 것의 사방으로는 소나무, 주목, 향나무, 아카시아가 울창한 숲이었다. 산비탈, 험준한 절벽, 기암괴석과 깊은 골짜기, 『드라큘라』에 등장하는 것 모두 그가 사북에 들어서며 경이에 찬 눈으로 바라보았던 광경들이었다.

폐광촌 자리에 들어선 카지노와 리조트들은 실상 개미굴처럼 뻗어나간 갱도들 위에 서 있었다. 그 갱도들이 얼

274

마나 깊이, 멀리 나 있는지는 판 놈들도 모를 거라고 하는 말을 들었다. 아래가 텅 비어 있으니 언젠가는 무너져내릴 거라는 얘기였다. 벌써 숲에는 갱도를 타고 물이 차올라 꽤 넓은 연못이 생겼다고 했다.

휴대전화가 울려서 책 읽기를 멈췄다. "무슨 일이세요?" 딸은 바쁜 일이 있는지 급한 목소리였다. 사흘 동안 전화를 걸었지만 딸은 받지 않았다. "별일 없죠?" 딸의 결혼식 날, 그는 사북에 있었다. 카지노 테이블이나 슬롯머신 앞에 앉아 있었을 것이다. 옆에서 아이가 무얼 달라는지 딸은 "안돼"라고 말했다. 의젓하고 단호한 목소리였다. 아이는 그치지 않고 아귀차게 울어댔다. "그만 끊을게요." 그는 얼마 전 부친 십만원을 받았느냐고 물어보지 못했다. 하기는 기계가 하는 일이니 한치 오차도 없었을 것이다.

허기를 느낀 그는 컵라면에 물을 부었다. 컵라면 용기가 순식간에 뜨거워졌다. 드라큘라 백작이 음식 그릇의 뚜껑을 손수 열어주었고 주인공은 먹기 시작했다. "자, 앉아서 마음껏 드시오." 드라큘라 백작이 말했다. "필요한 것은 다 있을 테니까."

점심 무렵이면 그는 빵을 구웠다. 쉰이 넘은 나이에 애

플파이나 크루아상을 굽고 있을 거라고는 생각지도 못했다. 수많은 우연들이 그를 사북으로 데려왔을 뿐이었다. 빵 반죽은 냉동이 되어 본사에서 내려왔다. 그는 해동한 반죽에 칼집으로 모양을 냈다. 조약돌만 하던 반죽들은 꽃잎처럼 여러갈래로 갈라졌다. 나른한 오후가 되자 주인공이 손거울을 보며 면도를 했다. 그도 턱을 쓰다듬었다. 나이가 들면서 면도에 게을러졌다. 주인공은 드라큘라 백작이 거울에 비치지 않는다는 걸 눈치챘다. 놀라서 뒤돌아보니 백작이 서 있었다. 다시 거울을 보니 아무도 없었다. 그는 뒤돌아 매장을 둘러보았다. 슬러시 통에서 칼날이 돌아가며 천천히 얼음을 부수었다. "조심하시오. 이 성에서 그런 것들은 아주 위험하니까." 백작이 거울을 빼앗고는 말했다.

그러고 보니 성에는 거울이 하나도 없었다. 처음부터 그러진 않았을 거라고 그는 생각했다. 고성에 걸맞은 화려하고 커다란 거울들이 방마다 걸려 있었을 것이다. 하지만 백작이 설 때마다 거울은 텅 비어 있었고 그건 자신이 사라져버린 듯한 느낌이었다. 그는 쓰레기봉투를 묶어 문밖에다 내놓았다. 백작이 벽면에서 거울을 떼어내고 있었다. 되도록 그 안을 들여다보지 않게 조심하면서 백작은 그것을 성에서 먼 숲에다 내다버렸다. 아주 오랜 시간

동안 그러기를 반복하자 거울은 하나도 남지 않게 됐다.

그는 책을 읽어내려가다 낭패감이 들었다. 몇몇 페이지들이 없었다. 마치 처음부터 탈락된 페이지들처럼 뜯겨져 나간 흔적도 없었다. 사라진 페이지들과 마주치는 건 갑작스럽게 맞는 정전 같았다. 여자 드라큘라들에게 둘러싸인 주인공이 다음 줄에서는 아내에게 태연히 편지를 썼다. "지루한 세월이었어." 중간 페이지가 사라져 그것이 정말 주인공의 말인지는 알 수 없었다. 전쟁에서의 감격스러운 승리를 회상하던 백작이 주인공의 옷을 훔쳐 입고 마을로 내려갔다. 포대 자루에 담아온 것이 사람인지 땔감인지 짐승인지 짐승인지는 알 수 없었지만 그다음 페이지에서 비워졌다. 드라큘라 백작이 주인공에게서 편지지들을 빼앗다 말고 램프를 든 채 말했다. "나는 이제 늙었지. 영광은 옛이야기가 되었고. 그래도 왁자지껄한 세상에 나갈 거라네. 사람들의 생사고락과 영고성쇠를 맛보고 싶으니까."

그도 백작처럼 사북을 떠나고 싶었던 적이 있었다. 하지만 많은 돈을 잃은 사람들일수록 사북에 오래 남는 법이었다. 기력이 있는 사람들은 식당, 택시 회사, 편의점, 고시원 등에서 일했고 나머지는 앵벌이를 했다. 그렇게 번 돈은 몇분 만에 카지노로 빨려들어갔다. 그의 월급도 다를게 없었다. 이쑤시개를 꽂아놓으면 슬롯머신의 베팅 버튼을 누를 필요가 없었다. 그저 한없이 돌아가는 '7'과 '클로버' '$' 따위를 지켜만 봤다. 그들을 사북에 붙들어놓는 건 아이러니하게도 사북을 떠날 수 있다는 희망이었다.

  누군가 테이블을 두드려서 보니 정이었다. 정은 싸우나 카운터에서 일했다. "짜증나네요." 정이 캔커피를 집었고 그가 동전을 꺼내 계산해주었다. "덥지?" 반죽들을 오븐 안으로 집어넣으며 말했다. "오 지배인 때문에요. 사사건건 트집이야. 그렇게 능력자면 요만한 리조트에 뭣하러 내려왔어." 리조트는 사북 출신들을 의무적으로 채용했지만 정규직은 타지 사람들 차지였다. "이 책 무서워요?" "지루해." 정의 얼굴은 하얘서 은근하게 난 주근깨도 눈에 띄었다. "오 지배인이 리조트 몇사람이랑 놀러 가자던데, 아저씨도 가실 거예요?" "편의점은 연중무휴잖아. 미스 정, 그때 준 반찬 잘 먹었어." 미뤄둔 숙제를 하듯 그가 서둘러 말했다. 이따금 정은 반찬을 해서 가져왔다. 다른 직원들이 신경 쓰인다며 연락도 없이 방으로 들이닥치기도 했다. 하지만 입맛에는 맞지 않았다. 그는 반찬들을 냉동실에 얼려두었다가 한번에 버렸다.

  "일망무제가 뭐예요?" 정이 책을 돌려주며 물었다. 일망무제를 한자로 써 보이자 와우, 하면서 감탄했다. "그냥 리조트에서 바라보는 풍경 같은 거지, 뭐." 리조트는 전면 유리라 앞이 탁 트이고 시원했다. "사북 같은 거요?" 정이 창가 테이블에 팔을 기대고 밖을 내다봤다. 낮의 사북은 퇴락한 시골 읍내였다. 하지만 어둠에 잠길수록 '대출' '모텔' '찜질방' '전당사' 같은 간판들이 별처럼 떠올랐다.

"우리 엄만 여기가 지긋지긋하다고 안산 가서 살아요. 아저씨 서울에서 선생님 아니었어요?" 그는 누구에게도 자기가 출판사 사장이었다고 밝히지 않았다. 특별해서라기보다는 너무 흔해서. 사북 사람들 중 한때 무슨 사장이 아니었던 사람은 드물었다. "아님 교수?" "아니…… 미스 정은 왜 안산 가서 안 살아?" "아빨 봐줄 사람이 없어서요. 폐에 구멍이 나서 사북 병원에 있거든요. 말라서 사십 킬로밖에 안 나가요." "부친을 본 적이 있어. 박물관으로 쓰는 옛 탄광 건물 앞이었나?" "그럴 거예요. 만날 산책하재서 휠체어에 태워 가니깐."

그도 그 탄광 건물에 들어가본 적이 있었다. 박물관이라고는 했지만 안내자 한명 없었고 깨진 창으로는 날벌레들이 드나들었다. 사물함, 대형 세탁기와 건조기, 작업복 단추, 임금투쟁 때 사용했던 깃발, 굴착기와 트랜지스터 라디오, 대통령 딸의 기념 싸인, 안전모, 삽, 사건 발생 일지, 막도장. 광부들이 장화를 씻던 세화장에는 검고 투박

한 장화가 놓여 있었다. 샤워실의 거울은 깨져 있고 달력들은 모두 2004년 10월에 멈춰 있었다.

오가 연회장으로 걸어가다가 편의점으로 들어왔다. "여기서 노냐?" "일해요." "오늘밤 산에 가실 거예요?" 오가 그에게 물었다. 산은 카지노를 가리키는 말이었다. "오늘은 쉴까 해."

오는 박사라 부르는 사내와 함께 다녔다. 원래 대학 강사인데 블랙잭을 연구했다고 했다. 하지만 그들의 승률이 특별히 좋은 건 아니었다. 도박 빚도 상당해서, 오가 객장에 들어서면 '꽁지'라고 부르는 일수업자들이 달라붙었다. 오는 블랙잭 테이블에서 모든 플레이에 관여했다. 다른 이들이 자기 말을 듣지 않으면 욕을 하고 폭력도 썼다. 카지노에는 오뿐만 아니라 그런 사람들이 얼마든지 있었다. 그들 모두 된장이나 마귀라고 불렸다.

사람들이 돌아간 뒤 그는 오븐의 타이머를 확인했다. 그리고 카운터로 돌아와 책을 펼쳤다. 드라큘라 백작의 은신처는 지하 납골당이었고 백작의 관이 거기 있었다. 주인공이 납골당 한구석에서 삽을 찾아들었다. 그가 문을 열었고 수증기를 피해 한걸음 물러섰다. 반죽들은 충분히 부풀어 있었다. 삽이 백작의 얼굴을 비켜갔고 그는 가만히 냄새를 맡았다. 갓 구운 빵에서는 이스트 냄새가 났다.

문자메시지가 들어와서 보니 딸이었다. 돌잔치를 알리는 문자였다. 한번에 보냈는지 호칭은 생략되어 있었다. 붉고 파란 구름무늬 배경이 산뜻했다. 장소는 회기역의 어느 뷔페였다. 회기,라는 이름은 서울의 풍경을 순식간에 불러들였다. 계모임을 열던 종로의 냉면집, 그곳의 동치미 항아리며 나무 테이블들이 떠올랐다. 쎄일 때마다 아내와 방문하던 명동의 백화점, 차들이 느릿느릿 들어가던 지하주차장, 아파트 숲을 관통하는 내부순환도로의 더러운 방음벽들, 여름이면 강물에 잠겨 노란 인도등만 켜져 있던 잠수교. 그는 마음에 균열이 나는 것을 느꼈다. 서울로 가면 돌아오기 싫을지도 모른다. 아니, 반대로 어서 돌아오고 싶을 수도 있겠지. 어느 편이든 두려운 일이었다.

자정이 되자 그는 편의점 문을 닫았다. 유리창에는 크고 작은 나방들이 모여 있었다. 숨 쉴 때마다 부풀었다가 다시 움츠러드는 나방들의 몸체를 지켜보았다. 이렇듯 밤새 붙어 있다가도 아침이면 날아가고 없었다. 그 맹목적인 갈구가 어떻게 아침이면 단번에 사라지는지 신기한 일이었다. 오늘은 여자가 올 것이다. 블라인드를 내리며 그는 생각했다.

반년 전 여자는 폐점 무렵 들러 소주와 담배를 달라고 했다. 얇은 등산 재킷을 입은 중년 여자였다. 물건들을 내주자 돈은 내지 않고 그를 확 밀치고 나갔다. 아파서라기보다는 놀라서 뒤쫓지 못했다. 그는 카지노에서 여자와 다시 마주쳤다. 이층 까페테리아로 가는 계단에서 웅크려 자고 있었다. 그를 알아봤을 텐데도 동요가 없었다. 그는 여자에게로 가서 배가 고프지 않으냐고 물었다.

그때부터 여자는 그의 방에 종종 들렀다. 둘은 별말 없이 밥을 먹고 섹스를 하고 등을 돌린 채 잠을 잤다. 여자는 자기가 안양에서 왔다고만 했다.

리조트에서 방까지 걷는 동안 그는 비로소 혼자였다. 손님이 없어도 편의점에서는 혼자라는 느낌이 없었다. 그의 행동은 녹화 중이었고 편의점은 만인에게 열려 있었다. 방에서도 다르지 않았다. 기계음처럼 반복되는 딜러들의 콜링, 슬롯머신의 조야한 멜로디, 룰렛의 회전 소리가 귓가에 계속 울렸다. 하지만 걷는 동안 그는 공간에 갇힌 것이 아니라 공간을 밀면서 나갔다. 그러면 사북을 장악한 숲조차 어깨 너머로 물러섰다.

방에는 여자가 와 있었다. 그는 가방을 라면 상자 위에 올려놓고 씻으러 갔다. 나와보니 여자가 『드라큘라』를 꺼내 읽고 있었다. 지갑은 손대지 않았는지 그는 잠깐 확인했다. "무서워?" 책을 가리키며 말했다. 여자는 으응, 하고는 한동안 말이 없었다. 해장국을 데워 상을 차렸다. "지난겨울인가 찜질방에서 어떤 여자가 이 책을 읽고 있었는데. 저 큰 달이 생각나네. 그림자처럼 서 있는 두사람이랑." 그는 누구를 말하는 건가 싶어 표지를 봤다. 어둠이 조금 밝아지며 숲의 기다란 물체가 드러났지만 나무인지 사람인지 확실하지는 않았다.

"그럼 그 여자가 편의점에 놓고 갔구나." 여자가 물그릇을 자기 앞으로 가만히 끌어당겼다. "아닐지도 몰라요. 기억이 가물가물하니깐." 창으로 누군가의 야광 운동화가 지나가는 것이 보였다. 뒤따르는 자동차 때문에 흙먼지가 방 안까지 날렸다. "드라큘라한테 물린 아가씨는 어떻게 됐어?" 여자가 국물을 후룩 마시며 물었다. 그는 흡혈귀가 됐을 거라고 말해주었다.

"다이사이 같은 게임은 얼마든지 조작할 수 있다던데. 무슨 파동 같은 걸 주면 주사위를 조종할 수 있대." 누가 그러더냐고 묻자 여자가 오와 함께 다니는 박사라고 했다. "중국 사람이 만든 게임인데 다 예상 가능하게 돌아가는 판이라고 썰을 푸니 솔깃하기도 하고. 돈을 바라나, 입질만 하고 그 비법이 뭔지는 왜 말 안해." 형광등이 나가며 정전이 됐다. 일층에 간이 공장이 들어오고 잦아진 일이었다. 여자 쪽에서는 그릇에 부딪치는 숟가락 소리만 났다. 창살 사이로 들어선 달빛이 밥상을 밝혔다. 다시 불이 켜졌을 때 여자는 밥그릇을 모두 비운 뒤였다.

그는 마치 퍼즐을 맞추듯『드라큘라』를 읽었다. 사라진 페이지들을 채워넣으며 읽는 것이었다. 관 속에 갇혀 망망대해를 건너는 드라큘라 백작을 불러냈다. 숨어서 선원들의 목숨을 빼앗는 대신 뱃전에서 산처럼 솟아나는 파도를 보게 했다. 사북에서 한시간 달리면 있다는 동해를 상상했다. 그 망망대해는 생각만으로도 가슴이 벅찼다. 성에서 은둔자의 삶을 택하는 장면을 떠올려보기도 했다. 먹을 것을 구하러 나가지 않고 온 세계의 책들로 가득 찬 서재에 앉아 먼지를 맞는 것이었다. 그의 지하 방처럼 서재는 어두웠다. 하지만 광포한 살인자나 흡혈귀나 악마의 얼굴을 버린 채 늙어가기에 적당한 어둠이었다. 책은 그의 상상을 완강히 거부했다. 이야기들이 끊어졌다 이어지면서 백작이 런던으로의 항해를 계속했다. 책장을 덮으면 그도 편의점으로 돌아왔다. 쥐덫을 놓았고 쏘시지를 미끼로 썼다.

저녁이 되자 청년이 사장과 출근했다. 청년은 말라서 움직일 때마다 어깨뼈의 굴곡이 드러났다. 그는 슬리퍼를

갈아신었다. 청년이 맥주 박스를 들다가 허리를 펴지 못하고 주저앉았다. 그가 도우려 하자 사장이 제지했다. "그냥 둬요. 저렇게 나약해서 세상 어떻게 살겠어? 지 엄마집 나가고 제가 쟤 다 키웠어요. 애기 아빠 따라서 향어나좀 잡아오라 그래도 무서워서 못한다는 애예요. 이번에도 등록금으로 돈 삼백이 나갔는데 저것도 못 드니 공부는 해서 뭐해." 입이 움직일 때마다 밀가루 반죽 같은 살들이 여러 모양으로 뭉쳤다 펴졌다. 청년은 아무 말 없이 카운터 의자에 앉더니 나른하게 하품을 했다.

오랜만에 보는 저녁 해였다. 그는 곧장 사북역으로 내려갔다. 시간표는 매표소 위 벽에 걸려 있었다. 원주, 동해, 영월, 태백, 강릉, 그리고 가장 왼편의 청량리. 표를 살까 망설이다가 가끔 나가는 단도박 모임의 목사와 마주쳤다. "식사는 하셨어요? 교회는 지금 저녁 중입니다." 목사가 그의 손을 따뜻하게 잡았다. 교회의 단도박 모임이 붐비는 건 무료로 제공하는 식사 때문이었다. 하지만 그는 그 음식들에 입을 대지 않았다. "주일에 뵙지요." 목사가 조용히 목례하며 돌아섰다.

목사는 늘 "여러분은 이상한 사북 나라에 와 있습니다"라는 말로 설교를 시작했다. 그 말을 들으면 먼 곳으로 떠나왔다는 낭패감과 안도감이 동시에 들었다. "가족도 친구도 없는 곳이지요. 하지만 하나님의 나라에서는 아흔아홉마리의 양보다 벌판을 헤매는 한마리 양이 더 소중하지 않습니까. 하나님은 여러분을 찾으러 사북에 와 계십니다." 분위기가 무르익으면 눈물이 나기도 했다. 누군가가 자기를 찾아 헤맨다는 것이 묵직한 감동으로 다가왔다. 하지만 단층짜리 그 건물을 빠져나오면서는 무언가에 희롱당한 듯한 기분에 휩싸였다.

그는 표를 사지 않고 돌아섰다. 발을 닦았고 『드라큘라』를 펼쳤다. 드라큘라 백작이 무사히 도시로 나갈 수 있을지 궁금했다. 백작은 햇빛을 볼 수 없었고 고향 흙이 담긴 관과 늘 함께해야 했다. 하지만 간교한 백작이니 어떻게든 갈 것이다. 백작은 마부로도 박쥐로도 하인으로도 변했다. 마차를 몰 때는 머리를 조아렸고 고성의 주인으로 등장할 땐 근엄했다. 그는 그 변화무쌍한 얼굴들에 대해 잠시 생각했다. 출판사 사장은 장사치의 수완과 학자의 고고함을 갖춰야 한다던 아내의 말도 떠올랐다. 도박 중독이라는 사실을 알았을 때 아내는 그가 그렇게 무용한 일에 재산과 시간을 투자했다는 데에 놀랐다. "차라리 바람을 피우지 그랬어." 아내는 차가운 얼굴로 뒤돌며 말했다. "그럼 인간적으로 이해해줬을 텐데."

아내는 집을 지켜야겠다며 이혼을 제의했다. 아내의 권

유에 따라 정신과에서 도박 중독 치료를 받고 있을 때였다. 집은 아내 명의였고 그가 사북에서 진 빚들이 목까지 차오르고 있었다. 하지만 이혼 뒤 그는 그림자 같은 존재가 되어갔다. 전세 택시를 타고 서울에서 사북까지 달려가는 밤이 늘었다. 차창으로 비치는 나무들이 우우, 하면서 흔들렸고 도로는 산등성이를 위태롭게 질주했다.

토요일에 쉬겠다고 하자 사장은 좋아하지 않았다. 듣는 둥 마는 둥하다가 이틀 일당을 제하겠다고 했다. 조카가 편의점을 봐야 하는데 요즘 애들이 맨입으로 하겠느냐고 했다. 그는 동의했다. 누군가를 고용하는 사람들은 으레 그런 셈을 하니까. 금은방에 들러보니 반지가 생각보다 비쌌다. 그는 '콤프깡' 업자를 만나 콤프를 전부 현금으로 바꿨다. 콤프는 카지노에서 이용객들에게 쌓아주는 포인트였다. 카지노에서 엄청난 돈을 잃고 받는 일종의 개평인 셈이었다. 사북의 상점들에서는 콤프가 화폐처럼 쓰였다. 이발을 하거나 철물점에서 망치를 사거나 빵을 먹거나 어디에도 유용했다.

업자는 각종 식당과 슈퍼마켓, 미용실에서 가짜 영수증을 수북이 떼어와 건넸다. 업자가 먹는 수수료는 반 가까이였다. 그는 한돈짜리 금반지를 사고 여름용 검정 재킷도 구입했다. 마 재질이었고 수선할 필요 없이 맞았다. 어쩌면 뷔페 앞에서 그냥 돌아설지도 몰라 딸에게는 전화하지 않았다.

백작은 백작이 아니라 개의 모습으로 항구에 내렸다. 사나운 폭풍우가 몰아치면서 안개가 자욱했다. 런던은 굴뚝과 가스등, 기차역, 싸구려 임금, 쥐떼, 상자들, 여관과 호텔 들의 도시였다. 백작은 교회 묘지의 벤치를 지키며 밤을 보냈다. 정신병원의 창살 너머로 구속복을 입은 남자와 대화했다. 동물원에 가서 퓨마와 원숭이, 이리 들의 텅 빈 먹이통을 지켜봤다. 백작을 만난 이들의 목에는 두 개의 구멍이 생겨났다. 거기서 피가 빠져나갈 때는 모두들 두려워했지만 영혼이 자유로워지는 듯한 해방감도 느꼈다. 백작을 추적하는 이들도 있었다. 늙은 박사를 제외하고는 모두 젊은이들이었고 석탄을 깰 때 쓰는 쇠망치와 십자가를 들고 다녔다.

퇴근 무렵 그는 쥐덫을 새것으로 교체했다. 아무것도 잡히지 않았고 쏘시지에는 곰팡이가 피어 있었다. 사북시장을 지나는데 누군가 그의 팔을 잡았다. 정이었다. "잠깐만요" 하더니 핸드백을 가지고 나왔다. 술집 안을 보니 오와 다른 직원 둘이 한창 이야기 중이었다. 둘은 '콤프 환영'이라고 쓴 식당들 앞을 지났다. 밤안개가 내리고 있었다. 그처럼 사북에 살게 된 사람들을 환영하는 건 장사꾼밖에 없었다. 광부들의 빈자리를 메워주었기 때문이다. 하지만 돈도 콤프도 다 떨어지면 그들은 사북의 골칫거리로 변했다. 길거리에 쓰러져 자거나 도둑질했고 심지어는 빈 건물이나 숲에서 목을 맸다. 몇년 전 그런 사람들을 집으로 돌려보내는 캠페인이 있었다. 읍사무소에서 기차를 태워 보냈지만 효과는 미미했다. 그들은 돈을 구해 사북으로 돌아왔다.

"사북, 하면 눈 오는 소리 같지 않아요?" 조명이 밝게 켜진 사북역 간판 앞에서 정이 말했다. "눈이 사북사북 쌓인다. 사전에는 없는 말인가?" 사북은 눈 오는 풍경과는 어울리지 않았다. 사계절 모두 떠올려봐도 사북과 연관되진 않았다. 그건 다만 동공 같은 걸 떠올리게 했다. 갱도의 어둑한 입구나 짐승의 눈동자, 사북으로 오는 동안 몇번은 지나야 하는 터널이나 검고 노란 카지노 칩 같은 것.

"오 지배인이 봉고를 빌려온다더라고요. 우리도 가죠, 뭐. 동강 돌면서 드라이브도 하고 김밥도 싸고." 샌들이 보도블록 틈에 끼었는지 정이 휘청댔다. 그가 정의 손을 잡았다 놓으면서 "서울 갈 일이 있어서" 했다. 살결은 보드라웠다. 해동한 반죽들처럼, 그건 누르거나 자르는 대로 모양이 쉽게 결정될 거였다. "그래도 가지." "오 지배인이 싫다며?" "그냥 놀러를 가고 싶어서 그래요." 그는 정이 거짓말을 한다고 생각했다. 사북의 거리에서 보이는 건 가스등처럼 흐릿한 가로등뿐이었다. 이윽고 몇걸음 뒤의 사람조차 보이지 않게 되었을 때 그는 정을 안아보고 싶다고 생각했다. 그러다 놀라 그건 자기가 원하는 게 아니라고 생각했다. 안개가 있으니 백작 탓이었다.

방으로 돌아간 그는 셔츠를 벗어 창가에 걸어두었다. 바람이 불어들어오는 유일한 통로였다. 열쇠 돌아가는 소리가 나더니 여자가 들어왔다. 더워졌는데도 자줏빛 등산 재킷을 그대로 입고 있었다. 며칠 전보다 얼굴이 해쓱했다. 여자는 화장실을 들락거렸다. 며칠 동안 탄산음료만 먹었을지도 몰랐다. 허기진 사람들은 카지노의 공짜 음료로 배를 채울 수밖에 없었다. 콜라와 사이다, 과일 맛 음료들만이 끊임없이 흘러나왔기 때문이다. 그런 것들은 혓바닥을 달콤하게 적셨지만 설사와 복통으로 이어졌다.

그가 사정에 이르지 못하고 여자에게서 떨어져나왔다. 되도록 하고 있는 동작에 집중하려 했지만 어떤 불쾌함과 불안이 밀려들었다. 하면 할수록 채워지지 않고 어느 나락으로 발을 헛딛는 기분이었다. 여자가 몸을 씻고 비누 향에 젖어서 돌아왔다. "사실 우리 집은 안양이 아니라 안산이에요." 여자가 이불을 가만히 끌어당기며 말했다. "그래?" 그는 안산을 야산의 창고나 조립식 공장 같은 것들로 기억했다. 고속도로를 지나면서 본 풍경들이었다. 어디든 상관은 없었다. 우리는 사북에 있으니까. 그는 서서히 긴장을 놓았고 자신을 끌어당기는 잠에 기꺼이 투항했다.

대합실로 들어선 그는 창가 자리에 앉았다. 무릎 위에는 책을 올려놓았다. 백작이 젊은이들의 기록을 불태우고 있었다. 일기와 편지, 신문기사와 전보에서 백작은 다양하게 등장했지만 거기에는 자기가 없다고 생각했다. 얼굴이 뜨거워서 그는 그늘로 자리를 옮겼다. 금고에 복사본이 있다는 건 젊은이들만 알았다. 백작은 성으로 돌아가겠다고 결심했다. 거기에는 고독과 추위가 기다리지만 그렇게 해서라도 불멸을 원했다. 도로, 철도, 뱃길 중 백작은 배를 선택했고 그는 기차를 탈 것이었다.

돌잔치는 일곱시였고 청량리까지는 기차로 네시간이었다. 기차가 들어와서 사북역에 머무는 시간은 일분. 그 일분이라는 시간이 그를 초조하게 했다. 백작은 관 속에 누워 함께 실린 소와 양 떼의 울음소리를 들었다. 물이 소용돌이쳤고 플랫폼 출입구의 쇠사슬이 삐거덕거렸다. 그건 은은하게 울려퍼지면서 일정한 하모니를 만들어냈다.

대화가 들려온 건 그때였다. 카지노 이층 까페테리아에서 한 여자가 뛰어내려 즉사했다고 했다. "그 여자 맨날 다이사이 테이블에서 진을 치더니만. 이층인데 어떻게 바로 죽지? 대리석 바닥이라 그런가?" 말들이 페이지들을 모두 덮었다. 흑해를 거슬러올라가던 배도 사라졌다. 그는 역사의 출입문 쪽으로 걸었다. 여자일 리는 없었지만 확인할 시간은 충분했다.

입구의 쌍굴다리를 지났다. 굴의 오래된 벽면에서는 콘크리트가 나무껍질처럼 떨어져내렸다. 가건물에 자리한 전당사와 대부업체들로 자동차들이 들어갔다. 사차선 도로를 걷는 사람은 그밖에 없었다. 그는 검정 재킷을 머리까지 뒤집어썼다. 뜨거운 햇볕이 감기면서 숨이 막혔다. 카지노는 휴장이었다. 입장객들이 객장을 열라고 요구했다. "청소해야 된다니까요." 보안요원이 흥분한 입장객을 밀쳐내며 말했다. "곧 끝나요." 이윽고 문이 열리자 입장객들은 카지노 안으로 빨려들어갔다.

객장은 만원이었다. 검은 기둥 아래로 빅 휠이 빠르게 돌았다. 테이블을 두세겹으로 둘러싼 입장객들이 동일한 긴장에 휩싸여 있었다. 실제 전주를 대신해 베팅하는 병정들이었다. 카드를 나누는 딜러의 손길은 마술사처럼 현란했다. 포커 속 왕과 왕비들이 엎치락뒤치락하면서 판을 벌였다. 금발의 여자들과 푸른 부채들이 화면 속에서 뒤섞였다. 음료대를 돌자 바닥에 스프레이로 무언가가 표시되어 있었다. 선 안의 빈 공간이 지금은 사라진 누군가의 몸체를 나타냈다. 그 안의 무수한 발자국들이 입김처럼 흐릿했다. 그는 두려운 눈으로 객장을 둘러보았다. 현금 인출기 뒤편으로 낯익은 등산 재킷이 보였다. 긴장이 빠져나갔다.

현금인출기 쪽으로 걸어갔을 때 여자는 없었다. 꽁지와 낯선 얼굴의 여자가 서 있을 뿐이었다. 담보물이 없다고 머뭇대자 꽁지가 괜찮다고 했다. "잃은 돈 찾을 때까지 할 거잖아. 우리는 그 마음이 담보야. 열이면 열, 도망 안 가." 꽁지는 그도 아는 사람이었다. 또다른 꽁지에게 돈이 많이 물려 이제 그 밑에서 꽁지로 일했다. 그는 출입구로 나가는 여자를 발견하고는 뒤따라갔다. 여자가 루미나리에를 지나 주차장으로 걸었다. 얼마나 걸음이 빠른지 놀라울 정도였다. 도로까지 내려온 여자는 산책로가 난 숲으로 걸어들어갔다. 여자를 불러야 했지만 어떻게 호칭해야 할지 말문이 막혔다. 꽁지들은 안양 여자라고 불렀고 식당 주인들은 안양 손님이라고 했다. 그가 두 이름을 다 불렀지만 여자는 돌아보지 않았다. 그는 여자의 집이 안산이라던 게 생각났다. 안산과 안양의 북쪽에는 그의 집인 서울이 있지 않은가. 그리고 그는 그곳에 가기 위해 기차를 기다리는 중이었다.

길목에는 야생화들이 피어 있었다. 꽃의 보랏빛 수술들이 하늘하늘 흔들렸다. 숲으로 들어섰을 때 등나무 가시가 그의 얼굴을 할퀴었다. 숲은 고요했고 저마다 다른 수형을 한 나무들이 기꺼이 그 동일한 고요를 위해 서 있었다. 그는 더이상 여자를 부를 용기가 나지 않았다. 길은 갈수록 어두워서 여자의 자주색 재킷이 불길하게 도드라졌다. 여자는 풀숲을 한 팔로 가만히 헤쳤다. 그는 여자가 뒤돌아보면 좋겠다고 생각했다. 그 얼굴을 확인하는 순간, 그는 홀가분하게 사북을 떠날 수 있을 것이었다. 하지만 여자는 숲을 마주한 채 계속 걸었다. 이윽고 팔랑거리는 꽃잎처럼 작아지더니 시야에서 완전히 사라졌다.

기차는 이미 떠난 뒤였다. 그는 대합실에 앉아 딸에게 전화를 걸었다. 오늘은 그가 원해서 사북에 남은 게 아니다 말하고 싶었다. 딸은 한참 만에 전화를 받았다. 무슨 일이냐고 묻는 딸의 목소리가 여느 때와 같아서 그는 당황했다. 그가 아무 말 않자 "별일은 없으시죠?" 하고 딸이 물었다. 그제야 그는 자기가 초대받지 않았음을 깨달았다. 황급히 전화를 끊었고 전화는 다시 걸려오지 않았다.

소풍 시간은 평일 오후였다. 오가 사장의 허락을 받아 냈고 드라이브를 가는 길에 식당에 들르겠다고 했다. 그는 스프레이를 뿌려 유리창을 닦았다. 한낮인데도 미처 날아가지 못한 나방들이 붙어 있었다. 가만히 보니 모두 죽은 나방들이었다. 여자가 죽고 나서도 그의 일상은 같았다. 정시에 편의점으로 출근했고 카지노도 나갔다. 가진 돈을 털어 오와 블랙잭을 했지만 결국 버스트(bust)가 되어 패했다. 발인 당일에도 그는 담담했다. 무언가를 잃어버렸는데 그 상실이 이상한 기운을 불어넣었다. 백작의 가공할 만한 힘 역시 그렇게 왔으리라 생각했다. 그는 화구에서 나온 여자의 뼈들을 빻는 것을 지켜봤다. 안을 때마다 달그락거리던 뼈들이었다. 여자는 화장터에서 제공하는 싸구려 용기에 담겨 사북을 떠났다.

그날 그는 마지막으로 교회를 찾았다. 예정에 없던 방문이었다. 목사는 사무실에서 책을 읽다가 그를 맞았다. 그는 조그맣게 두렵다고 말했다. 선풍기 소리 때문에 들리지 않았는지 목사가 몸을 그에게 기울였다. "식사는요? 집사님들이 동태국을 끓이고 있다는데." 그는 목사를 따라 식당으로 내려갔고 "부끄러워 마세요"라는 속삭임을 들으며 밥을 먹었다.

소풍을 가기 전, 그는 천장을 열어보았다. 끈끈이에는

아무것도 없었다. 다만 건물 어딘가에 균열이 갔는지 빛이 들어오고 있었다. 한낮의 햇살이 수선스럽게 어른거렸다. 그는 검정 재킷을 입었다. 편의점 거울 앞에 섰을 때 순간순간 변하는 자신의 얼굴이 마음에 들었다. 그는 늙수그레한 하인의 얼굴을 벗고 항구로 뛰어내리던 개의 얼굴을 걸쳤다. 봉고에는 박사가 타 있을 뿐 다른 리조트 직원들은 없었다. 정은 해바라기 무늬가 큼직한 원피스 차림이었다. 머리카락은 양갈래로 묶었고 바람에 쉽게 흩날리는 스카프도 맸다. 봉고가 37번 국도를 탔을 때 그는 가벼운 멀미를 느꼈다. 사북이라는 푯말이 물러서면서 터널들이 이어졌다. 전조등을 받을 때마다 벽면의 타일들이 뱀 비늘처럼 번들댔다.

여자의 식당은 산기슭에 있었다. 도랑이 흘러서 물소리가 끊임없이 들리는 곳이었다. 장아찌 항아리들이 입구에 놓여 있었다. 거기 담긴 이름 모를 산나물들은 어항의 이끼처럼 푸르죽죽한 색이었다. 식당에서 청년과 마주친 건 의외였다. 편의점에 오지 않는 날이면 여기서 일하는 모양이었다. 모기에 물렸는지 종아리에 반점 같은 상처들을 지니고 있었다. 소주가 올랐고 모두들 잔을 비웠다. 향어 백숙은 걸쭉한 국물 음식이었다. 파와 당근 그리고 옥수수 알갱이들을 헤쳐보니 향어의 몸체가 나타났다. 아가리는 붉었고 수염은 굵고 길었다.

"향어 별명이 물속 돼지래요. 엄청나게 처먹거든. 토종이 아니라 박정희 시절에 국민들 영양 보충하라고 들여왔대요. 요것들은 밤에만 다니면서 벌레도 먹고 물고기도 먹고 풀도 먹고 그래요. 손질하다보면 자갈을 먹은 것들도 있어. 웬만한 개만 한 크기라서 잡고 나면 방망이로 때려 죽여야 된대. 근데 도씨 아저씬 정말 혼자 살아? 한창때인데 어떻게 그렇게 살아?" "도씨 아저씨 애인 있어요." 정이 당돌한 목소리로 말했다. "알아, 미스 정이 애인이라며?" 사장이 정을 마주 보다가 "농담이다, 너" 했다.

오가 정에게 그러지 말고 팔팔한 자기랑 연애하자고 했다. 정이 새침한 표정을 짓더니 물을 마셨고 "비려서 못 먹겠어" 했다. 박사가 부침개와 샐러드를 정 앞으로 밀었다. "이거라도 좀 들어요." 그는 박사에게 다이사이 판의 주사위를 조종할 수 있느냐고 물었다. "그건 우연이죠." 박사가 말했다. "오죽하면 신의 주사위란 말이 있겠어요."

화장실에 다녀오던 그는 사장과 마주쳤다. "아저씨 정말 혼자 살아? 난 혼자인 거 정말 싫어. 밤도 싫어요. 술 없으면 못 살았을 거야." 사장은 자갈이 깔린 뒷마당에 주저앉았다. 장미가 자잘한 주름 사이로 피어나는 중이었다. 그는 자기도 모르게 사장의 목에 손을 가져다댔다. 생각보다 부드럽고 연약한 피부였다. 사장이 고양이처럼 갸릉거렸다. "우리 애기아빠 오늘도 안 들어올 거야. 향어를 잡아야 하거든. 저수지가 만조라 향어들이 저 죽을 줄 모르고 미끼를 문다더라고." 손자국이 두드러지면서 장미가 더 붉어졌다. 그가 황급히 손을 뗀 건 청년과 눈이 마주쳤기 때문이었다. 모퉁이에 몸을 숨긴 채 청년은 무언가를 탐색하듯 이쪽을 보고 있었다.

그들은 다시 봉고에 올라탔다. 목적지는 탐방로가 있다는 어느 동굴이었다. 커브가 심한 산길을 지나면서 박 사는 몇번이나 급브레이크를 밟았다. 뒷자리로 물러난 그는 경사지에 함부로 나 있는 잡풀들을 바라보았다. 그러다 식당에 『드라큘라』를 놓고 왔다는 걸 깨달았다. 사장이 돌려주겠지, 아니면 청년이. 찾지 못해도 상관은 없었다. 그는 그 책의 주인이 아니니까. 드라큘라 백작은 쫓기고 쫓겨 겨우 성 앞까지만 갈 수 있었다. 안개와 폭풍우를 부르고 여러 얼굴로 바꿔도 소용없었다. 심장은 하나였고 젊은이들이 그것을 칼로 찔렀다.

동굴과 매표소 사이에는 동강이 흐르고 있었다. 지금은 다리가 놓여 있지만 전에는 배를 타고 접근했다고 했다. 그들은 커피를 마시다가 입장시간에 맞춰 다리를 건넜다.

동굴에는 안전모를 써야만 들어갈 수 있었다. 결코 만만치 않은 길이었다. 종유석과 석순들이 솟아 있는 동굴은 거대한 짐승의 아가리 같았다. 그 안을 텅텅 울리며 관람객들이 철제 계단을 내려갔다. 희붐한 웅덩이들이 나타나 그들을 되비췄다.

동굴은 왕복 일 킬로미터가 넘었다. 박사가 먼저 포기하고 동굴 밖으로 나갔다. 너무 답답하다고 했다. 하지만 그는 달랐다. 동굴의 깊숙한 곳으로 들어갈수록 발걸음이 날아갈 듯 가벼웠다. 동굴의 기념물에는 연꽃동산, 사천왕상, 오작교 같은 이름들이 붙어 있었다. 거대한 커튼처럼 흘러내린 유석들, 검은 벽에 돋아난 꽃 모양의 석화. 그는 여인상에서 걸음을 멈췄다. 가녀린 목선과 허리, 긴 머리칼을 닮은 종유석이었다. 손을 들어 여인상을 만졌다. 그것은 차갑고 단단해서 여자의 흰 뼈들을 떠올리게 했다. 그는 얼굴을 가리고 좀 울었다.

"무서워서 그래요?" 뒤따라오던 정이 어깨를 두드렸다. "무섭네." 속삭이듯 말했는데도 정은 잘 알아들었다. "놀러 간다면서 이런 동굴 따위에나 오고." 정이 안전모를 고쳐 매주며 걱정 말라고 했다. "돌아가면 통닭 시켜서 텔레비전이나 봐요." 그들은 동굴의 끝에 다다랐다. 중간에 모두 돌아가 관람객들도 없었다. 그는 광장처럼 넓어진 동굴을 둘러보았다. 비탈진 언덕에 돋은 크고 작은 석순들의 이름은 '오백나한상', 높은 계단 위 종유석 군락은 '은하수'였다. 그들은 기념사진을 찍고 다시 입구로 향했다.

그는 얼마 지나지 않아 걸음을 멈췄다. 그리고 뒤돌아 동굴의 끝으로 걸어갔다. 두셋씩 뭉쳐진 석순들은 어깨를 맞댄 사람들 같았다. 외떨어져 있는 석순들은 어딘가를 서성이는 듯 보였다. 그는 돌들 사이에 들어가 누웠다. 편안했다. 동굴은 인공의 것이 아니었고 텅 빈 채 불멸에 가까운 시간을 견뎠으니까. 천장의 물방울들이 그의 얼굴로 떨어졌다. 굴곡진 석회암 협곡은 아무렇게나 꽂힌 책들의 둥근 모서리 같기도 했다. 그는 드라큘라 백작의 마지막을 떠올렸다. 주인공은 백작의 몸뚱이가 먼지로 부서져 공기 중에 흩어졌다고 기록했다. 이층 난간으로 올라선 여자의 두 발에 대해 생각했다. 온몸으로 느껴지는 낙차는 두려움만으로는 설명하기 어려웠을 거였다. 그는 여자의 마지막 얼굴이 드라큘라 백작과 같았으리라고 생각했다. 책에서는 상상도 못했던 평화로운 얼굴이라고 했지만 그렇지 않았을 것이다. 그는 은하수를 등지고 선 돌들을 둘러보았다. 눈코입이 모두 지워져 표정을 알 수 없는 그것이야말로 그들의 진짜 얼굴이었다.

세상에 대한 묵묵한 응시의 시간과 '성장'

정홍수

    김금희 소설은 인물들을 극단적인 지점까지 데려가지 않는다. 그러니까 한정 없이 무너지지도, 격렬하게 폭발하지도 않는다. 우리 시대의 어떤 소설이 그렇지 않겠느냐마는, 사람들을 옥죄고 막아서는 현실의 암울이야 여기에도 빼곡하다. 그럼에도 김금희 소설의 인물들은 과격한 정념을 분출하며 스스로를 내몰지 않는다. 그렇다고 무력감을 과장하지도 않는다. 대개 제대로 된 입사(initiation)가 좌절되었거나 무망한 이삼십대 젊은이들의 자리에서 전개되는 이야기들은 그 이야기가 끝날 때쯤, '그럼에도 불구하고' 다시 채워질 자신만의 새로운 이야기의 시간을 어떻게든 찾아낸다. 세상의 구조는 쉽게 바뀌지 않고, 무력하면 무력한 대로 개인의 자리는 지켜진다. 조금 소박하지 않으냐고 물을 수도 있겠다. 좀더 격한 부딪침과 탈주가 있어야 하는 것 아니냐고. 현실 개진의 차원에서든, 소설 미학의 차원에서든 말이다. 그렇게 해서 부서지고 파열하는 자리를 보여주어야 하는 것 아니냐고. 그러나 김금희 소설이 보여주는 어쩌면 소박한 '여기까지'에는 격렬한 부딪침과 탈주 대신 세상에 대한 묵묵한 응시의 시간이 있다. 거기서 김금희 소설은 자신이 보아온 세상의 진실만큼 언어의 집을 마련하고 이야기의 길을 연다. 그게 미덥다. 등단 오년 만에 첫 소설집을 상재하는 김금희의 세계로 들어가보자.

이 소설집에는 모두 10편의 단편이 수록되어 있는데, 읽어나가다보면 아직 형성 중인 세계이긴 하나 김금희 소설의 개성이 조금씩 시야에 들어온다. 우선, 대부분의 작품에서 희미한 '성장의 마디' 같은 게 소설의 변곡점을 이루고 있다. 폭력적이고 가망 없는 세상에 대한 환멸과 거부로부터 생겨난 반(反)성장의 서사가 젊은 세대의 소설에서 뚜렷한 흐름으로 부각되고 있는 만큼, 이러한 '성장'의 모티프는 인상적이다. 물론 전통적인 '성장소설'의 그것이라기보다는 인물의 연령대를 넓게 포괄하는 가운데 세상의 숨은 이치나 질서를 집약적으로 내면화하면서 '성숙'의 시간을 지나간다는 의미에서 그렇다. 분노와 환멸로 세상을 거절하는 데 만만치 않은 용기와 강렬한 이지가 필요한 것만큼이나, 답답하고 막막한 대로 지금의 세계를 믿고 그 안에서 사람살이의 가능성을 타진하는 일이 단순한 순진성의 발로일 수는 없다. 그것은 무엇보다 지금의 세계를 만들고 거기서 버텨온 어떤 이들의 시간을 믿는 일이기 때문이다. 김금희의 소설에는 그 믿음을 껴안는 희미하지만 절실한 순간이 있고, 그것이 어떤 '성장'의 매듭을 만든다.

흥미로운 것은 등단 초에 발표한 네편의 작품이 그런 점에서 특히 유사한 소설적 흐름을 보여주고 있다는 사실이다(이 가운데 「우리 집에 왜 왔니」를 뺀 나머지 세 작품 ─「너의 도큐먼트」「아이들」「정글숲을 헤쳐서 가면」 ─ 은 인천이라는 소설적 공간을 공유한다는 점 말고도 아버지의 경제적·육체적 곤경을 딸의 시선에서 그려낸다는 점 등 연작으로 묶어서 읽을 여지가 많다).

한국일보 신춘문예 당선작인 「너의 도큐먼트」는 가출한 아버지를 찾아 인천 시내 이곳저곳을 헤매는 딸의 이야기다. 소설에서 아버지의 가출은 사업 실패, 신용불량, 위장이혼 등 저 구제금융 시기 이후 거의 무감해지기까지 한 공인된 '사회어'의 사태와 고스란히 겹친다. 그러나 소설의 화자인 딸은 이삼개월에 한번씩 몰래 집에 들렀다 사라지는 아버지를 '뤼빵'이라는 자기만의 언어로 부른다. 사실 이런 개인어의 개발에서 2000년대 이후 한국 소설은 특별한 재기들을 보여주었는데, 여기에 대해서는 '정신승리법'이라든가 '빈곤하고 왜소한 주체의 자기방어법' 같은 비평적 표현이 주어지기도 했다(물론 이러한 표현은 개개인의 대응 지점이 잘 보이지 않는 총체적 불행의 시대를 전제한 만큼 깊은 안쓰러움을 동반하고 있었다). 그런데 신인의 출사표에 해당하는 이 작품이 자신의 이야기를 구축하는 방법에서 도드라지는 것은 그런 재기 쪽이라기보다는 '아버지 찾기'의 테마를 또다른 '찾기'의 테마에 겹쳐놓는 균형감각이 아닌가 싶다. 그러니까 집 밖을 떠돌고 있는 아버지의 문제 말고도 지금 화자를 괴롭히는 사안이 하나 더 있다. 친구 '여미'의 죽음이 그것이다. '80년대 운동권 여학생'을 연상시키는 '여미'는 대학 때 같이 중국 여행을 하며 알게 된 친구다. 여미는 남자친구 주용을 사이에 두고 화자와 삼각관계에 얽혔고 그러면서 사이가 멀어졌다. 이 일로 화자는 오랫동안 여미를 괴롭혔던 터인데, 갑자기 여미가 죽었다는 소식을 듣자 죄의식에 사로잡히게 된다. 화자는 지도를 들고 아버지를 찾아 인천 시내를 헤매는 틈틈이 여미의 집을 찾는다. 여미의 주소를 전하는 주용의 이메일은 암호 같은 사진과 문장, 약도로 구성되어 있다. 그리고 여기에 대학 동창 채주의 이야기가 끼어든다. 구십 킬로그램이 넘는 거구의 채주는 식도와 위 경계를 밴드로 묶는 시술을 받았으며, 다이어트에 성공하고 나면 과거 사진을 모두 태워버릴 작정을 하고 있다.

이렇게 요약하고 보면 짧은 분량의 단편에 이야기가 다소 어수선하게 담겨 있지 않나 싶은데, 「너의 도큐먼트」는 적절한 생략과 배열의 서사 리듬을 통해 화자를 둘러싸고 있는 착잡하고 복잡한 세상의 풍경을 압축적으로 전달하는 데 성공한다. 그리고 그것은 아버지의 떠돎이나 여미의 죽음 같은 여러 문제들과 화자인 '나' 사이에 버티고 있는 현실적 거리감을 소설 내부에 성공적으로 들여놓았다는 말도 된다. 이를 확인할 수 있는 대표적인 두 장면이 화자가 여미의 집 앞에서 쫓겨나듯 뒤돌아서는 순간과 노숙자 자활 센터에서 만난 아버지와 헤어지는 대목이다. 여미의 집 앞에서 남동생으로 짐작되는 청년으로부터 문전박대를 당한 화자는 그러고도 한참을 그 자리에서 서성인다. 이 대목의 묘사는 뛰어나다. 이해되지 않고 받아들이기 힘든 세상의 이면을 통과해 어떤 '성장'의 시간 속으로 들어가는 인물의 모습이 선명하게 포착된다. 이 순간 그녀는 세계 안에 있으면서 동시에 밖에 있지 않았을까.

한시간 정도 더 서성이는 동안 집 안에서는 불이 켜지고 텔레비전 소리가 새어나왔다. 생선을 굽고 된장찌개를 끓이는 냄새가 풍겨왔다. (…) 누군가 쫓아오는 것 같아 몇번이나 뒤돌아봤지만 아무도 없었다. 가방을 한쪽 어깨에 바짝 붙이고 뛰었다. 구두 뒤축에 발뒤꿈치가 닿을 때마다 욱신욱신 아렸지만 멈출 수는 없었다. 잊는 거다. 뺨을 한대 맞은 듯 붉어지던 남자의 볼이 떠올랐다. 아니, 기억하는 거다. 형광 불빛처럼 생선 냄새처럼 된장찌개처럼 텔레비전 소리처럼 가볍게 사라진 비닐봉지처럼. 얼굴이 젖었다 마르는 동안 길은 사라졌다 다시 나타났다.(55~56면)

비유 없이 담담한 사실의 연쇄로 이루어진 문장들. 그러나 잊는 것과 기억하는 것 사이, 땀과 눈물 탓에 사라졌다 나타나는 길들 사이 그 어디쯤에서 화자의 또다른 시간이 시작되고 있다는 느낌을 갖게 하기에 충분하다. 작가는 여기서 한행을 띄운 다음 일주일 뒤 아버지와 만나고 헤어지는 소설의 마지막 장면으로 우리를 데려간다. 그런데 여미의 집을 찾는 것과 아버지 찾기는 사실상 같은 일의 반복이었던 걸까. 이렇게 물어볼 수도 있는 것이, 자활 센터에서 우연히 아버지를 발견한 뒤 남긴 화자의

독백("아버지를 잡아당겨 채우려는 것은 내 도큐먼트일
까, 아버지의 도큐먼트일까")을 우리는 기억하기 때문이
다. 그리고 얼마쯤은 그런 것도 같다. 화자는 자전거를 밀
고 있는 아버지를 도로 저편에 두고 혼자 버스에 오르면
서 "걸어오는 내내 아버지가 묵직하게 밀어냈던 것은 자
전거가 아니라 나였다"는 생각에 이른다. 그리고 여미의
집과 아버지의 자활 센터가 표시된 해진 지도를 버스 창
밖으로 버린다. 이제 '텅 빈 도큐먼트'만이 남는다. 그 텅
빈 '너의 도큐먼트'는 당연히 화자인 '너'가 채워가야 할
것이리라. 졸업한 대학가를 어슬렁거리고 옛 친구의 원룸
주변을 배회하기도 하면서 무작정 인천 시내 곳곳을 돌아
다니는 어정쩡하고 하릴없고 막막한 걷기의 리듬이 배음
으로 산포되어 있는 가운데 희미한 성장의 켜를 지나가
는 우리 시대 젊음의 풍경이 선연하다. 여기에는 무력하
면 무력한 대로 감상을 뿌리치고 자신의 현실 앞에 서보
려는, 그러나 너무 무겁지는 않은 태도가 있다. 그런데 김
금희의 첫 소설이 보여준 이러한 좌표는 2000년대 이후
한국소설의 감각적 영토에서 우세종이 된 '쿨함'(그 어
쩔 수 없는 사회적 제약을 포함해서)의 거리(距離), 그 관
습적 자장에서 얼마나 자유로운 것일까. 아버지나 여미의
'도큐먼트'는 처음부터 얼마간 거리를 전제하며 남아 있

었던 것은 아닌가. '너의 도큐먼트'가 하나의 고유한 파일 명을 얻기 위해서라면 '너' 쪽에서 무언가를 더 치르거나 버리거나 했어야 하지 않았을까.

그런 점에서 「아이들」은 김금희 소설만의 고유한 '도 큐먼트'의 생성 가능성을 좀더 튼실하게 확인시켜준 작 품이라 할 수 있다. 「아이들」은 가구 매장 매니저로 일하 는 서른살 여성 화자가 '생의 부력(浮力)'에 대해 생각해 보는 이야기다. '부력'이라고 했거니와, 이 소설을 떠받 치고 있는 것은 바다에 뗏목처럼 떠 있는 원목의 이미지 다. 그리고 그 원목은 문학적 비유의 차원에서 제시된 것 이 아니라 삼십년 넘게 부산과 인천의 목재공장에서 일 하며 가족을 건사해온 아버지의 삶 자체다. 그러니까 사 회적이고 역사적인 압력을 고스란히 감내한 개인의 자리 에 응결된 그 무엇이다. '부산'이나 '인천'과 같은 고유명 사가 'P시'나 'I시'처럼 익명으로 처리될 수 없는 이유이 기도 하다. 사정은 이렇다. 부산 토박이인 아버지가 다니 던 합판 공장은 70년대 '수출왕'으로 이름을 날린 굴지의 목재회사였다. 80년 신군부의 집권과 함께 그 회사는 공 중분해되었고, 직장을 잃은 아버지는 비슷한 직종을 찾 아 가족을 거느리고 인천으로 흘러들었다. 그리고 88올림 픽 중계가 한창이던 때 화자의 가족은 인천 변두리 '새가

정아파트'에 집을 마련해 이사를 하고, 주택 대출금을 갚기 위해 어머니는 학습지 영업에 나선다. 소설 제목의 '아이들'은 그 황량한 변두리 산비탈의 아파트 단지에서 중산층의 꿈을 키웠던 세대의 자식들인 셈이다. 이후 '아이엠에프'를 거치며 그 중산층의 꿈이 어떻게 부서져나갔는지 모르는 사람은 없다. 그렇다면 이런 사회사적 배경을 가진 이야기에서 작가는 어떤 소설적 질문을 찾아냈는가. 그것이 바로 '가라앉지 않고 떠 있기'라는 '생의 부력'에 대한 물음인데, 작가는 이 막막한 물음을 아버지의 삶으로부터 꺼내어 자신의 이야기로 옮기는 데 성공한다. 그러면서 다시 그 부력의 진실을 아버지의 노동이 감당해온 지난 세월의 항해에 온당하게 돌려준다. 병상의 아버지가 떠올린 '숭어'의 기억은 인천 앞바다로 뗏목처럼 묶여 들어오던 원목이 만들어내는 풍경의 장관이기도 한데, 그때 어린 화자는 이렇게 물었다. "그러면 물에 젖잖아." 아버지는 나무에는 함수율(含水率)이라는 게 있어 어느 정도 물을 흡수하고 나면 더이상 젖지 않는다고 대답한다. "너도 밥을 다 먹으면 숟가락을 놓잖아. 그것과 같은 이치지." 그래서 가라앉지 않고 떠 있을 수 있다는 것이다. 이 이야기가 이십년의 세월을 건너 다시 음미되어야 할 상황에 이른다. 지금 아버지는 중환자실에 누워 오른쪽 발목

절단 수술을 앞두고 있다. 지각 한번 하지 않고 성실하게 목재 공장을 다녔지만, 결국 정년 전에 회사를 그만두어야 했고 몸은 망가질 대로 망가졌다. 이십년 세월이 흐르면서 '새가정아파트'는 이제 재개발지구 선정만 기다리고 있고, 아버지의 수술과 함께 그 낡은 아파트조차 팔아야 할 것이다. 목재단지는 불황이고 가구 매장 역시 마찬가지여서, 서른살인 '나'는 폐가구 처리로 하루를 보낼 때가 많다. 이십년 전 어머니가 새 아파트를 지켜줄 성물(聖物)로 정육점에 부탁해 코뚜레를 구해왔을 때, 힘센 황소의 코뚜레가 새집을 지켜준다는 어머니의 믿음을 이해하기에 화자는 너무 어렸다. 그런데 지금은 어떤가. 서른은 그런 것들을 이해하기에 충분한 나이일까?

하지만 서른은 생각보다 그리 많은 나이가 아니라서, 여전히 나는 매장을 가득 채운 고급 가구들과 코뚜레와 뗏목 사이를 위태롭게 오갔다. 할인매장으로 팔려가거나 땔감이 될까 전전긍긍하다보면 푸르고 차가운 바닷물이 발목을 휘감기도 했다. 그때마다 완전히 가라앉지는 않을 것이다, 자신도 없으면서 그렇게 말했다.(33면)

소설의 마지막 대목이다. 어머니의 '코뚜레'와 아버지

310

의 '원목', 그리고 화자의 '가구'는 다 나무다. 이것은 우연이기 쉽겠지만, 그 낱낱의 나무는 어떤 세월의 진실을 품고 있는 사실들의 세계로 서로를 비추고 있다. 아마도 아버지는 그 함수율 이야기를 바다에 떠 있는 원목의 사실 너머로 데려갈 생각이 없었을 것이다. 아버지에게 그것은 그저 바다를 건너오는 원목의 생리이자 자연이었을 테다. 아마도 어머니의 코뚜레 역시 그러하지 않았을까. 코뚜레에 의탁한 마음과 무관하게 삶의 시난고난은 언제나 어머니 자신의 몫이었다. 코뚜레의 행방을 묻는 화자의 전화에 어머니는 대답하지 않던가. "진작 버렸지." 다만 김금희의 소설은 우리에게 알려준다. 그 함수율과 코뚜레를 기억하는 '서른살 먹은 아이들'이 있을 수 있다는 걸. 그리고 이 순간 원목의 함수율과 황소의 코뚜레는 사회적 의미의 분절을 얻는다. "나는 네가 상상할 수도 없는 나이부터 일을 해왔다." 스물한살 때 다단계 회사에 다니던 화자를 집으로 데려가며 아버지가 한 말이다. 그러나 그날 화자는 아버지를 따라 집으로 가지 않고 두달을 더 그곳에서 성공의 꿈을 꾸며 버텼다. 이제 '서른살 아이들'의 세상에서 함수율의 이야기는 원목 사이로 숭어가 뛰어오르는 행복한 기억을 모른다. 화자의 '가구'는 "할인매장으로 팔려가거나 땔감이 될까 전전긍긍"해야만 한다.

"그때마다 완전히 가라앉지는 않을 것이다, 자신도 없으면서 그렇게 말했다." 겨우 이렇게밖에 말할 수 없는 '아이들'의 세계. 우리는 지금 앞선 세대의 시간과 지혜를 품어안으려는 간절한 마음과 그것을 배반하는 사회적 현실의 엄혹한 얼굴을 함께 보고 있다. 김금희의 소설에 따르면 그 곤경의 주어는 성장의 길이 막혀버린 '서른살 아이들'이다. 그런데 그 곤경 속에서나마 성장의 마디가 없다고 할 수 있을까. '서른살'과 '아이들' 사이에는 이제 '원목의 이야기'가 있으니 말이다. 「아이들」은 부산에서 인천으로 원목을 따라 이어진 한 가족사를 사회사의 맥락에서 요령 있게 압축하는 가운데 '생의 부력'과 관련된 아주 특별한 '성장'의 물음을 깊은 소설적 울림 속에서 빚어내고 있다.

그런데 너무 심각하게 생각할 일은 아닌지도 모르겠다. 어떤 경우든 "명랑을 잃지 않으려고 애를" 쓰는 것은 「아이들」의 화자가 늘 되새기는 마음자리이기도 하지만, 김금희 소설을 따라 읽다보면 힘겹고 막막한 이야기를 감싸고 있는 어떤 낙관의 시선 같은 것을 느낄 수 있기 때문이다. 가령 1997년 '아이엠에프'의 해에 인천을 무대로 펼쳐지는 또 하나의 성장담 「정글숲을 헤쳐서 가면」의 여고 3학년 화자가 소개하는 난파 직전의 가족 표랑기(漂浪記)

는 왁자하게 이야기를 꾸려가는 문체와 서사의 활력에 얼마간 그 낙관이 배어 있어 "웃어도 된다고 생각했다. 우리는 곧 스무살이니까" 하고 말하는 '명랑소설적' 결말을 그 자체로 수긍하게 만든다. 물론 여기서 '명랑'은 스무살 화자에게 너무 일찍 닥친 인생 항로의 막막함, 그 비애를 비트는 '감정교육'의 사회적 맥락을 튼실하게 품고 있다. 그리고 이에 덧붙여 신인답지 않은 작가의 균형감을 생각해볼 수도 있겠다. 누구나 짐작할 만한 인천의 한 사학재단에서 쫓겨난 뒤 허세뿐인 월남 참전 용사의 낡은 나침반으로 대책 없는 가족의 항해를 이끌고 있는 '아버지' 캐릭터가 일방적 풍자의 시선에서 벗어나 있는 점이 그렇다. 사수생 아들과 고3 딸을 데리고 아버지가 '칠십계단' 위에서 밤이면 벌이는 줄넘기와 토끼뜀의 의식은 분명 우스꽝스럽고 서글프지만, 거기에는 근자 젊은 세대의 소설이 종종 너무 극단적으로 지우고 있는 '아버지의 자리'에 대한 온당한 대접도 있는 것 같다. 「너의 도큐먼트」나 「아이들」에서도 확인할 수 있었던 것처럼, 김금희 소설에서 '아버지의 자리'는 여전히 지금-이곳의 삶을 맥락화하는 중요한 사회적 실재로 남아 있다. 한때 인천에서 왕국을 구축했던 사학재단에 얽힌 이야기나 월남전 특수로 성장한 운수기업 직원들이 형성한 '월남촌' 이야기 등 한 도시의 사회사를 적절한 소설적 배경으로 활용하는 점도 인상적이다.

이 '인천 3부작'은 성장의 모티프뿐 아니라 작가의 이야기꾼적 자질을 길러낸 소설적 토양이라는 점에서도 김금희 소설의 기원, 원점의 풍경을 보여준다. 가령 「장글숲을 헤쳐서 가면」만 해도 월남전 때 하역 인부로 일하다 죽은 아들을 둔 공씨 할머니며, 입시 따위와 무관하게 씩씩하게 고3 생활을 꾸려가는 라영이처럼 주변 인물들이 가세하며 만들어내는 이야기의 층이 두텁다. 「아이들」에서 인천항의 원목이 단순히 소설의 소재 이상이 될 수 있었던 것처럼, '칠십계단'이나 '월남촌' 또한 그런 지점을 머금고 있을 것이다. 김금희 소설의 수원(水源)은 이 어름 어디에 있는 것은 아닐까. 소설집의 표제작이기도 한 「센티멘털도 하루 이틀」에서는 그 수원에서 연원한 듯한 김금희 소설 고유의 이야기 방식이랄까 서사의 특징이 잘 드러난다. 소설의 화자는 재수에 실패한 스물한살 여성이다. 수능만 망친 게 아니라 덜컥 임신까지 한 상태다. 상대는 재수학원 친구 '표'로, 수능 결과도 보지 않고 외국으로 사라져버렸다. 대책 없는 청춘들의 이야기라 할 만한데, 소설의 초점은 낙태수술을 미루는 삼수생 화자의 불안하고 막막한 마음에 맞추어져 있다. 그러나 소설을 읽다보면 그게 그다지 심각하게 다가오지 않을 정도로 화자 주변으로 뻗쳐 있는 인물들과 그들이 저마다 품고 있는 이야기의 다발이 풍성하다. 임대사업자 외할아버지, 다세대주택 소유주인 어머니 '홍', '홍'보다 아홉살 어린 새아빠 '김', 재수생 친구 '마', 다세대주택 세입자인 태국인 아누차, 화자의 어린 시절 지하방 세입자 '긴 머리칼 여자' 등등. 그렇게 화자를 둘러싼 여러 인물들을 이리저리 기웃거리며 툭툭 앞으로 나가는 소설의 리듬이 특별하다. 물론 그 리듬은 '자기연민'의 '센티멘털리즘'을 상대로 치러내는 화자의 말없는 싸움과 어느 만큼 어울린다. 그런 의미에서 화자 주변의 인물들은 다들 조금씩 인생의 교사이고 거울인 셈이다. 의수를 낀 남자와 동거하던 지하방의 긴 머리칼 여자는 아름다운 글씨체로 '쥐덫' '바퀴' '박멸'과 같은 글자를 쓰곤 했는데(짐차 행상을 위한 소도구였을 것이다), 그걸 보며 느꼈던 슬픈 감정에 '연민'이란 이름을 붙여준 것은 새아빠 '김'이었다. 재수학원 동기들 중 가장 볼품없던 표와 연애를 하게 된 것은 바로 그 '연민' 때문이었다. 그리고 그 '연민'의 대가가 지금 화자가 직면한 곤경이다. 그러나 한편으로 이 소설을 읽는 즐거움은 그렇게 분명하게 중심 서사에 통합되지 않고 남아 있는 인물들의 캐릭터나 이야기에서 온다. 뭔가 '진

보적'이고 개성적인 삶을 추구하는 것 같지만 이주노동
자 아누차를 쫓아낼 때 보면 어머니 '홍'에게 빌붙어 사는
별 볼 일 없는 사내에 불과한 것으로 드러나는 '김'이 그
렇고, 수능시험은 포기하고 트위터 팔로어들의 상갓집을
찾아다니는 '문상맨' '마'가 그렇다. 고향 음식을 잊지 못
해 부엌 없는 방에서 몰래 밥을 해 먹는 아누차의 이야기
도 시대현실의 한 단면을 예리하게 비춘다. 이는 결국 인
물들의 삶을 짧든 길든 이야기로 포착해내는 작가의 능력
과 관계된 것일 텐데, 시대현실과 개인 진실의 복합적이
고 두터운 포착에서 김금희 소설이 이루어낼 앞으로의 성
취에 기대감을 갖게 한다.

지나가고 잊히는 것들, 버려지고 밀려나는 것들에 대
한 애틋하고 지긋한 응시 또한 김금희 소설의 중요한 바
탕인 듯하다. 옥탑방에 사는 고단하고 아픈 청춘들의 시
간을 위트 있게 그려낸「릴리」를 보자. 바닥 문을 통해 아
래층 주인집으로 몰래 내려가 기름을 조금 '빌려오려던'
화자는 뜻밖의 광경과 맞닥뜨린다. 바닥 문과 연결된 아
래층 방은 지난 수십년간 나사점과 옷 수선집을 운영했던
주인집 할아버지의 옷 보관처였던 것. 거기에는 찾아가지
않은 옷들이 동별로 꼼꼼하게 분류되어 있었다. 당뇨 후
유증으로 시력을 잃고 귀도 어두운 할아버지는 이 옥탑방

세입자들의 옷 도둑질(그래봤자 몰래 가져다 입고 돌려놓는 수준)을 알고 있었을까. 그이는 1978년이나 1982년의 손님들에게까지 옷을 찾아가라는 편지를 쓰고, 녹음기를 앞에 두고 자신의 일생을 구술한다. 이 특별한 삽화는 이복동생이 보내오는 아버지의 유품 처리 문제와 겹치면서 화자에게 '별것 아닌 것들'로 이루어진 인생의 무게를 생각해보게 한다. 그리고 그것은 오래되고 쓸모없는 것들이라면 서둘러 폐기와 망각의 영역 속으로 보내버리는 부박하고 냉혹한 세상의 질서에 대한 묵묵한 항변이 된다. 기실 옥탑방 서울 시민으로 서른살의 하루하루를 위태롭게 버티고 있는 화자 '나'와 '계아' 둘 다 언제 폐기되고 밀려날지 모르는 처지임을 암암리에 자각하고 있음에랴. 바로 그렇기에 항우울제 제약회사 이름인 릴리(Lilly)와 백합의 릴리(lily)를 무심히 뒤섞어 쓰는 계아의 '낙관'(이 이야기는 소설의 처음에 나온다)은 소설이 끝날 때쯤 '자기보존'의 안간힘으로 애잔한 울림을 남긴다. 옥탑방에서 쫓겨나듯 나온 두사람이 임시 거처로 몰래 쓰고 있는 화자의 사무실, 어두운 밤거리로 내리는 스티로폼 가루가 '봄눈'이 되고 '꽃잎'이 되어야 할 이유를 우리가 납득할 수 있는 것도 그 때문이다. 그러고 보면 '워킹'과 '홀리데이' 사이를 새기는 것이 어찌 언어의 감각일 수만 있겠는

가. 노인의 카세트테이프에서 자신의 인기척을 찾는 화자의 행동은 이 소설이 탐사하고 있는 깊고 섬세한 마음의 층으로 우리를 데려간다. 테이프에 남아 있는 노인의 희미한 웃음소리가 암시하듯, 그이는 그 외롭고 추운 밤들에 찾아올 어떤 인기척들을 기다리고 있었을 테다. 밀려나고 버려지는 것들의 자리에서 세상의 풍경을 응시하는 김금희 소설의 전선(戰線)이 뭉클하고 아름답다.

'나라(奈良)'의 사슴공원 이야기를 우리 시대 막막한 젊음의 배경화로 그려내고 있는 「당신의 나라에서」는 관광객들이 사라진 밤의 공원에서 듣는 사슴들의 소리로 끝난다. "낮과는 전혀 다른, 새로운 나라"에서 어둠에 몸을 숨긴 채 찌르르 울고 있는 사슴들. 사슴들은 어둠 속에서 형광의 눈동자와 진동하는 울림만으로 자신들의 존재를 알린다. 그런데 그것은 어떤 다급한 타전일 수도 있다는 느낌을 남긴다. 이 대목은 「차이니스 위스퍼」의 전화 저편에서 들려오는, 말이 되지 못한 '무슨 웅얼거림'을 떠올리게 한다. 그리고 「집으로 돌아오는 밤」의 사라진 할머니가 담벼락과 외상장부에 적어놓은 불가해한 편물기호도 있다. 철거가 진행 중인 서울에서 마지막 남은 판자촌, 텅 빈 동네의 밤의 한가운데에서 '미희'라는 여성은 할머니를 기다리며 '밤의 소리'를 듣는다. 죽은 이들, 떠난 이들, 사라진 이들의 기척일까. 그녀는 지금 "불행한 누군가를 안아올리는 밤의 소리"를 생각하고 있다. 이것은 아마도 김금희 소설이 인간의 시간, 세상의 고통을 느끼고 상상하는 방식일 것이다. 그러나 여기에 모종의 상투나 감상의 위험이 없는 것은 아니다. 「릴리」의 계아가 지녔던 '무심한 낙관'을 자주 돌이켜볼 필요가 있을지도 모르겠다. 그러니까 어둠은 어둠인 채로 태연하게 꽃 피는 '백합'의 세상 말이다(계아는 '복스러운' 얼굴 사진을 팔아 기어코 호주행 비행기 표를 마련한다). 뗏목처럼 묶여 항구로 흘러드는 원목들, 그 사이로 뛰어오르는 숭어들의 장관에 아버지들의 행복한 시간이 있었다면, 또다른 '함수율'의 세계를 기억하고 증언하는 것은 이제 김금희 세대의 몫일 테니까. 할머니의 알 수 없는 편물기호들 앞에서 「집으로 돌아오는 밤」의 '미희'는 이렇게 말해놓았다. "불가해한 기호들인데도 여러번 읽자 어떤 온도가 느껴졌다." 이 심심한 표현이 미덥다.

鄭弘樹 | 문학평론가

다시 돌아볼 수 있는 힘

첫 소설집인 『센티멘털도 하루 이틀』을 개정판으로 묶는다. 오년 동안 쓴 작품들을 책으로 내고 한동안 어디론가 멀리 달아나듯, 최선을 다해 도망치듯 글을 써왔다는 생각이 든다. 누구에게나 처음은 서툴고 부족하고 어쩐지 숨고 싶은 일, 그래서 가끔 첫 작품집을 읽었다는 독자들을 만나면 그 순간 사라지고 싶은 기분이 들곤 했다. 어쩌면 책을 새롭게 내기로 한 데에 동의한 건 그런 나의 주저함을 아예 반대의 방식으로 되잡고 싶어서였는지도 모르겠다.

첫 소설집을 내고 이후의 칠년은 작가로서나 개인으로서나 혹은 이 공동체에서 살아가는 사람으로서 걷잡을 수 없이 많은 변화가 일어난 시기였다. 개정판 작업을 위해 원고를 다시 읽으면서 나는 이 소설들이 아주 불안한 노지 아래에서 한껏 웅크려 미래를 기약하고 있는 작은 존재 같다는 생각이 들었다. 얼마간의 시간이 더 흐르면 깨어나서 땅을 헤집고 나와 이 세상의 공기와 마주하겠지만 아직은 그런 세계를 기척이나 미미한 기미 같은 것으로 파악하며 자기 안으로 안으로 파고들어가는 존재. 그런 침잠의 열도 역시 그 시절 내게 소중했던 것이기에 읽는 데 불필요하다고 판단한 몇군데를 제외하고는 거의 손대지 않았다.

오래전 첫 책을 내고 받았던 가장 반가운 인사는 첫 조카가 보냈던 "이모 꿈을 이뤘네요" 하는 문자메시지였다. 그때 조카가 작은 손가락들을 옮겨 적었던 '꿈'이라는 말, 소중하지만 때론 그러한 이유로 힘들고 마음 상해야 하는 그 꿈이라는 것을 지키기 위해 애써온 순간들이 작가로서 내가 보낸 시간의 전부라는 생각이 든다. 그 싸움을 시작할 수 있었다는 점에서 첫 소설집은 어쨌든 늘 내게 특별한 의미로 남을 것이다.

그 이외에도 내가 바랄 수 있다면 이 책이 이제 막 소설 쓰기의 시작점에 서 있는 사람들, 자기 자신을 끌어당기는 이야기의 장력을 느낀 채 조심스레 앞으로 나아가는 사람들에게 가닿았으면 하는 것이다. 내가 아주 훌륭히 첫 시작을 해냈기 때문이 아니라 온통 두려움과 앞을 볼 수 없는 막막함 끝에 이루어놓은 첫 시작이기에 나는 이 책이 누군가에게는 어떤 용기를 줄 수 있으리라 생각한다. 그리고 만약 그렇다면 다시 돌아볼 수 있는 힘을 낸 데 대한 보람과 안도가 있을 것 같다.

창밖으로 버드나무가 흔들리는 2021년 5월에

김금희

봄이니 산책을 나갈까 합니다. 조깅이나 줄넘기를 하면 더 좋겠지만…… 일단은 그냥 걷습니다. 좋아하는 연예인은 없지만 관련기사들은 챙겨 읽습니다. 연민에 대해서 자주 생각합니다. 쓸쓸해지면 가고 싶은 도시들에 관한 책을 사둡니다. 거기에는 떠나지 못할 이유들이 없습니다. 일부러 받지 않는 전화가 있고 정기적으로 기부를 해본 적이 있습니다. 하지만 충동적으로 염세주의자가 되어 중단하기도 하지요. 닳아버린 구두나 구식 디자인의 코트가 그렇게 만듭니다. 아주 속악하고 현실적으로 살고 싶습니다. 하지만 무심히 지나치기란 쉽지 않지요. 세계는 불행하고 우리는 고향을 잃었으니까요.

까페에서는 사람들의 이야기를 엿듣습니다. 누군가 우는 사연은 말하지 않아도 알 것 같고 어느 연인들의 이별은 멀지 않았을 것 같습니다. 세상의 모든 연애는 끝이 나게 마련이지만 타이밍이 맞지 않아 한쪽이 더 아플 겁니다. 어떤 비밀은 너무 비밀이라 그 고백을 들은 사람과는 연락이 끊기고 말았습니다. 사후세계는 믿지 않지만 비극적으로 세상을 떠난 사람들을 잊지는 않았습니다. 그건 아주 오랫동안 밀고 나가야 할 생각들이라고 생각합니다. 받지 않는 전화를 오래도록 거는 것과 비슷합니다.

즐겨 찾는 식당과 좋아하는 자리가 있지요? 배우다 만 외국어들이 있습니다. 이제는 갈 수 없는 옛집이 있고 숨기고 싶은 흉터가 있습니다. 자주 유년을 회상하지요. 다락이나 장롱 같은, 어렸을 적 숨어들던 그 안전한 어둠 속을 말입니다. 그러니까 이 소설들은 그런 당신을 떠올리며 썼습니다. 그래서 오년이라는 시간을 버텨낼 수 있었지요. 감사합니다. 이 도시의 수많은 당신들에게 위안받으며 오래도록 쓰겠습니다.

응원해준 남편과 가족들, 친구와 선후배들, 최원식 선생님, 정홍수 선생님, 창비와 이상술 팀장님께 애틋한 고마움을 전합니다.

지나가는 겨울을 생각하며
김금희

| 수록작품 발표지면 |

아이들 ……『창작과비평』 2009년 여름호

너의 도큐먼트 …… 2009년 한국일보 신춘문예 당선작

센티멘털도 하루 이틀 ……『창작과비평』 2012년 여름호

집으로 돌아오는 밤 …… 문장 웹진 2013년 8월호

「엔딩은 비밀」로 발표)

당신의 나라에서 ……『작가들』 2012년 여름호

차이니스 위스퍼 ……『문예중앙』 2013년 겨울호

우리 집에 왜 왔니 ……『현대문학』 2009년 4월호

「쉿, 우리 집에 왜 왔니」로 발표)

정글숲을 헤쳐서 가면 ……『황해문화』 2009년 겨울호

릴리 ……『학산문학』 2010년 겨울호

사북(舍北) ……『현대문학』 2013년 2월호

센티멘털도 하루 이틀

초판 1쇄 발행 • 2014년 3월 28일
개정판 1쇄 발행 • 2021년 5월 20일

지은이 / 김금희
펴낸이 / 강일우
조판 / 박지현
펴낸곳 / (주)창비
등록 / 1986년 8월 5일 제85호
주소 / 10881 경기도 파주시 회동길 184
전화 / 031-955-3333
팩시밀리 / 영업 031-955-3399 · 편집 031-955-3400
홈페이지 / www.changbi.com
전자우편 / lit@changbi.com

ⓒ 김금희 2014, 2021
ISBN 978-89-364-3842-5 03810

* 이 책은 2013년도 대산창작기금을 받았습니다.
* 이 책 내용의 전부 또는 일부를 재사용하려면
  반드시 저작권자와 창비 양측의 동의를 받아야 합니다.
* 책값은 뒤표지에 표시되어 있습니다.